KB242135

처칠을 읽는 40가지 방법

처칠 을 읽는 40가지 방법

그레첸 루빈 · 윤동구 옮김

고즈윈
God'sWin

고즈원은 좋은책을 읽는 독자를 섬깁니다.
당신을 닮은 좋은책—고즈원

처칠을 읽는 40가지 방법

그레첸 루빈 지음
윤동구 옮김

1판 1쇄 발행 | 2007. 12. 10.
1판 2쇄 발행 | 2009. 2. 25.

이 책의 한국어 판 저작권은 에릭양 에이전시를 통한 Gillon Aitken Associates Ltd. 사와의 독점계약으로 '고즈원 주식회사'가 소유합니다. 저작권법에 의해 한국 내에서 보호를 받는 저작물이므로 무단전재와 무단복제를 금합니다.

발행처 | 고즈원
발행인 | 고세규
신고번호 | 제313-2004-00095호
신고일자 | 2004. 4. 21.
(121-819) 서울특별시 마포구 동교동 200-19번지 202호
전화 02)325-5676 팩시밀리 02)333-5980

값은 표지에 있습니다.
ISBN 978-89-91319-87-5

고즈원은 항상 책을 읽는 독자의 기쁨을 생각합니다.
고즈원은 좋은책이 독자에게 행복을 전한다고 믿습니다.

전기에서 말하는 사실은 한 번 발견되면 언제까지나 지속되는 과학적 사실과는 다르다. 그것은 통념의 변화에 따라 바뀌고, 또 세월이 흐르면 통념도 바뀐다.

—버지니아 울프, 『에세이 선집』에서

서문

내가 언제부터 윈스턴 처칠에 몰두하기 시작했는지, 그 처음 순간을 정확히 기억하고 있다. 앵커리지로 가는 뉴욕발 비행기에서 제2차 세계대전사 중 처칠의 별장 생활을 묘사한 부분을 읽고 있을 때였다. 영국 총리 시절에 처칠은 영국 본토가 침공을 당한 경우를 제외하고는 아침 8시 이전에 자기를 깨우지 말라는 임시 규정을 정해 두고 있었다. 1941년 어느 날 아침, 8시가 조금 지나서 처칠의 시종이 당시 외무장관 앤서니 이든A. Eden을 방문하였다. 시종은 은쟁반 위에 놓인 여송연 한 대를 장관에게 전했다. "총리가 경의와 함께 보냄. 독일군이 러시아를 침공했음."

처칠, 이 얼마나 특이한 인물인가! 영국에 그 이상 좋은 소식이 없었을 텐데도 그는 자신의 수면을 방해받지 않으려 했던 것이다. 그리하여 그 같은 멋진 메모와 함께 여송연을 하나씩 돌리면서 자축을 대신했던 것이다.

나는 처칠에 대해 좀더 많이 알고 싶어졌다. 하지만 1965년 그의 사망 이후 태어난 사람들 대부분과 마찬가지로 나 역시 그에 대해선 아는 것이 거의 없었다. 단지 그는 전시의 위대한 영국 총리였고, '그때가 바로 그들의 최상의 순간이었다.'라는 유명한 연설문이 있고, 애스터N. Astor 부인에게 "낸시, 내가 당신 남편이라면 그걸 마셔 버리겠소."라고 대꾸했다는 정도가 전부였다. 나는 읽던 페이지를 접어 두고 나중에 처칠의 전기들을 좀더 살펴보기로 했다.

하지만 후에 도서관에서 마주친, 대부분 방대한 내용의 엄청난 전기물에 압도되고 말았다. 그래서 우선 그가 직접 쓴 저서만 찾았지만, 내 눈에 띈 것만 해도 5권짜리 『제1차 세계대전 The First World War』과 6권으로 구성된 『제2차 세계대전The Second World War』, 4권짜리인 『영어권 국민의 역사A History of the English – Speaking Peoples』가 있었다. 어디서부터 시작해야 할지 망설여졌다. 내가 알고 싶은 것은 처칠에 관한 그 무엇이지 모든 것은 아니었기 때문이다.

하지만 운이 좋았다. 곧바로 올바른 선택, 즉 처칠의 부분적 자서전 『나의 청춘기My Early Life』를 고를 수 있었기 때문이다. 이 책에서 그는 실재하는 제임스 본드였고, 실화 소설의 주인공이었다. 나는 곧 그의 환상적인 성공담과 실패담, 특별한 성품, 역사관 등에 매료되었다. 그의 글 솜씨는 너무나 현란하여 다시 음미하기 위해 같은 곳을 여러 번씩 되읽기도 했다.

처칠은 많은 미움을 받았던 청년 장교 시절에 품은 야망에 대해 이렇게 말하고 있었다.

이따금씩은 '훈장 사냥꾼'이나 '자기 선전주의자'라는 표현이 사용됨으로써 …… 아마도 이 글을 읽는 독자를 놀라게 하거나 고통스럽게 할 수도 있을 것이다. 사실 별로 유쾌하지 못한 인간의 단면들을 어쩔 수 없이 기록해야 하는 것은 우울한 일이 아닐 수 없다. 이런 단면이 언제나 매우 기묘하고도 설명이 불가능한 우연의 일치가 나의 결백한 발자취를 뒤따르는 과정에 발생한 모습들이라 할지라도.

이 책의 끝 부분 또한 잊을 수 없다. "그 후로 재정 분야에서 새로운 사건이 일어나 계속 고투에 말려들었고 많은 생각과 에너지를 강요당해야 했다. 1908년 9월 결혼으로 행복한 삶을 누리기 직전까지 그러했다." 그는 이 자서전을 1930년에 출판했다.

이후로도 나는 처칠에 관한 책이나, 그가 직접 쓴 책을 한 권씩 차례로 읽어 나갔다. 어느 책이든 그의 인생과 경험의 영역은 나를 압도했다. 1874년(남북전쟁이 1865년에 끝났다)에 태어난 것과, 90세까지 산 것, 25세이던 1900년에 처음 의회에 들어간 것, 1908년부터 1940년까지 7번이나 입각한 것, 영국 총리직에 2번이나 올랐다가 1964년 89세의 나이로 은퇴한 일까지 모두 그랬다.

처칠은 급격한 변화의 시대를 살았다. 창을 무기로 쓰는 영국 경기병대 소속으로 전투를 치르기도 했고, 이미 내각 구성원이던 1910년에는 라이트Wright 형제가 비행기를 발명했다는 소식을 듣고 그들과 접촉할 것을 주장하기도 했다. 그리고 그는 맬컴 엑스(Malcolm X, 1925~1965, 미국의 급진적 흑인 운동가 ―역주)가 암살당한 1965년에 사망했다.

본격적으로 그의 삶에 들어서자 하나의 진실(때로 주목받기도 하고, 간과되기도 하는)과 대면하게 되었다. 처칠의 초상화는 수십 가지 방법으로 그려질 수 있고, 또 그것들 모두가 사실처럼 보일 수 있다는 것이었다. 나는 처칠의 전기를 쓴 작가들이 같은 사실을 놓고도 다른 결론에 도달했다는 것에 적잖이 놀랐다. 과연 처칠은 군사적 천재였을까, 아니면 참견하기 좋아하는 아마추어였을까? 또 위대한 자유의 옹호자였을까, 반동적 제국주의자였을까? 또 성공한 사람일까, 실패한 사람일까? 그와 관련된 모든 자료를 개괄적으로 파악한 뒤에는, 각 보고서가 어떤 식으로 특정 사실을 강조하고 다른 것을 생략하여 결론을 뒷받침했는지 흥미롭게 살펴보게 되었다.

몇몇 까다롭고 복잡한 주제는 전기 작가들이 같은 증거에 서로 다른 무게를 두거나 상호 모순되는 결론을 이끌어낸다고 해도 크게 이상할 것이 없었다. 하지만 너무나 뻔한 듯이 보이는 사실이 전기 작가에 따라 전혀 다른 성격으로 그려지기도 했다.

예를 들어 존 루카치J. Lukacs는 저서 『결투, 히틀러 대 처칠 The Duel : Hitler vs. Churchill』에서 "처칠은 히틀러와 달리 거리낌 없는 감성의 소유자였다. 어떤 경우에는 그의 눈에서 눈물이

솟기도 했다."라고 적었다. 하지만 사실인즉 이는 너무 억제된 표현이었다. 처칠의 동료에 따르면 처칠은 아주 자주 울었고, 그것도 많은 양의 눈물을— "그는 물통이라도 채울 듯했다."(해럴드 니컬슨의 『The War Years 1939~1945 : The Diaries & Letters vol.2 of Harold Nicolson』에서)—흘렸기 때문이다. 아마도 루카치에게는 '울보 처칠'이 별로 편치 않았던 것이리라.

때로 어떤 전기 작가들은 뚜렷한 증거도 없이 너무나 많은 사실을, 오로지 인물의 동기나 정신 상태를 규정하려는 의도로 파고들기도 했다. 가령 윌리엄 맨체스터W. Manchester의 『마지막 사자 : 처칠, 영광의 비전The Last Lion : Winston Spencer Churchill, Visions of Glory』에서는 처칠의 어머니 제니 제롬Jenny Jerome의 10대 시절 모습까지 묘사되어 있다. "그녀는 은밀하고도 생기발랄하며 호화로운 자태로 서서, 왼팔을 길게 뻗어 접은 우산 위에 올려놓고 대담하게 사진사를 바라보았으며, 엉덩이는 기운차게 위로 추켜올린 채였다. 방자하면서도 자세를 취하는 잠깐 동안을 참지 못하는 처녀의 모습이었다."

나는 그 사진을 보면서 맨체스터가 어떻게 이 모든 묘사를 이끌어낸 것인지 의아해졌다. 내 눈에 그 사진 속에는 단지 빅토리아풍 의상을 차려입은 제니의 어머니와 세 딸의 모습이 있을 뿐이었다. 물론 제니는 우산 위에 손을 올려 두었고, 후일 많은 남자와 사귀기도 했다. 하지만 사진 속 제니는 엉덩이를 위로 들고 서 있지도 않았고, 별로 방자해 보이지도 않았다. 아무래도 제니에 대한 묘사라기보다는 맨체스터 자신의 의도를 이야기하는 것 같다는 생각이 들었다.

관점 왜곡은 가까운 사람들의 회고록일수록 더했다. 처칠의 주치의로서 트집 잡기 좋아하고 자만심이 강했던 모란 경Lord Moran의 일기에는 극적인 사례가 잘 나타나 있다. 이로써 모란 경이 주장하는 바와 독자가 믿는 사실 사이에는 상당한 간극이 생겼다. 가령 모란 경은 자신이 상당히 심각한 수준으로 여겼던 처칠의 우울증 발작에 관해 처칠과 이런 대화를 나누었음을 밝히고 있다.

"당신의 고통―우울증 문제―은 선조에게서 물려받은 것입니다. 당신은 평생 그것과 싸워 왔습니다. 그래서 더욱 병원을 찾는 일을 싫어하시지요. 당신은 기분을 우울하게 하는 일은 항상 피하려고만 합니다."

윈스턴은 내가 너무 많은 것을 안다는 듯 나를 바라보았다.

모란 경은 아마도 처칠이 그의 통찰력을 놀라워하며 자신을 바라본 것으로 믿고 싶었을 것이다. 하지만 처칠은 그때 이런 눈빛을 하고 있었을 수도 있다. '건방진 놈!' 또는 '당연히 병원 가는 건 싫지. 누군들 좋아하겠어?'

한 인물에 대한 다양한 전기물을 읽다 보면 하나의 사실이나 사건이 시사하는 범위가 얼마나 넓은지도 잘 드러난다. 존 참리 J. Charmley가 수정론적 관점에서 쓴 『처칠, 그 영광의 끝 Churchill : The End of Glory』에는 처칠이 1940년 6월 4일 하원에서 한 유명한 연설이 인용되어 있다.

우리는 끝까지 해낼 것입니다. 어떤 희생을 치르더라도 우리는 프랑스에서 싸울 것이고, 바다와 대양에서 싸울 것이며, 더욱 큰 확신과 힘을 가지고 하늘에서 싸울 것이고, 우리 섬나라를 지켜 낼 것입니다. 우리는 해안에서 싸울 것이고, 상륙 지점에서도 싸울 것이며, 들판에서, 거리에서, 언덕에서도 싸울 것입니다. 우리는 결코 항복하지 않을 것입니다.

참리는 이 연설을 처칠의 가장 진취적이고도 의미 있는 연설이자 '고고한' 연설로 인정하면서도, 결국에 가서는 "고상한 헛소리nonsense"라 결론을 내리고 있다.

이처럼 아주 단순한 사실도 다각적 해석과 다양한 의미 부여가 가능하며 그런 만큼 많은 주제를 다루는 일은 무척이나 까다로운 작업이다. 다르다넬스 해협(Dardanelles, 1915년 처칠이 해군 장관일 때 터키와의 전투에서 최대 참패를 당한 지역. 처칠은 이 전쟁의 책임을 지고 장관 자리에서 물러났다—역주)에서 처칠이 구사한 전술은 정말 잘못된 것이었을까, 아니면 뛰어난 것이었을까? 또 처칠은 그때의 패주에 대해 얼마나 책임을 져야 할까? 귀족 속물이었을까, 노동자 계급의 친구였을까? 1945년 왜 수상 자리에서 쫓겨났을까? 이들 질문과 관계된 수많은 사실들이 여러 측면에서 대립하고 있지만, 무엇이 더 중요하냐는 문제는 여전히 해결되지 않은 채로 남아 있다.

당신이 전기 작가라면 토니팬디(Tonypandy, 1910년 처칠이 내무장관일 때 노동자 파업에 대해 가혹한 탄압을 전개한 곳—역주)나 안트베르펜(Antwerp, 영어식으로는 앤트워프. 1914년 벨기에 북부 도시인 이곳에 현지 조사차 왔던 처칠이 직접 군사작전을 지휘하여 물의를 빚음—역주), 또는 그리스 문제(2차대전 초기 영국군의 이른 철수로 일찌감치 이탈리아에 점령당함—역주)를 강조할 것인가, 그렇지 않을 것인가? 또 그의 성생활, 재정 상황, 우정, 다이어트, 신앙 문제 등을 자세히 파고들 것인가, 그냥 둘 것인가?

나는 갈등의 중심에 있는 이들 증거를 올바르게 판단하고 내가 생각한 바의 중요성을 입증하기 위해 직접 '나의 처칠'에 대한 전기를 쓰기로 작정했다.

물론 처칠은 전기가 부족한 인물은 아니다. 지금까지 전기 650여 종이 도서관 서가를 채웠고, 8권 분량에 총 9,000페이지에 이르는 전기도 있다—이 책은 영국에서 가장 긴 전기로 기네스북에 올랐다. 친구, 가족, 동료들도 수십 종의 회고록을 남겼다. 처칠은 수천 종의 역사책에 등장할 뿐 아니라, 직접 자신의 삶을 기록한 저술도 다수 있다.

처칠의 전기를 쓴 다른 작가들과 달리, 나는 처칠과 동시대에 살지 못했다. 제프리 베스트Geoffrey Best, 존 참리, 마틴 길버트M. Gilbert, 로버트 로즈 제임스R. Rhodes James, 로이 젠킨스R. Jenkins, 존 키건J. Keegan, 존 루카치, 윌리엄 맨체스터, 클라이브 폰팅C. Ponting, 노먼 로즈N. Rose 등은 모두 처칠이 살아 있을 때의 모습을 기억하고 있지만, 나는 그가 죽은 뒤에 태어났다. 따라서 내 인생에 처칠의 실체는 존재하지 않는다. 그것 말고도 다른 점은 또 있다. 앞서 말한 전기 작가들은 대부분 영국인이다. 또한 내가 제대로 기억하고 있다면, 몇몇 친구와 친척 외에는 모두 남자였다.

나는 처칠에 관한 또 하나의 전기를 쓰는 일에 대해 흔히 다른 사람들이 얘기하는 미안함은 느끼지 않는다. 사실 그에 관한 전기는 너무나 많다. 1950년에 처칠은 한 전기 작가에게 자신의 삶을 구술하면서, "이제 파헤쳐지지 않은 사실은 거의 없다네."라고 말하기도 했다.

그렇지만 어차피 새로운 세대도 한 번은 그의 삶을 반드시 이야기해야 한다. 꼭 새로운 사실이 밝혀지지 않았더라도 말이다. 일찍이 버지니아 울프는 『에세이 선집Collected Essays』 4권에서 전기라는 장르에 대해, "전기에서 말하는 사실은 한 번 발견되면 언제까지나 지속되는 과학적 사실과는 다르다. 그것은 통념의 변화에 따라 바뀌고, 또 세월이 흐르면 통념도 바뀐다."고 했다. 전기 작가들도 입수한 사실을 올바르게 기술해야 하지만, 그 해석이 꼭 정확할 수는 없고 또 최종적인 것이 될 수도 없을 것이다.

처칠은 책에 실린 것보다 훨씬 생생하고, 용감하고, 비극적으로 존재하였으며, 나는 바로 그러한 처칠, 내가 본 처칠을 묘사하고 싶었다. 나는 역사의 구석구석을 찾아 헤매는 동안 어떤 곳은 건너뛰고 어떤 곳은 오래 머무르되 너무 많은 내용을 찾아내지는 않으려 했다. 다만 원하는 바를 찾고자 했다.

그래서 나는 '나의 처칠'에 대해 내가 고른 일화와 함께 상호 대립된 주장들을 모두 실어, 그의 인생을 대변하는 굵직한 사건은 물론 그의 성품과 명성에 대한 다양한 평가를 동시에 전달할 수 있는 전기를 쓰기로 결심했다. 과연 그는 민주주의의 승리자였을까? 정말 알코올 중독자였을까? 나는 이 전기를 통해 인물에 대한 총체적 시각을 선물하고자 했다. 수많은 전기 저작물과 대조적 관점으로 저술된 전기 십수 권을 통독해야 하는 노력을 이 책이 대신해 주기를 바라는 마음에서다. 독자들은 이 책을 통해 다양한 모습의 처칠과 만나고, 또한 그간의 전기들에서 표방해 온 처칠을 보는 여러 시각을 새롭게 고찰하는 기회를 갖게 될 것이다.

이 책의 40개 장은 서로 다른 처칠의 모습을 보여 줄 것이다. 각각에 담긴 40가지 주제는 다양한 각도에서 몇몇 예상치 못한 부분을 찾아내어 의문을 제기하게 할 것이다. 다만 그 과정에서 서로 갈등을 빚는 관점을 해소하기 위해 노력하기보다는 별개의 관점을 그대로 드러내 독자 스스로 판단하도록 했다.

한 가지 주제를 다양한 방식으로 점검하는 것은 이미 오래전부터 내려온 전통이다. 신약성서의 4제자 복음서(예수의 삶과 죽음을 네 제자가 각자 적은 복음서로 마태복음, 마가복음, 누가복음, 요한복음을 말한다—역주), 바흐의 골드베르크 변주곡, 월리스 스티븐스W. Stevens의 시 「찌르레기를 보는 13가지 방법」, 구로사와 감독의 영화 〈라쇼몽〉, 모네의 〈루앙 대성당〉 등이 그러하다. 〈루앙 대성당〉 연작은 하나의 대상이 빛의 변화에 따라 색이 달라지는 미묘한 차이를 나타낸 작품이다. 어둠과 빛, 비난과 칭찬은 함께 있어야 한다. 결점을 포함해 처칠의 모든 것을 온전히 알아야만 그의 위대함을 기릴 수 있고, 그에게 내재된 모순성을 깨달아야만 그의 진면모를 이해할 수 있기 때문이다.

다각적 접근법을 선택한 데에는 전기 작가가 지닌 한계를 보여 주고픈 의도도 숨어 있다. 편향된 전기는 그것만 읽는 독자에게는 상당히 설득력이 있을 수 있다. 재닛 맬컴J. Malcolm이 실비아 플라스를 다룬 평전 『The Silent Woman』에서 지적했듯이 "전기 작가가 이야기하는 것 외에 다른 것은 알 길이 없는 독자들은 …… 우둔한 평온함에 빠져들어 그것을 읽는다." 그러나 다른 전기를 접한 독자들은 좀더 적극적으로 전기에 언급된 진술에 의문을 갖기 시작한다. 소설가 캐서린 포터K. A. Porter는 전기 작가들의 사실 포착 능력에 강력한 의구심을 나타내면서 자서전에 "이 탐욕스러운 원숭이들아! 그 탐욕스러운 발톱을 우리 삶에서 거두어 가지 못하겠느냐? 너희들은 아무것도 모르고 제대로 추측할 수도 없다. 그러니 입 닥치고 있어라."라고 쓰기도 했다. 나는 다각적 해석을 보여 주는 과정을 통해, 다른 전기물에서 규정되는 확신에 찬 결론들이 얼마나 믿기 어려운 것인지 말하고 싶었다.

처칠의 다방면 인생에서 본질적 핵심을 추출해 내기 위해 40개 장은 각각 한 가지 질문에만 집중하고 있다. 처칠에게 최상의 시간은 언제였는가, 그는 세상을 어떻게 보았는가, 가장 두드러진 장점은 무엇이었는가, 약점은 무엇이었는가, 인생에서 중요한 시기는 언제였는가, 그는 어떻게 생겼는가, 어떻게 죽었는가, 무엇이 그를 영웅으로 만들었는가, 그는 부정不貞을 저질렀는가 같은 식이다. 무심코 들을 땐 아주 고루하게 들리지만, 결국 우리가 위대한 인물의 생애를 연구할 때 진정으로 알고 싶어 하는 내용일 것이다.

이러한 단편 분리법은, 엄청난 분량의 자료에서 정수精髓를 (물론 '내 관점에서의') 선별할 수 있는 가장 경제적이고 흥미로운 방식이었다. 많은 군더더기를 제거한 뒤 처칠이라는 인물은, 섬과 제국, 전쟁에 대한 열망, 명예욕, 눈물, 상상과 사실 사이의 긴장감 등이 집중 조명되면서 더욱 예리하게 드러났다. 또한 영웅, 천재, 역사상 가장 위대한 인물로 묘사되는 '나의 처칠'의 또 다른 면모를 발견할 수도 있었다.

이렇게 쓰인 처칠의 인생사는 다소 변칙적으로 보일 수도 있다. 특정 소재는 자세히 다루면서도 어떤 것은 상당 부분 생략했기 때문이다. 그러나 이러한 방식에도 전례가 있다. 바로 처칠 자신에 의해서다. 그는 비록 대학 교육을 받지 못했지만 수많은 전기와 역사서를 쓰는 데 전혀 거리낌이 없었으며 저서 『영어권 국민의 역사』에서는 직접, "이 책은 전문적인 역사가의 저작과 경쟁할 의도로 쓴 것이 아니며, 단지 개인적 관점을 제시하려는 데 목표를 두고 있다."고 밝힌 바 있다. 이는 클레멘트 애틀리(Clement R. Attlee, 1883~1967, 노동당 당수, 제2차 세계대전 후 영국 수상 역임—역주)가 처칠의 이 책을 평가하며 '역사상 나에게 흥미로웠던 사건들'이라고 제목을 붙였더라면 더 좋았을 것이라고 말했던 바와 상통한다. 이 전기 역시 처칠에 관련된 것 중 나의 흥미를 끈 사건들이 중심을 이룬다.

나는 독자들이 이 전기를 —결론이 없는 대로— 읽음으로써 처칠의 삶과 그만의 독특한 기질을 만나볼 수 있게 되기를 기대한다. 그와 동시에 우리가 타인에 대해 얼마나 아는 것이 없는지, 또 그런 만큼 타인의 삶을 요약하는 일이 얼마나 어려운 것인지를 인식하는 기회가 되기를 희망한다.

차례

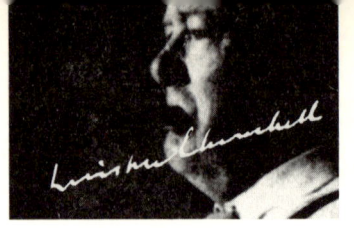

I
자유의 투사 처칠
그는 영웅이었나

이사야 벌린I. Berlin, 제프리 베스트, 마틴 길버트, 윌리엄 맨체스터 등 처칠에 관한 전기를 쓴 작가들은 대부분 그를 영웅으로 칭송하고 있다. '영웅 처칠'은 그들에 의해 정의되고 전파되었으나 '영웅 처칠' 구축에 가장 많은 공헌을 한 사람은 바로 처칠 자신이었다.

영웅적 관점에서 처칠은 분명 위인이었으며 조국을 구해 낸 구세주였다. 또 선견지명과 총명함을 갖춘 정치인이자 뛰어난 웅변가였다. 다수의 저서를 남긴 작가이자 그림에 조예가 깊은 화가였으며, 애정 표현이 남다른 아버지이자 남편이었다. 결점이라고 해봐야 애교로 보아 넘길 만한 것이거나 눈감아 줄 수 있는 정도였다.

일찍이 윈스턴 처칠만큼 조국을 위해 많은 일을 해낸 지도자는 없었다. 용기 있고, 관대하며, 정통 영국인인 그는 영국의 영웅사에 등장하는 위대한 장군과 같은 인물이었다. 처칠은 분명 보통 사람들과 달랐다. 어떤 위험도 두려워하지 않았고, 그 어떤 장애도 그의 무한한 에너지에 대적할 수 없었다.

처칠에게 최고의 시간은 1940년이었다. 수년간 나치의 위협을 거듭 경고해 오던 그는 마침내 영국의 힘을 규합하여 독일에 단독으로 대항하기 시작했다. 프랑스를 비롯해 수많은 국가가 나치 앞에 쓰러지고, 소련이나 미국은 아직 움직이기도 전이었다. 이후 처칠은 뛰어난 웅변술과 넘치는 파워, 타협을 모르는 절개는 물론, 그의 상징인 여송연, 위스키, V사인과 함께 용기와 자유의 심볼이 되었다. 무려 5,500만 명의 목숨을 앗아간 인류 역사상 가장 참혹한 전쟁에서 처칠은 홀로 영국과 전 세계를 구출해 냈던 것이다.

하지만 1940년의 유명한 승리는 그의 역사에서 아주 작은 일부에 지나지 않는다. 처칠은 일찍이 전쟁 영웅과 저널리스트로서 공인의 삶을 살고 있었고 25세에 영국 정치계에 들어섰다. 그리고 몇 년 지나지 않아 지도적 인물로 부각되었고, 겨우 31세 때 첫 번째 전기가 출간되었다. 62년간 하원의원을 지내면서 외무장관을 제외한 주요 관직들을 모두 거쳤다(그의 엄청난 국제적 영향력을 볼 때 상당히 아이러니한 일이다). 이때의 경험을 통해 영국 국민과 군대를 통치하는 데 있어 균형 있는 장악 능력을 기르게 되었다.

처칠의 능력은 정치적 위상을 관리하는 일에서도 고갈됨이 없었다. 수많은 저서와 연설문은 모두 품질과 영향력 면에서 뛰어났으며, 아울러 그는 조예 깊은 화가이자 숙련된 벽돌공이자 비행기 조종사이자 폴로 선수이자 명사수였다. 게다가 헌신적인 남편이었고, 애정이 넘치는 아버지였다.

처칠의 평생에 걸쳐 발생했던 굉장한 사건들은 영국 역사에 기록된 명장면이기도 하다. 그의 어릴 적 기억은 아일랜드에서 말버러 공작이던 할아버지가 군중 연설을 하는 동안 말에 타고 영국 장교들을 바라보던 때로 거슬러 올라간다. 이후 식민지 인도, 장자 상속, 전쟁 중의 참호, 윈저성城, 은 쟁반, 노동 파업, 푸딩, 장미 정원, 사자, 우산(이들 단어는 처칠의 삶에서 다양한 상징성을 지닌다—역주)등이 그의 삶을 엮게 되었다.

윈스턴 처칠은 1874년 11월 30일에 태어났다. 아버지 랜돌프Randolph 처칠은 타고난 재능의 정치가이자, 18세기 위대한 영국 장군 말버러 공작 존John 처칠의 자손이었다. 처칠의 어머니 제니는 아름답고 교양 있는 미국인으로서 뉴욕 금융가 레너드 제롬Leonard Jerome의 딸이었다.

처칠은 어린 시절부터 모험을 즐겼다. 1896년에는 제4경기병 연대 소속으로 인도에 출정했다. 그곳에서도 비교적 수월한 기병 장교의 임무에 만족하지 못하고 엄격한 자기 수련 과정의 일환으

윈스턴 처칠, 1943년 6월

로 의회 논쟁집과 아버지의 연설문은 물론, 매콜리(Thomas B. Macaulay, 영국의 역사 작가, 『영국사』를 지음—역주), 기번(E. Gibbon, 영국의 사학자, 『로마제국 쇠망사』를 지음—역주), 다윈, 플라톤, 아리스토텔레스의 작품을 열심히 읽었다. 조금이라도 얼른 명성을 얻고, 전투에 참가하고, 돈도 벌고 싶은 마음에 종군 기자에 자원했다. 이것이 작가로서의 첫걸음이자, 그가 보아 온 군사 작전에 대한 책, 전기 문학, 역사서, 수필, 소설은 물론 수많은 잡지와 신문 기사에 이르기까지 지금도 널리 찬탄을 받는 수많은 책을 써내는 출발점이었다.

1899년에 처칠은 보어 전쟁(Boer War, 남아프리카공화국의 지배권을 놓고, 네덜란드 후손인 보어인과 영국 사이에 벌어진 전쟁—역주)에 파견되어 기사를 타전하기 시작했는데, 여기서 용감하게 장갑 열차의 아군 부상병을 구출하려다가 보어인에게 붙잡히고 말았다. 하지만 운 좋게 탈출에 성공하여 적지에서 숨어 지내다가 우연히 영국 출신 광산 관리인을 만나 안전한 곳으로 탈출하게 된다. 그 뒤 본국으로 돌아와 영웅 대접을 받았고, 귀족의 손자가 직접 전하는 스릴 넘치는 탈출기는 그를 곧 국가적인 유명인사로 만들었다.

하지만 처칠은 스스로 원하는 바를 잘 알고 있었다. 군인이 아닌 정치가가 되길 원했다. 1900년 영국에 귀환한 그는 첫 번째 선거에서 승리를 거둬 아버지와 똑같이 25세에 보수당 하원의원으로 의회에 들어섰다.

그 뒤 처칠은 자유 무역에 대한 강력한 지지 때문에 1904년 자유당으로 당적을 바꿔야 했다. 자유당에서도 뛰어난 재능에 힘입어 곧 유명인사 대열에 올랐고, 33세에 이미 내각에 들어섰으며, 그 이후 두루 주목할 만한 공직 경력을 쌓게 되었다. 그의 비범한 재능, 강인함, 날카로운 재치 등은 모든 사람에게 인정을 받았다. 얼마 지나지 않아 처칠은 영국 전체에 명성을 떨치는 인물이 되었다. 프랑스의 밀랍인형 제작자 마리 튀소Marie Tussaud(마담 튀소 밀랍인형전시관의 창립자—역주)가 작품전에 전시하기 위해 처칠의 실물 크기 밀랍인형을 만들었을 때 그의 나이 고작 35세였다.

1908년에는 열렬한 구애 끝에 클레멘타인 호지어Clementine Hozier와의 결혼에 성공했고, 두 사람은 해로했다.

입각 생활 초기에 처칠은 근대 복지 국가 성립에 많은 도움을 주었고, 1911년 국내 정치에서 군사 정치로 발을 옮기면서 해군장관 자리에 올랐다. 해군장관직의 위상은 그의 경력 중 가장 만족할 만한 것이었지만, 곧 다음 사건으로 좌절을 겪으며 물러나야 했다.

제1차 세계대전 중에 처칠은 전쟁의 처참한 난국을 타개하기 위해 터키 본토와 갈리폴리 반도 사이를 가로지르는 다르다넬스 해협을 공격할 결심을 굳혔다. 지중해와 흑해를 연결하는 다르다넬스를 급습하고 나아가 영국의 적인 터키의 수도 콘스탄티노플을 장악하게 된다면, 연합군은 러시아의 흑해 항구로 직접 군수품을 조달할 수 있을 것이고 러시아 군대를 도움으로써 서부 전선의 위협도 약화할 수 있으리라 믿었던 것이다.

전시 내각은 이 계획에 손을 들어주었지만 제때에 충분한 지원을 하지 못하여, 처칠이 불굴의 노력을 기울였음에도 패하고 말았다. 자유당 정부는 붕괴되었고 보수당은 연립 내각을 구성하는 조건으로 처칠의 사임을 요구했다. 공직에서 물러난 처칠은 전쟁에 아무런 공헌을 하지 못하는 자신의 무력함에 실망하여 직접 서부 전선에 뛰어들었다(그 만한 지위에 오른 정치인 중에 처칠처럼 직접 참호 속까지 들어간 사람은 없었다). 그가 만든, 몸에 들끓는 이를 없애는 기상천외한 전략, 군 생활 개선을 위해 기울인 노력, 포화 속을 돌진하는 대담성은 부하들의 찬사를 끌어냈다. 야전에 오래 머무르기에는 너무나 유능했던 그는 곧 1917년 런던으로 돌아와 다시 주요 관직에 오르게 된다.

보수당에 복귀한 처칠은 1924년 수상 다음의 2인자 자리인 재무 장관에 취임했다. 이로써 그는 최고 권력을 눈앞에 두게 두었다.

그러나 1930년부터 시작된 그의 '야인 시대'에는 모든 정치적 흐름이 그에게 불리한 방향으로 흘렀다. 재야에서 그는 독일의 재무장과 독재자의 비위를 맞추려는 영국 정부의 정책을 맹렬히 비난했지만 누구도 그의 말을 들으려 하지 않았다. 세월이 흐르면서 히틀러의 배반으로 처칠의 예견이 옳았음이 확인되었고, 다시 처칠이 세간의 주목을 받기 시작했다. 그는 이미 오래전부터 독일과의 전투를 촉구하고 있었고, 이제 독일과의 전쟁 선포에 임박한 이상 처칠이 그 임무를 맡는 것은 너무도 당연한 일이 되었다. 그는 해군장관으로 복귀했다.

1940년 네빌 체임벌린(Neville Chamberlain, 1869~1940, 처칠의 전임 영국 수상. 독일과의 평화를 주장한 유화론자—역주) 정부가 실 각하자 국가는 처칠에게 의지했다. 처칠이 대의를 이어 난세를 돌 파할 임무를 짊어지게 된 것이다. 그는 불굴의 낙관주의와 영웅적 시각, 무엇보다 뛰어난 연설을 통해 영국 국민의 의지를 북돋았 다. 수년 뒤에 처칠은 이 시기를 회상할 때마다 "우리 섬나라의 끝에서 끝까지 강력하고도 고귀한 흰 불꽃이 타오르던" 시절이라 고 표현하곤 했다. 그 불꽃을 점화한 사람이 바로 처칠이었다.

1940년 6월 16일 프랑스가 항복했다. 독일이 전 유럽을 무너 뜨리는 동안 오로지 영국만이 지속적인 공습과 침투의 위협에 맞 섰다. 처칠은 "더욱 정신을 가다듬고 우리 의무를 다함으로써 우 리 제국과 연방을 천 년 더 이어 후세인들이 이 순간을 두고 '그 때가 바로 그들의 최상의 순간이었노라'고 할 수 있도록 노력하 자."는 말로 국민을 설득했다.

1941년 6월 22일, 독일이 소련을 침공하자 처칠은 소련에 지 원을 서약했다. 12월 7일 일본이 진주만을 공격하자, 영국은 미 의회보다 먼저 일본에 전쟁을 선포했다. 영국, 미국, 러시아 3국 은 서로 근본적인 차이점이 있음에도 대연합전선을 형성하여 끝 까지 투쟁하자고 결의했다. 연합군은 점차 전세를 뒤집었고 몇 년간 전투를 치른 끝에 마침내 독일의 항복을 받아 냈다. 1945년 5월 8일, 처칠은 유럽 전선에서 승리하였음을 선포했으며 수많은 군중이 모여 그를 환호했다. 그는 "우리나라의 오랜 역사 중 오늘보다 위대한 날을 일찍이 본 적이 없다."고 포효했다.

그러나 처칠에게는 승리를 음미할 여유도 없었다. 영국 국민이 투표를 통해 처칠을 총리직에서 해임한 것이다. 전 세계를 놀라게 한 이 사건은 전쟁의 상처와 기억을 밀어내려던 영국 국민의 선택이었다. 이는 이미 1930년에 처칠이 예견한 바 있었다. "영국인은 극히 드문 경우를 제외하고는 각료들을 쫓아내는 방종을 누릴 자유마저 빼앗기지는 않을 것이다." 15년 후, 영국 국민은 처칠이 얼마나 자기 나라 사람들을 제대로 이해하고 있는지를 확인시켜 준 셈이었다.

1945년 8월 14일, 원자폭탄 공격을 2번 받은 일본이 항복하면서 제2차 세계대전은 끝이 났다. 종전 뒤 처칠은 집필에 전념했지만 단순히 역사에 대한 논평을 남기는 것만으로는 만족하지 않았다. 계속해서 외교 활동을 통한 영향력을 행사하고 있었고, 1946년 3월 미국 방문 길에는 그 유명한 "발트해의 슈테틴에서 아드리아해의 트리에스테에 이르기까지, 대륙을 가로질러 철의 장막이 드리워졌습니다."라는 연설문을 남겼다(제프리 베스트, 『처칠 : 위대성의 탐구』에서). 영국 국민은 1951년 처칠을 다시 권좌로 불러냈고, 그는 고령으로 물러난 1955년까지 영국 수상으로서 직무를 충실히 수행했다. 처칠은 여왕 엘리자베스 2세에게 마지막 인사를 전했다. 빅토리아 여왕에게 처음 군 위임장을 받았던 그가 여왕의 고손녀인 엘리자베스 2세 때 공직에서 물러났던 것이다.

은퇴 후에도 여전히 활발하게 활동하던 그는 1962년 87세에 해외 여행을 하다 허리를 다쳤다. 프랑스 병원이 입원실을 마련하자 그는 "난 영국에서 죽겠네."라고 말했다. 당시 영국 수상은 황실의 특별 수송기를 보내 처칠을 런던까지 후송했다. 처칠은 그토록 사랑하던 하원 의원석을 1964년까지 지켰다.

1965년 1월 24일 윈스턴 처칠은 90세 나이로 생을 마쳤다. 영국에서는 보기 드문 예우인 국장이 치러졌다. 수십만 인파가 몇 시간씩 기다려 영국에 헌신한 고인에게 경의를 표했다. 시신은 그의 뜻대로 블래든 교회의 아버지 곁에 안장되었다.

"우리는 어떤 희생을 치르더라도 반드시 우리 섬나라를 지킬 것입니다. 우리는 해안에서 싸울 것이고, 상륙 지점에서도 싸울 것이며 …… 우리는 결코 항복하지 않을 것입니다." 처칠은 1940년 6월 이렇게 맹세했다. 조국을 위한 그의 공헌과 업적은 결코 잊히지 않을 것이며, 그가 남긴 말들은 세상이 끝나는 날까지 칭송될 것이다.

2
실패한 정치인 처칠
어떤 점에서 비판받았나

처칠의 신화를 만든 이들 곁에는 신화를 부정하는 사람들도 있어서 다양한 사실을 폭로하여 예의 영웅적 평가에 도전하려 한다. 클라이브 폰팅은 처칠의 반동적이고도 오만한 사상을 강조하고, 존 참리는 처칠의 전쟁에 대한 비현실적인 집념과 미국에 대한 맹목적 신뢰가 대영제국의 와해를 초래했다고 주장한다. 데이비드 캐너다인D. Cannadine은 처칠의 수많은 성격적 결함의 증거를 수집했다. 또 모란 경이나 앨런 브룩(Alan Brooke, 제2차 세계대전 중 영국 수비군 총사령관, 제국군 참모대장 역임─역주) 장군은 일지와 서한에서 행정가로서든 전략가로서든 동료로서든 처칠을 실패한 인물로 묘사하고 있다.

이들이 말하는 처칠은 전쟁에 대한 집착과 미국에 대한 감상적 신뢰로 대영제국의 쇠락에 일조했으며 기회주의자이자, 민주주의에 반대하는 자이고, 호전적이고 방탕한 삶을 산 이기주의자였다.

윈스턴 처칠, 1944년 8월

처칠은 영국의 귀족주의와 미국의 금권金權주의의 혼혈아였다. 처칠가家는 몰락해 가는 귀족 가문의 전형이었다. 오랜 전통을 자랑하는 말버러 가문의 후손들은 이제 빚과 도박, 음주, 성추문 및 각종 스캔들로 유명했다. 처칠의 아버지 랜돌프도 마찬가지였다. 총명하긴 했으나 정치 인생은 불안했다. 촉망받는 젊은 정치가로 벼락 출세를 했다가, 재무장관 시절 예산안 문제 때문에 사임하면서 정계를 떠나야 했다. 그 이후로 다시는 공직에 나서지 못했고 일찍이 정신 이상으로 죽었는데, 성병이 사망 원인으로 추정된다.

처칠의 어머니 제니 제롬의 가족 역시 도박과 방종, 부정不貞에 빠져 있었다(제니라는 이름 또한 부친의 애인이던 스웨덴 성악가 예니 린드Jenny Lind에서 따온 것이라는 설이 있다). 제니에게도 많은 애인이 있었는데, 그들 중 상당수가 윈스턴 처칠의 출세를 돕는 수단으로 이용되었다. 제니는 평생 사치스러운 생활 때문에 파산 직전에까지 이르렀다.

랜돌프와 제니는 1873년 8월 12일에 만나 다음 해 4월에 결혼했다. 그로부터 7개월 뒤 윈스턴이 태어났다—《타임스Times》는 조산早産이었다고 했지만, 물론 이를 믿지 않는 사람도 있었다.

랜돌프 부부는 사교생활로 너무나 바빴기에 두 아들 윈스턴과 존은 대부분 하인들 손에 키워졌다. 처칠은 '움Woom'이나 '우매니Woomany'라 부르던 유모 에버리스트 부인의 애정과 관심 속에 자랐다. 9살이 되어 기숙학교에 다니던 처칠은 의무를 소홀히 하는 어머니에게 "지금까지 답장을 하지 않다니 너무하세요. 이번 학기엔 어머니 편지를 겨우 한 장 받았어요."라고 쓰기도 했다. 하지만 부모가 관심을 보일 때쯤엔 지각과 나태, 품행 불량에 대한 지적으로 가득 채워진 성적표로 그들을 실망시켰다. 그는 또한 S를 발음할 때마다 혀 짧은 소리를 냈는데 그로 인해 연설할 때 발음이 불확실하고 듣기에 별로 좋지 않았다.

아버지는 그를 군대에 보내기로 결정했다. 윈스턴의 자질을 믿어서라기보다는, 아들이 법조인이 될 만큼 똑똑하지 않다는 결론을 내렸기 때문이었다. 그렇지만 처칠은 샌드허스트 육군사관학교 시험에 2번이나 떨어졌고, 런던의 입시 학원에서 6개월 보낸 뒤에야 겨우 입학할 수 있었다. 경기병輕騎兵 과에서만 입학 자격을 얻었다. 보병대와 달리 경기병과에서는 지적 능력보다 돈으로 장교 되는 일이 더 쉬웠기 때문이다.

처칠이 소속된 부대는 1896년 처음으로 인도에 도착했다. 처칠은 곡예를 하듯 겨우 학업을 마친 뒤였고, 이제 평소에 열망하던 명예와 권력을 성취하기 위해 독학을 시작했다. 벼락치기식 자기 수양 과정의 하나로 처칠이 선택한 것은 어머니가 보내 준 다양한 서적을 읽는 것이었다. 이후 처칠은 독학자들의 전형적 특징인, 체계적이지 않은 사고 습관을 보이게 되었다. 정밀한 분석 과정을 통해 결론을 도출하는 대신 이것이다 싶으면 밀고 나가는 식이었다.

그 후 몇 년 동안 처칠은 영국이 치르는 '작은 전쟁들'에 참가할 계획을 세웠다. 또 이런 전투를 즐기기도 했다. 처칠은 자서전 『나의 청춘기』에서 이렇게 밝혔다. "이런 전쟁에는 매력적인 스릴이 넘치고 …… 그 대가라 봐야 겨우 30~40명 정도의 희생만 뒤따를 뿐이었다. 지금은 지나가 버린 그 유쾌한 시절 영국의 각종 전투에 참여한 대다수 병사에게 그것은 근사한 게임을 할 때 느끼는 매력적인 스릴과도 같았다."(아마 이 매력적 스릴은 영국에 맞서는 국가의 병사들에게는 해당사항이 없었을 것이다. 옴두르만 전투만 보아도 영국의 피해는 사망 25명에 부상 136명이었지만, 이슬람교인들은 1만 명이 죽고 1만 5천 명이 부상을 입었다고 한다.)

처칠은 가문의 모든 연줄을 동원하여 전투 중인 현장 곳곳에 모습을 드러내고자 했다. 그렇게 하면 영웅적인 공헌을 세우든, 자신에 관한 기록을 남기든 명성을 얻을 수 있었기 때문이다. 그는 곧 주목받는 가장 빠른 방법이 명망가들을 비판하고, 타인에게 심지어 군대 상관에게조차 그들의 일 처리 방식에 대한 비판과 충고를 서슴지 않는 것임을 깨닫게 되었다. 초기 저술 중 하나인 『강의 전쟁The River War』은 '위관 장교가 장군들에게 보내는 충고서'로 비난받기도 했다.

1899년 처칠은 하원의석을 차지하기 위해 첫 선거 운동에 나섰고 그 후로 수없이 맛보게 될 패배를 처음으로 겪었다. 그 뒤 보어 전쟁의 종군 보고서를 작성하기 위해 남아프리카공화국으로 퇴각하다가 적군에 체포되었다. 함께 탈출하기로 계획한 동료들을 두고 혼자만 포로수용소를 빠져나와 안전한 장소로 도망쳤다. 주목받을 수 있는 방법에 대해 본능적 감각을 지니고 있던 그는 이 탈출의 활용 가치에 주목했다. 그리고 다른 뉴스들보다 먼저 자신의 모험담을 본국에 전송했다. 귀국한 처칠은 영웅으로 환대를 받았고, 그 자리에서도 미리 만들어 놓은 뛰어난 '즉석' 연설로 사람들의 환호에 답할 수 있었다. 그의 계획대로 모든 신문은 앞 다퉈 그에 대한 기사를 내보냈다.

1900년 처칠은 그간 관리해 온 전쟁 영웅의 위상 덕분에 의회 선거에서 (간신히) 승리할 수 있었으며 의석을 차지한 지 4일 만에 처음으로 의회 연설대에 올라섰다. 《데일리 뉴스Daily News》는 이때 그의 연설에 대해 "태도나 억양, 외관 등에서 별다른 인상을 심어 주지 못했다."고 보도했다.

보수당원으로 선출된 지 4년이 지나 그는 좀더 우세한 자유당으로 진영을 옮겼는데, 새 당은 그의 탈당에 중요한 보직을 맡기는 것으로 보답했다. 그 후 1924년에 보수당이 권력을 재획득하자 다시 한 번 변절자의 술수를 드러내며 보수당으로 자리를 옮겼다.

처칠의 지성에 이의를 제기하는 사람은 없었지만, 지각 있는 사람들은 모두 그를 무모하고 기만적인 기회주의자로 간주했다. 당을 바꾸는 과정에서 당연히 새로운 적들이 생겼다. 또 어떤 지위에 오르더라도 늘 주변 동료들을 분노케 했다. 수시로 타인의 권한에 간섭했고, 함부로 월권을 행사했으며, 일 처리에서도 우선순위가 없었다. 그의 참모들은 항상 격무에 시달렸고, 이따금

본래 업무와 아무 관계 없는 사소한 업무를 처리하는 데 동원되기도 했다. 가장 가까운 친구 중 한 명은 그의 명망을 비판하면서, "그는 미움과 불신과 두려움의 대상이었다."고 했다. 심지어 친척들까지 그를 싫어했다. 말버러 공작의 미망인은 9대 공작의 부인이 될 며느리에게, "자네의 첫 번째 의무는 사내아이를 낳는 걸세. 저 말썽꾸러기 윈스턴이 공작을 물려받는 것은 견딜 수 없을 테니까."라고 충고하기도 했다.

처칠은 적절한 준비가 되었을 때에는 타고난 웅변가였지만, 혼자서는 제대로 된 생각을 하지 못했고 공적인 자리에서도 미리 암기해 둔 내용 외에는 거의 할 수 있는 말이 없었다. 연설할 때 무대 위에서 해야 할 일도 정해져 있었다. 가령 숨을 돌린 뒤 단어를 떠올리거나, 말을 약간 더듬으며 자세를 고치는 일은 즉흥적인 제스처로 보이지만, 사실 어떤 인상을 심어 주기 위해 계획된 일이었다. 또 오늘날에는 그의 연설문을 좋아하는 사람들이 많지만 당시에 그가 미리 만들어 둔 연설 내용이 현장 분위기와 맞지 않아 청중을 설득하지 못한 것들이 태반이었다.

처칠은 의회에서 대부분의 경력을 쌓았지만 선거에서는 많은 어려움을 겪었다. 1908년 선거에서 패했을 때는 그가 던진 농담이 화제가 되기도 했다. "좌석(의석)도 없는 화장실(W.C., 자기 이름을 빗댄 표현이다 —역주)이 무슨 쓸모가 있담?" 1922년 선거까지 그는 유권자에게 3번이나 외면을 당한 뒤 1924년에야 겨우 선출될 수 있었다.

이후 처칠은 다양한 의혹과 선거 패배에도, 여러 차례 고위직에 올랐다. 하지만 해군장관 시절 다르다넬스 작전을 무리하게 밀어붙이다가 1915년 참패한 뒤 내리막길을 걷게 된다. 목표를 추구할 때에는 현실적이지 못했고, 동료들의 심각한 우려에 냉담하던 처칠은 영국 군대의 헌신만을 강요했던 것이다. 그 결과는 행정부의 몰락으로 이어진 군사력의 괴멸이었다. 처칠은 요란스럽게 서부 전선으로 물러났으나, 채 6개월도 머물지 않았고 그중 최전선에 있었던 것은 3개월 미만이었다. 곧 군수부 장관으로 행정부에 복귀했지만, 평생 동안 "다르다넬스는 어떻게 된 거지?"라는 질문에 시달려야 했다.

정책의 일관성 또한 처칠과는 관계가 없었다. 1930년대에 처칠은 영국의 뒤처진 군사력에 대해 정부를 맹렬히 비난했지만, 1920년대에는 스스로 영국의 군사력을 약화하는 일에 앞장선 바 있다. 공군장관 겸 육군장관 시절에 154개 비행 중대에 달하던 영국 황실 친위대 병력을 24개로 삭감했고, 재무장관 시절에는 국방비 지출을 줄이기 위해 다툰 적이 있다. 게다가 이 시기에는 후에 처칠 자신도 '내 생애 최악의 실수'라 인정한 정책을 시행했다. 1925년 디플레이션과 실업, 산업 불안을 가져오는 것으로 알려진 금본위제를 도입하여 국내에 엄청난 통화 혼란을 초래한 것이다.

처칠은 수입에 비해 가족이 너무 많았고 낭비가 심했기에, 재정 상태 역시 불안정할 수밖에 없었다. 1929년엔 미국 증시 폭락으로 저축한 돈을 모두 날렸고, 작가 인세로 겨우 파산만 면했다. 사실 저서라고 해봐야 정도의 차이만 있을 뿐 모두 개인 경험담이나 가족 이야기였고, 기껏 다른 이야기래야 조국에 대한 의견을 제시하는 정도였다. 어쨌든 온갖 소재를 끄집어내 그럭저럭 독자들의 관심을 이어갈 수는 있었다.

1929년부터 1939년까지 처칠은 보수당과 자유당에서 기피 인물로 여겨지면서 행정직과 영향력을 행사할 수 있는 일체의 가능성에서 배척당했다. 처칠이 고립된 가장 큰 이유는 그가 인도 독립을 격렬히 반대했던 것이었다. 영국인들이 대부분 점진적 양보를 지지하는 데 비해 그는 인도 독립이 곧 대영제국의 몰락을 가져오고 인도의 독재 정치를 용인하는 결과가 된다고 주장했다.

1930년대 정계에서 밀려난 처칠은 제한된 예산이나 취약한 경제로 골치를 썩거나 유화론자들과의 공식적인 의견 충돌을 겪지 않아도 되는 사치를 누리면서, 나치 독일에 대한 정부 정책을 마음껏 비판할 수 있었다. 처음 히틀러에 대해 암울한 경고를 했던 처칠은 그 뒤 인도 독립이나 볼셰비키 정부, 노동조합의 위험성을 경고하면서, 그리고 노동당을 '사회주의자'로 지칭해 그 위협을 경고하면서 자신의 주장에 힘을 싣지 못했다. 또 독일에 관한 주장 역시 상당히 잘못된 정보들, 예를 들면 독일의 힘을 과대 포장한 것들이 많았고, 현실적이지 않은 대책을 내놓기도 했다. 그러나 히틀러의 위협은 실재하는 것이었고, 나치의 위협이 커질수록 처칠의 위상도 강화되었다.

1939년 9월 3일 영국이 독일에 선전포고를 하면서 처칠은 해군장관으로 행정부에 복귀했다. 이어 노르웨이 전투에서 영국군의 작전이 실패하면서 체임벌린 내각이 와해되었고 우연히 가장 중요한 책임을 맡고 있던 처칠이 수상직을 승계하였다. 1940년 5월 처칠은 영국의 수상이 되었지만 많은 사람이 그의 취임을 원치 않았다. 처칠은 장황한 연설, 가식적인 행동, 그릇된 판단력, 아무 데나 참견하는 버릇, 엄청난 음주량 등으로 악명이 높았다. 하지만 가장 유력한 후보였던 외무장관 핼리팩스Edward F. Halifax 경이 수상직을 고사하면서 그 자리는 처칠에게 돌아갈 수밖에 없었다.

수상이 된 뒤 처칠은 권력을 장악하고 의회의 승인을 피하려는 계산으로 자신을 국방장관에 임명했다. 그 후 채 2달이 되기 전 행정부와 전군과 의회를 손아귀에 넣었다. 친구이자 동료였던 비버브룩 경Lord Beaverbrook은 그때 일을 이렇게 술회했다. "풍파의 선두에 있던 처칠은 마치 폭군이 되기 위한 자질은 모두 갖춘 듯했다."

처칠은 막대한 책임을 맡았음에도 사병에 배급되는 잼의 양이나, 행정부 전보의 맞춤법, 폭격당한 동물원 짐승들의 처리 문제까지 거의 모든 일에 간섭하려 들었다.

처칠을 아는 사람들은 누구나 그가 불손하고, 이기적이며, 툭하면 끼어들고, 장황한 연설과 황당한 계획으로 시간을 낭비하고, 남의 말을 듣지 않는 사람이라고 입을 모았다. 전쟁 중 처칠과 함께 일한 영국군 참모진 중 한 사람은 그를 두고 "영화 배우처럼 변덕이 심하고, 말썽꾸러기 아이처럼 잘 삐친다."고 묘사했다.

게다가 전시 배급 상황이 최악일 때에도 계속 피워 대고, 마셔 댔으며, 엄청나게 먹어 댔다. 당시 영국 국민은 일주일에 달걀 한 개와 고기 수십 그램에도 감사해 했지만, 처칠의 아침식사는 학생들의 일주일치 단백질 섭취량을 초과하기 일쑤였다.

영국왕 조지 6세가 자기 욕조에 더운 물을 넣을 때 5인치를 넘지 말라고 엄명을 내린 동안에도, 처칠의 보좌관은 수상의 지방 관저에 전력이 끊겨 상관이 매일 뜨거운 물로 가득 채운 욕조에서 목욕하지 못할 경우를 대비해 보조 전력을 챙겨야 했다. 밤 늦게 때로는 새벽 4시까지 일하는 처칠의 제멋대로인 행동은 주변 사람들을 지치게 하기에 충분했다. 그는 한꺼번에 수많은 단어를 쏟아내고는 제때 타이핑하지 못한다며 비서에게 마구 화를 내기도 했고, 하인이나 비서의 이름을 외우지 못해도 전혀 개의치 않았다.

새로운 말버러 공작이 된 것처럼 행동하고, 애국적인 광경 앞에서 눈물을 흘리기도 하고, 라디오를 통해 각종 선언을 남발하기도 하고, 특히 루스벨트F. D. Roosvelt 미 대통령에게 계속 굽실거리던 처칠은 1941년 강대국 소련과 미국이 참전을 선언할 때까지 승전 가능성이 거의 없던 영국을 그럭저럭 이끌어갈 수 있었다. 처칠과 루스벨트는 다양한 사진 기록 속에서 '특별한 관계'를 과시하고 있지만 사실 루스벨트는 처칠의 반동적 사고에 반대하고 그의 열정을 의심했다. 루스벨트는 처칠에 대해 "하루에 50 가지 생각을 하지만 쓸 만한 것은 서너 가지인 사람"이라고 말하기도 했다. 때론 처칠이 쉴 새 없이 떠들어 대는 모습에 분노하기도 했다. 한번은 어떤 회의에서 처칠의 차례가 되자 무례하게도 동료에게 "이제 30분짜리가 시작되었군 그래."라고 적은 쪽지를 건넸다.

전쟁이 끝나가자 처칠에 대한 국내 지지도 비판 쪽으로 바뀌었다. 처칠이 영국민들에 용기를 불어넣었음을 의심하는 사람은 없겠지만, 과연 그의 다른 임무 수행은 어떠했을까? 1942년 《트리뷴Tribune》지는 퉁명스레 "우리는 언제까지 계속되는 군사적 실패를 포장하는 그럴듯한 연설만 들어야 하는가?"라는 의문을 던졌다. 처칠에게 후계자가 없다는 점도 그가 자리를 보전하는 데 한몫했다. 어느 공직자는 "처칠은 사실상의 독재자다. 그의 자리를 대신할 사람이 없으니 …… 처칠은 분명 의회의 종복이 오직 자신뿐이라는 사실에 혼자 킬킬거리고 있을 것이다."라고 말하기도 했다.

결국 영국의 우방은 처칠을 따돌리기 시작했고, 1942년 이후 그의 전쟁 지휘 능력은 약화되기 시작했다. 또 처칠은 미국에 대한 감상적인 신뢰와 루스벨트와의 우정 때문에 미국의 저의를 제대로 간파하지 못했다. 미국은 영국이 전쟁을 치르면서 자국의 부를 소진하고 친미적 협상 정책을 채용함으로써 제국 스스로 와해의 길을 걷게 할 생각이었다.

몇몇 현명한 보좌관의 충고를 무시한 채 처칠은 남은 자원을 모두 전쟁에 쏟아넣었고, 그 결과 대영제국의 청산에 일조하고 말았다. 전쟁에 필요한 과중한 인적·재정적·물질적 자원 투입은 이미 과도한 확장 상태에 이른 제국에 큰 부담이 되었고, 전후에 영국이 열강 지위에 오르지 못한 원인이 되었다.

그러나 처칠은 제국이 쇠락했음을 인정하길 거부했다. 또한 영국 내에 번지던 변화의 바람—평등주의 확산과 평화로운 번영을 갈망하는 여론을 인정하려 들지 않았다. 일반 대중의 바람을 무시하고 물어뜯는 당파 싸움에 몰두하던 처칠은 국민을 분노하게 하고 말았다. 영국의 사회주의자들이 필연적으로 '게슈타포'가 될 것이라고 주장해 국민이 폭발한 것이다. 독일의 항복을 받아낸 2주 후, 영국 국민은 선거를 통해 처칠을 권좌에서 쫓아냈다.

그로부터 2년 뒤, 처칠은 평생의 결전으로 여기던 싸움에서 패배하고 만다. 인도가 영국에서 독립한 것이다. 그 뒤 수십 년에 걸쳐 대영제국은 와해의 길을 걷게 된다. 인도가 분리되자 아프리카와 아시아에 있던 나머지 영토 또한 굳이 유지할 필요도 없고, 또 그럴 수도 없게 되었다.

1951년 처칠은 77세 나이로 다시 수상이 되었다. 오랫동안 고통 속에 지내던 후계자 이든에게는 매우 당혹스런 일이었다. 그리고 1953년 6월 처칠은 전신마비에 이르게 한 뇌졸중을 앓지만, 놀랍게도 이 사실을 의회와 언론에는 숨겼다. 하지만 1955년 어쩔 수 없이 사임하고 말았다. 그 뒤 처칠이 다시 하원을 방문한

때는 1964년이었다. 그나마 겨우 45분간 머물렀을 뿐, 다시 돌아오지는 못했다. 다음 해에 사망했는데, 그때 나이 90세였다.

처칠은 살아 있는 동안 자신의 제국이 가장 빛나던 순간을 목격했지만, 스스로도 인정하듯이 본격적으로 그 영광에 동참한 것은 제국이 쇠퇴할 때였다.

공인으로서의 삶을 반영하듯 처칠의 개인적 삶도 연속되는 실패로 상처를 입었다. 클레멘타인 호지어가 그의 청을 받아들여 결혼 약속을 할 때까지 무려 세 여인이 그의 청혼을 거절했다. 클레멘타인 또한 약혼을 취소하려 했으나, 그 오빠가 이미 2번이나 파혼 경험이 있는 데다가 윈스턴 처칠과 같은 공인을 모욕해서는 안 된다는 점을 상기시켜 그 생각을 바꾸어 놓았다.

결혼 초부터 처칠은 자신에게 무엇이 제일 중요한지 클레멘타인에게 굳이 감추려고 하지 않았다. 결혼식을 마치고 교회를 떠나야 하는 순간에도 남편은 로이드조지(David Lloyd George, 전 영국 수상)와 정치에 관한 담소를 나누고 있었다. 처칠의 끊임없는 요구와 방종, 평판이 좋지 못한 교우 관계로 클레멘타인은 우울증까지 앓게 되었고 결국 남편과 가급적 떨어져 지내는 편을 택하게 되었다.

처칠의 아이들도 별로 성공적이거나 행복한 삶을 누리진 못했다. 1909년에 태어난 첫째 딸 다이애나Diana는 여배우가 됐지만 성공을 거두지는 못했다. 2번 이혼했고, 우울증에 시달렸으며, 1963년 약물 과다복용으로 사망했다.

1911년에 태어난 아들 랜돌프는 기자 활동을 하다가 정계에 입문했으나 결과가 좋지 않았다. 다양한 계층의 사람들에게 거만하고 이기주의적인 속물로 여겨졌고, 심지어 어떤 클럽의 강령에는 "랜돌프 처칠에게서 우리 회원이 될 자격을 영원히 박탈한다."는 내용이 명시되기도 했다. 또 술주정뱅이라는 논란, 파혼, 이루지 못한 야망 등으로 삶이 얼룩지기도 하였다.

1914년에 태어난 둘째 딸 사라Sarah는 연극 무대에 오른 것으로 시작해 희극 배우와 결혼하고, 곧바로 이혼하면서 부모를 화나게 했다. 알코올 문제와 불행한 로맨스로 평생 고통을 겪었다.

1922년에 태어난 막내딸 메리Mary만이 그나마 안정된 삶을 살았고, 부모 곁에서 평생을 같이했다.

흔히 영국인들이 중시하고 존경하는 자질인 겸손함, 일관성, 위엄, 신중함 중에서 처칠이 갖춘 것은 아무것도 없었다. 그는 요란하고 뻔뻔하며 자기 과시가 대단했다. 아무 때나 소리를 질렀고 툭하면 울었다. 열심히 노력했지만 대개 별다른 성과를 거두지 못했다. 존 참리는 저서 『처칠, 그 영광의 끝』에서 이렇게 썼다. "처칠은 대영제국을, 영국의 독립을, 영국의 '반反소련' 관점을 대표하는 인물이었다. 그러나 1945년 7월을 기점으로 첫째는 빈곤으로, 둘째는 미국에 대한 전적인 의존으로, 셋째는 노동당의 집권으로 완전히 사라져 버렸다."

영국 정치사상 처칠만큼 정계에 오래 머문 사람은 없었다. 그러나 최선을 다한 그의 불굴의 노력에도 모든 시도는 실패로 끝났다.

3
처칠과 동시대인
그가 만난 사람들

처칠은 90 평생을 살면서 동시대의 위인이나 후에 위인이 된 사람들과 대부분 한 번 이상씩 마주쳤다. 영국의 계급 제도 때문일 수도 있고, 사립 학교 특유의 인맥 때문일 수도 있고, 섬나라만의 높은 인구 밀도 때문일 수도 있다. 아니면 처칠이란 인물이 어떻게든 한 번은 만날 수밖에 없는 사람이기 때문이었을 수도 있다. 그렇다고는 해도 그의 경탄할 만한 인맥은 기나긴 세월 (1874~1965) 동안 그가 얼마나 광범위한 삶을 살았고 업적을 쌓았는지 보여 주기에 충분하다. 처칠이 한 차례도 만나지 않은 동시대인은 히틀러뿐이었다.

처칠이 만난 사람들

※각 인물 옆에 간단한 설명을 넣었으나, 잘 알려진 인물에는 생몰 연
도만 표기하였다.— 역주

• 거트루드 벨(Gertrude Bell, 1868~1926, 영국의 여행가, 작가, 중동문제
  전문가)
• 그레이스 켈리(Grace Kelly, 1929~1982)
• 그레타 가르보(Greta Garbo, 1905~1990, 스웨덴 출신의 미국 여배우)
• 노엘 카워드(Noël Coward, 1899~1973, 영국의 극작가, 배우, 작곡가)
• 데이비드 로이드조지(David Lloyd George, 1863~1945, 영국의 수상)
• 드와이트 아이젠하워(Dwight Eisenhower, 1890~1969)
• 러디어드 키플링(Rudiyard Kipling, 1865~1936, 영국의 소설가, 『정글
  북』이 유명함)
• 로드 로스차일드(Lord Rothschild, 1840~1915, 영국의 대자본가)
• 로렌스 올리비에(Laurence Olivier, 1907~1989)
• 루퍼트 브룩(Rupert Brooke, 1887~1915, 영국의 시인)
• 리처드 닉슨(Richard Nixon, 1913~1994)
• 마고 폰테인(Margot Fonteyn, 1919~1991, 영국의 발레리나)
• 마리아 칼라스(Maria Callas, 1923~1977, 미국의 세계적인 소프라노)
• 마이클 콜린스(Michael Collins, 1890~1922, 아일랜드의 해방운동가)
• 마크 트웨인(Mark Twain, 1835~1910)
• 버나드 바루크(Bernard Baruch, 1870~1965, 미국의 금융가, 정치가, '냉
  전'이란 용어를 처음 사용함)
• 버팔로 빌 코디(Buffalo Bill Cody, 1846~1917, 미국의 탐험가, 쇼 흥행
  사)
• 비어트리스 웹(Beartice Webb, 1858~1943, 영국의 경제학자, 사회개혁운
  동가)

- 비타 색빌-웨스트(Vita Sackville-West, 1892~1962, 영국의 시인, 소설가)
- 빌리 그레이엄(Billy Graham, 1918~, 본명은 윌리엄 프랭클린 그레이엄 주니어(William Franklin Graham, Jr.), 미국의 전도사)
- 서머싯 몸(Somerset Maugham, 1874~1965)
- 세실 비튼(Cecil Beaton, 1904~1980, 영국의 사진작가, 작가, 무대연출가)
- 시그프리드 서순(Siegfried Sassoon, 1886~1967, 영국의 전쟁시인, 작가)
- 시어도어 루스벨트(Theodore Roosevelt, 1858~1919, 미국의 26대 대통령, 강력한 대외정책을 폄)
- 아들라이 스티븐슨(Adlai Stevenson, 1900~1965, 미국의 정치가, 민주당의 실질적 당수)
- 아리스토틀 오나시스(Aristotle Onassis, 1906~1975, 그리스의 선박왕)
- 알베르트 아인슈타인(Albert Einstein, 1879~1955)
- 앙드레 모루아(André Maurois, 1885~1967, 프랑스의 전기 작가, 소설가)
- 앨저 히스(Alger Hiss, 1904~1996, 미국 공무원으로 전쟁 중 러시아 스파이 혐의로 투옥됨)
- 어빙 벌린(Irving Berlin, 1888~1989, 미국의 작곡가, 대중음악의 대부로 불림)
- 에멀라인 팽크허스트(Emmeline Pankhurst, 1858~1928, 영국의 여성참정 운동가)
- 에셜 배리모어(Ethel Barrymore, 1879~1959, 미국의 여배우, 영화와 연극에서 활약)
- 엘리너 루스벨트(Elenor Roosevelt, 1884~1962, 프랭클린 루스벨트 대통령의 부인, 여성정치가 및 인도주의자)
- 오스틴 체임벌린(Austen Chamberlain, 1863~1937, 영국 총리 체임벌린의 형, 정치인, 1925년 노벨평화상 수상)

- 윈스턴 처칠(Winston Churchill, 1871~1947, 미국의 소설가)
- 윌리엄 랜돌프 허스트(William Randolph Hearst, 1863~1951, 미국 저널 리스트, 신문업계 대부)
- 이사야 벌린(Isaiah Berlin, 1909~1997, 영국의 정치학자)
- 이오시프 스탈린(Joseph Stalin, 1879~1953)
- 이즈메트 이노뉘(İsmet İnönü, 1884~1973, 터키 2대 대통령)
- 장제스(蔣介石, 1887~1975)
- 조지 버나드 쇼(George Bernard Shaw, 1856~1950)
- 조지 패튼(George Patton, 1885~1945, 미국의 육군대장, 2차 세계대전 영웅)
- 조지프 체임벌린(Joseph Chamberlain, 1836~1914, 오스틴과 네빌의 아버지, 영국의 정치가)
- 조지프 케네디(Joseph Kennedy, 1888~1969, 케네디 대통령의 부친, 미국의 정치가)
- 존 케인스(John Keynes, 1883~1946)
- 존 프로퓨모(John Profumo, 1915~2006, 영국의 정치가, 박애주의자)
- 차임 바이츠만(Chaim Weizmann, 1874~1952, 이스라엘 초대 대통령, 생물학자)
- 찰리 채플린(Charlie Chaplin, 1889~1977)
- 찰스 슈왑(Charles Schwab, 1862~1939, 미국의 철강왕)
- 찰스 황태자(Prince Charles, 1948~)
- 케네스 클라크(Kenneth Clarke, 1903~1983, 영국의 미술사학자, 대영미술관 관장 역임)
- 코코 샤넬(Coco Chanel, 1883~1971, 프랑스의 패션디자이너)
- 콘수엘로 밴더빌트(Consuelo Vanderbilt, 1877~1964, 말버러 공작 부인, 처칠과는 사촌 관계)
- 클라크 클리퍼드(Clark Clifford, 1906~1998, 미국의 행정관료, 외교문제 전문가)

- 토머스 에드워드 로렌스(Thomas Edward Lawrence, 1888~1935, 별칭 '아라비아의 로렌스')
- 티토(Tito, 본명은 요시프 브로즈Josip Broz, 1892~1980, 유고 공산당 지도자)
- 패밀라 해리먼(Pamela Harriman, 결혼 전 성은 디그비Digby, 1920~1997, 처칠의 며느리, 재혼 후 주불 미국 대사가 됨)
- 프랭클린 루스벨트(Franklin Roosevelt, 1882~1945)
- 하일레 셀라시에(Haile Selassie, 1891~1975, 에티오피아의 황제, 독재자)
- 해리 트루먼(Harry Truman, 1884~1972)
- 허버트 웰스(H. G. Wells, 1866~1946, 영국의 비평가, 역사가)
- 허버트 후버(Herbert Hoover, 1874~1964, 미국 31대 대통령, 프랭클린 루스벨트의 선임자)
- 헨리 루스(Henry Luce, 1898~1967, 미국의 출판인)
- 헨리 제임스(Henry James, 1843~1916, 영국의 소설가, 인간의 의식 내면을 주로 그림)
- 헬렌 켈러(Helen Keller, 1880~1968)

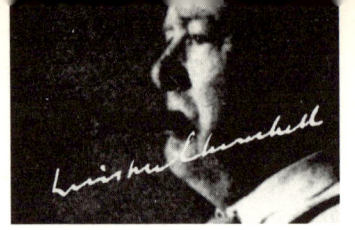

4
처칠의 최상의 순간

1940년 5월 28일

결정적 순간

우리는 전기에서 주인공의 결정적 순간, 즉 그 사람의 일생을 함축하거나 전환점이 된 순간을 찾기도 한다. 처칠의 삶은 포로수용소 탈출, 선거에서 거둔 첫 승리, 다르다넬스 작전 실패, 첫 수상 임명, 1945년 승전 선언과 총선 패배 같은 화려한 순간들로 이어져 있다.

그중에서도 특히 1940년 5월 말은 가장 빛나는 결정적 순간이었다. 이 위기의 시간에 처칠의 진가와 재능이 최고로 발휘되었다.

극적인 순간이 잇따른 처칠의 인생에서 최고의 순간은 1940년 5월 28일의 늦은 오후였다. 그가 수상에 취임한 지 겨우 18일째 되는 날이었다.

수상이 되기까지 그는 어떤 세월을 살아왔던가? 출발은 화려했는지 몰라도 정치적 경력은 수십여 년간 계속 삐걱대지 않으면 가다 서기를 반복해 왔다. 책임 있는 자리에 있는 사람들은 대부분 그를 총명하기는 해도 미덥지 않고, 실수가 많고, 자기 과시가 심하고, 전쟁에 미친 사람 정도로 생각해 왔다. 또한 정부와 국민은 나치즘에 대한 그의 경고를 계속 묵살해 왔다. 그가 거듭 이의를 제기했음에도 영국의 지도층은 '시골에서 즐거운 주말을 보내기에 바빴고', 그동안 '히틀러는 여러 국가를 삼키느라 즐거운 주말을 보내기에 바빴다'. 제1차 세계대전을 상기시키며 평화를 주장하는 평화주의자들의 감상과, 독일이 품은 불만에도 일리가 있다는 생각과, 폭격에 대한 두려움과, 강력한 독일이 공산주의의 확산을 막을 것이라는 희망과, 취약한 영국 경제에 이르기까지, 이 모든 것이 처칠에게 불리한 쪽으로 작용했다.

하지만 이후 히틀러의 행보는 처칠의 예언이 섬뜩할 정도로 정확했음을 증명했고, 1939년 3월 전쟁이 발발했다. 그날 바로 처칠은 해군장관에 복귀했고, 그로부터 8개월 후 체임벌린 내각이 쓰러진 뒤 영국 총리 자리에 올랐던 것이다.

그러나 그의 총리 취임이 당연한 수순은 아니었다. 원래 체임벌린의 대를 이을 국정의 첫 번째 후보자는 처칠이 아닌 핼리팩스 경이었다. 그는 1938년 이후 외무장관을 지내왔으며, 유화 정책을 지지하고 있었다. 처칠은 그보다 선택될 가능성이 낮은 상황이었다.

당시 처칠은 이미 65세를 넘어 노인 연금을 받아도 될 나이였다. 게다가 키도 작고 뚱뚱했으며, 머리는 벗어지고, 등은 굽고, 턱은 앞으로 돌출되어 있었다. 또한 끊임없이 술을 마셨고, 심심하면 울었으며, 그림을 그리는가 하면, 늦도록 잠자리에서 일어나지 않았고, 아주 작은 격려에도 시를 읊어 댔다. 더욱이 오랜 의원 생활을 하는 동안 천적이 여럿 생겼다. 하지만 5월 9일 소규모로 은밀하게 소집된 회의에서 처칠은 처음으로 히틀러에 대항하여 전쟁을 승리로 이끌 지도자로 인정을 받았다.

처칠은 정치적 기반이 미미했다. 체임벌린을 대신하여 수상직에 오르긴 했어도, 체임벌린은 여전히 보수당 당수에 하원 대부분을 장악하고 있었다. 처칠은 정치적 입장을 고려하여 5명으로 구성된 전시 내각(전시 중의 위급 현안을 결정하는 최고 의사 결정 기구―역주)에 체임벌린과 핼리팩스 두 사람을 넣었지만, 이들은 독일과의 전면전을 추진할 생각이 전혀 없었다. 처칠은 아직 수상이 될 자격이 있음을 증명할 시간도 얻지 못했고, 경솔한 모험가라는 좋지 않은 평판이 늘 그를 따라다녔다. 사람들은 그가 오래 버티지 못할 것이라고 예상하기도 했다.

나치는 폴란드와 덴마크, 노르웨이, 네덜란드, 벨기에를 집어삼킨 뒤, 5월 16일 마침내 프랑스의 마지노 선을 침공했다. 프랑스인들은 격렬히 저항했지만 희망은 점점 희박해졌고, 결국 수 주일이 지나기도 전에 항복할 운명에 이르렀다.

5월 말 영국과 프랑스 연합군은 됭케르크(Dunquerque, 프랑스 북동부에 있는 도시―역주)의 프랑스 연안에 고립되고 말았다. 낙관주의자인 처칠도 30만 병력 중 고작 3만 명 정도가 살아남으리라는 비관적 예상을 내놓았다. 결국 5월 26일에 이르러 대대적인 철수 작전이 시행되었다. 적의 침략에서 영국 섬을 보호하는 해자垓子 구실을 해온 30킬로미터 너비의 바다가 바야흐로 영국군이 동료를 안전한 곳으로 옮기는 통로가 되었다. 영국 주재 미국 대사 조지프 케네디Joseph Kennedy를 비롯한 많은 사람이 이 전쟁에서 영국이 살아남기는 어려울 것이라 전망했다.

바다 건너에서 광란의 전투가 벌어지는 동안, 처칠은 전시 내각에서 격렬한 싸움을 벌이고 있었다. 내각을 위협하는 가장 큰 적수로 떠오른 사람은 수년간 처칠과 대립각을 세우다 결국 수상 자리까지 물려준 체임벌린이 아니라 핼리팩스였다. 그러나 아무도 깨닫지 못하는 사이에 1940년 5월 28일 결정적 순간이 다가왔다.

바로 전날까지도 핼리팩스는 조국의 독립을 보전할 가능성이 있는데도 영국이 독일과 평화 협정을 맺지 못한다면 그것은 대단히 '모자란' 행동임을 경고하였다. 그의 목표는 영국이 제국과 함대를 지킬 '온건한' 방법을 찾는 것이었기에, 평화 협정 추진에 처칠이 보이는 과민 반응을 '대단히 걱정스러운 허튼 짓'으로 매도하기도 했다(추후 일부 역사가들도 절충적 평화안을 거절한 처칠을 비난했다. 그들은 전쟁에 투입된 막대한 비용 때문에 제국의 붕괴가 일어났다고 주장한다. 하지만 그들도, 이미 러시아에 파병된 병사들을 이끌고 언제든지 영국으로 돌아와 이들을 짓밟을 수 있는 히틀러를 어떻게 믿을 것이며, 나치가 통치하는 유럽 대륙을 처칠이 그저 보고만 있어야 할 까닭이 무엇인지, 또 설령 전쟁을 치르지 않았더라도 영국이 반란이 끊이지 않는 광대한 식민지 국가 전체에 대한 장악력을 끝까지 지속할 수 있었겠느냐는 의문에는 제대로 대답하지 못한다).

핼리팩스를 붙잡아 두기 위해 처칠은 그의 평화 타협안을 드러내놓고 무시하지는 않았지만, 영국과 프랑스를 지키기 위한 방법은 오직 저항뿐이라는 자기 생각을 감추지는 않았다. 정부가 화해를 제의할지 모른다는 낌새를 느끼면 국민의 사기가 크게 저하될 것이고, 한번 협상 가능성의 문을 열어 놓으면 제대로 닫기 어려울 것이라 생각하고 있었다. 두 사람은 5월 28일 위기가 닥칠 때까지 며칠 동안 논쟁을 멈추지 않았다.

처칠은 위태로운 처지에 있었다. 해협 건너편의 영국군이 됭케르크에서 무사히 철수하기가 어렵다는 전망도 제기됐다. 만일 그들을 제대로 구조하지 못한다면, 침략에 저항하려는 영국의 희망도 꺾일 것이었다. 또 처칠의 정치적 위상이 오로지 전임 적수들 손에 달려 있었다. 만일 핼리팩스가 처칠의 정책을 반대하려는 뜻으로 사임이라도 한다면 정부는 크게 흔들릴 것이고 전복되면서 곧 국가적 위기가 닥칠 수도 있었다.

4시에 전시 내각이 구성되었고, 다시 한 번 영국의 미래에 대한 두 가지 견해가 충돌했다. 핼리팩스는 평화 협정을 재고할 것을 촉구했다. 그는 독일과의 분쟁을 중단하지 않을 경우, 영국이 강대국으로 살아남기 힘들 것이라고 우려했고 세월이 흐르면서 그의 생각도 옳았음이 밝혀졌다. 처칠은 평화 조건에 대한 내각의 대화가 점차 조건부 항복을 향한 '미끄러운 비탈길'을 가고 있다고 느꼈다. 그는 단언했다. "싸우다가 패배한 국가는 다시 일어섰지만, 얌전하게 항복한 국가는 모두 그대로 끝장났습니다." 핵심 사안의 합의점을 찾지 못한 채 전시 내각은 1시간 휴정에 들어갔다.

처칠은 이 난국을 어떻게 수습했을까? 그는 어떠한 타협안도 거부했지만 그러면서도 핼리팩스와의 전면 충돌은 원치 않았다. 처칠은 난국에 처한 지도자들이 흔히 이용하는 우회 전략을 택했다.

원로 5명으로 구성된 전시 내각을 잠시 쉬는 동안, 처칠은 25명의 일반 각료들을 만났다. 그는 임박한 군대 철수 문제를 설명하면서 아주 자연스럽게, 그렇다고 그것에 특별히 중요한 의미가 있는 것은 아니라는 듯 말하였다. "물론 됭케르크에서 어떤 일이 벌어지더라도 우린 계속 싸울 것입니다." 처칠은 다음과 같은 선언으로 연설을 끝냈다.

만일 제가 단 한 순간이라도 협상을 하거나 항복하는 것을 생각해 본 적이 있다면, 분명히 말하거니와 여러분 모두 자리에서 일어나 저를 이 자리에서 박살을 내도 좋습니다. 만일 이 오랜 우리 섬나라의 역사가 종말을 고한다면, 그날은 바로 우리 모두 땅 위에 쓰러져 그 위로 흐르는 우리의 피로 익사하는 날이 될 것입니다.

처칠이 각료들 마음에서 솟아오르는 결심을 읽어 낸 듯이 말하자, 그들의 반응은 강렬하였다. 모두들 그를 둘러싸고 환호성을 올렸다. 무슨 일이 있더라도 싸우겠다는 그의 서약과 내각의 전폭적 지원은 처칠의 의견에 힘을 실었고 핼리팩스도 더는 반대 의견을 내놓지 않았다. 그날 처칠은 동료들에게 이제 정부 내에는 더 이상 의구심이나 미봉책이 설 자리가 없음을 상기시키는 전적인 신뢰를 담은 메시지를 전달했다.

이 암울한 시기에 본 총리는 모든 동료가 …… 자기 분야에서 최고의 사기를 유지해 준다면 무척 감사할 것입니다. 사건의 위중함을 과소평가하라는 것이 아닙니다. 우리 능력에 대해 확신을 갖고 전쟁을 지속하겠다는 불굴의 결심을 보여 달라는 것입니다. …… 유럽에서 어떤 일이 벌어지더라도, 우리는 우리 의무에 의구심을 품어선 안 되고, 반드시 전력을 다해 우리 섬나라, 우리 제국, 우리 명분을 수호해야 할 것입니다.

이제 처칠의 시대가 도래했다. 전임자 스탠리 볼드윈(Stanley

Baldwin, 1867 ~ 1947, 영국 보수당 당수, 수상 역임, 처칠과 사이가 나쁜 것으로 유명—역주)과 네빌 체임벌린도 그들 나름의 장점이 있었지만 상황과 환경에 따라 다른 장점이 요구되기도 한다. 당시 상황에는 볼드윈과 체임벌린이 싫어했던 처칠의 무분별함, 단순함, 호전성이 그들의 냉정하고 이성적인 판단력보다 훨씬 적절하였던 것이다. 처칠은 자유로운 역사적 상상력을 통해 히틀러라는 인물을 예측할 수 있었지만, 다른 두 사람은 그렇지 못했다.

며칠 지나지 않아 처칠은 생애 최고의 연설을 하게 된다. 그는 6월 4일 하원에서 30분여에 걸쳐, 기적적으로 성공을 거둔 됭케르크 철수 작전을 보고하면서 다음 연설문을 전했다.

설령 유럽의 대다수 지역과 많은 명문 국가가 게슈타포와 그 혐오스런 나치 통치 조직에 넘어가더라도 우리는 낙담하지도, 좌절하지도 않을 것입니다. 우리는 끝까지 해낼 것입니다. 어떤 희생을 치르더라도 우리는 프랑스에서 싸울 것이고, 바다와 대양에서 싸울 것이며, 더욱 큰 확신과 힘을 가지고 하늘에서 싸울 것이고, 우리 섬나라를 지켜 낼 것입니다. 우리는 해안에서 싸울 것이고, 상륙 지점에서도 싸울 것이며, 들판에서, 거리에서, 언덕에서도 싸울 것입니다. 우리는 결코 항복하지 않을 것입니다. 그런 일은 한 번도 생각해 본 적이 없지만, 만약 이 섬나라가 정복당하고 굶주린다고 해도, 바다 건너에 있는 대영제국은 영국 함대에 의해 보호받고 무장하여 투쟁을 계속할 것이고, 하느님이 주신 좋은 시절에 신세계가 모든 힘과 실력을 가지고 구舊세계를 구제하고 해방하기 위한 발걸음을 내디딜 때까지 우리는 투쟁을 계속할 것입니다.

몇몇 의원이 울었다. 처칠도 울었다. 처칠의 웅변은 전 영국인에게 그들의 명분이 모든 희생을, 심지어 죽음도 감수할 만한 가치가 있음을 설득하기에 충분했다. 그의 적진 침투 슬로건은 "우린 언제든 죽음을 택할 수 있다."였다. 또한 일생의 가장 큰 좌우명은 "절대 포기하지 마라."였고, 그는 반드시 조국을 승리로 이끌겠다는 맹세도 했다. 그리고 기어이 그것을 성취했지만, 훗날 그 결과가 어떻게 돌아올지는 미처 상상하지 못했다.

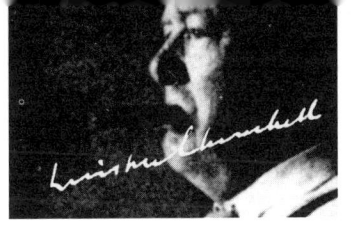

5
지도자 처칠
그는 고위직에 어울렸는가

　　　　　　윈스턴 처칠은 오랜 공직 생활을 하면서 긍정적 평과 부정적
평을 둘 다 들었다. 넘치는 활기와 확고한 신념, 뛰어난 호소력으로 조국의 구세
주로 칭송되었으며 그와 동시에 충동적이고 거만하여 괴벽이 심하고 호전적이
어서 공직에 어울리지 않는다고 지적받기도 하였다.

윈스턴 처칠은 고위직에 잘 어울렸다

처칠이 지닌 자질은 그를 누구보다 우수하고 진취적인 지도자로 만들어 주었고, 그 사실은 공직에서 보여 준 엄청난 성과에서도 잘 드러났다.

성공에 이르는 그의 첫째 비결은 지칠 줄 모르는 에너지였다. 또 에너지에 권력까지 동반될 경우 가공할 만한 위력이 생겨났다. 비판가들조차 그가 여러 관직(장관, 야전지휘관, 총리)을 지내는 동안 특유의 에너지로 활력을 불어넣었다는 것만큼은 인정했다. 그는 끊임없이 자신을 자극했고, 남들에게도 그랬다.

처칠에게는 특별한 분석 과정 없이 핵심적 주제를 파악해 내는 능력이 있었다. 한 측근은 그에 대해 "긴 업무 서류를 읽다가 사안별로 한두 가지씩 내용을 추려 내는데, 대부분 처음에는 별로 중요하지 않아 보이던 것들이에요. …… 그런데 그것이 나중에 사안별로 가장 중요한 내용이 되는 것을 보면 신기할 정도였어요."라고 하였다.

또한 처칠은 실제 책임의 중요성을 인식하고 있었기에 실제로 책임자가 아닌 사람들의 의견은 어느 계층의 조언이건 받아들이지 않았다. 그는 이렇게 말했다. "물론 수많은 사람의 의견을 모으면 전쟁을 승리로 이끌 훌륭한 계획을 세울 수 있습니다. 단, 그 계획을 실행에 옮길 필요가 없을 경우에만 그렇습니다." 또한 1943년 개최된 상·하원 합동회의에선 이런 지적을 하기도 했다. "감히 말씀드리거니와 만일 제가 책임이 무거운 자리에만 있지 않았어도 전 이미 뛰어난 계획을 상당수 생각해 냈을 것입니다."

처칠은 모든 것을 명료하게 바라보았고, 다른 사람들도 자신의 비전에 함께해 주기를 원했다. 그 비전 속에 어중간하거나 애매한 관점은 들어 있지 않았다. 전시의 혼란 속에서도 그는 자신이 지켜본 이 비극적이고 장엄한 시대에 문제의 논점을 흐리거나 혼동하게 하는 일을 용납하지 않았다. 타협으로 고뇌하던 이전 지도자들의 모습과 대비되는 그의 명료함과 에너지는 비전을 보여 주는 동시에 더 큰 위안으로 작용했다. "여러분은 묻습니다. 내 목표가 무엇이냐고. 저는 한마디로 대답하겠습니다. 그것은 승리입니다." 영국의 승리에 대한 절대적 확신과 자신의 신념에 동참할 것을 호소하는 능력이 있었기에 그는 가장 어려운 시절에 조국을 인도할 수 있었다.

이들 장점에 힘입어 처칠은 조국의 구세주로 칭송받게 되었다.

윈스턴은 고위직에 어울리지 않았다

처칠은 충동적이고, 불충하고, 거만하고, 괴벽스러웠으며, 아이젠하워 미 대통령도 조심스럽게 인정하는 것처럼, "어떤 회담에서든 자신의 감정적 요인을 집어넣지 않은 적이 없는" 사람이었다(찰스 이드C. Eade가 편집한 『동시대인이 본 처칠Churchill by His Contemporary』에서). 그는 명령 계통의 우선순위를 지키지 않았고, 야전에서는 지휘관들 이야기에 함부로 관여했으며, 남 의견은 좀체 들으려고 하지 않았다. 한번은 스스로도 반 농담처럼

"나는 사람들이 합리적인 토의를 거친 뒤 내 뜻에 순종하길 바란다."라고 말하기도 했다.

그는 늦게까지 잠을 자지 않았고, 여송연 연기나 끝없는 중얼거림으로 모든 사람을 지치게 했다. 또 참모들에게 밤낮을 가리지 않고 아무 때나 전화를 걸어 사소한 질문을 던지곤 했다. 핵심적 사안, 가령 중요한 연설이 있을 때에는 최후의 일각까지 작업하느라고 주변 사람들을 힘들게 했다. 때로는 놀랄 만한 설득력을 발휘하여 가능성 없는 논쟁을 승리로 이끌기도 했다.

처칠은 분석보다는 본능에 따라 행동했다. 앨런 브룩 장군은 "윈스턴은 자신이 찬성한 행동 방침에 함축된 모든 의미를 고찰하는 데 서툴렀다. 아예 행동 방침을 자세히 살펴보려고 하지도 않았다."고 지적했다.

그는 어떤 복잡한 문제도 한 장짜리 해답으로 요약되기를 원했고, 실제적인 어려움을 인정하려 들지 않았다. 또한 세계 전쟁을 이끄는 사람치고는 집중력이 부족하여 사소한 문제에 엄청나게 많은 시간을 낭비했는데 해군장관에게 이런 쪽지를 남기는 여유를 부리기도 했다.

굳이 (적군 전함인) 티르피츠Tirpitz의 표식을 애드미럴 폰 티르피츠Admiral von Tirpitz라고 바꿀 필요가 있소?
이는 표식병과 암호 해독병, 타이피스트 모두에게 엄청난 시간 낭비를 하게 할 것이오. 그냥 그 괴물은 티르피츠라고만 해도 충분하지 않겠소?

　여론에 대한 처칠의 무관심은 종종 그의 영향력에 흠집을 내기도 했다. 그는 에드워드 8세(Edward VIII, 영국법을 어기고 외국의 이혼녀와 결혼한 탓에 왕위를 양위한 채 평생 윈저 공으로 살았음—역주)가 영국 여론을 거스르고 두 번의 이혼 경력이 있는 미국인 월리스 심프슨Wallis Simpson과 결혼하겠다고 했을 때, 이를 적극 변호하여 평판에도 손상을 입었다. 처칠이 에드워드를 공식적으로 지지한 것은 대중의 정서를 고려하는 능력이 부족함을 의미하는 것이었다. 그 후 윈저 공이 나치에 공감을 표하자 히틀러는 "그의 왕위 포기는 우리에게 심각한 손실이었다."라는 논평을 내린 바 있다. 윈저 공은 히틀러와 만났을 때 팔을 뻣뻣이 세우는 나치식 인사로 환영하기까지 했다.

　처칠의 공격적 성향은 그의 판단을 왜곡하기도 했다. 그는 무모하게 덤비는 사람을 찬미하고, 조심스럽게 행동하는 사람을 낮게 평가했으며, 이것이 그의 무모한 호전성과 결합되어 평생 그를 따라다니는 심각한 위험요인이 되기도 했다.

　이로 보아 처칠은 책임감 없는 변덕스러운 지도자였다고 할 수 있다.

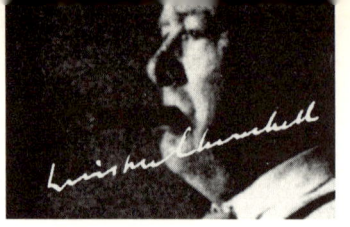

6

처칠의 천재적 문장력

그의 최대 장점

위인의 일대기를 쓰는 사람이 반드시 파헤치는 의문이 있다. 그의 비범함이 어디에서 비롯되었는가 하는 점이다. 처칠의 경우, 그것은 특별한 표현 능력이었다. 간혹 별다른 전달 능력은 없어도 위대한 아이디어를 생각해 내는 지도자가 있기도 하였지만, 자기 생각을 분명히 표현하지 못하는 지도자는 사람들과 생각을 공유하거나 고취시키지 못한다.

처칠은 시대를 초월하는 영웅상을 분명히 묘사하여 자신의 비전을 전 국민과 나누고 미래를 꿈꿀 수 있었다.

21세에 처칠은 군인과 정치가로서 일찌감치 세계사에 뛰어들었지만, 그의 말처럼 "언제까지나 지속될 수 있는 것은 오직 글뿐이었다." 또한 모든 재능 중에서 그가 진정으로 자랑할 만한 것 역시 뛰어난 언어 구사 능력이었다.

무성의하거나 가식적이지 않으면서도, 난해하고 영웅적인 표현부터 평범하고 일상적인 표현까지 아우를 수 있다는 점이 큰 장점이었다. 또 이런 다양한 표현을 동시에 사용하면 더 깊이 대중의 마음속으로 파고들 수 있었다. 제2차 세계대전 중 라디오에 들리는 처칠의 말은 직접 한 것이든, 다른 누군가의 목소리를 통해서든 국민의 용기를 북돋우는 원천이었다. 처칠은 라디오라는 새로운 매체의 중요성을 잘 알고 있어 별다른 불평 없이 정성 들여 연설문을 준비하곤 했다.

그의 트레이드마크는 웅장한 문체였다. 그렇다고 정식 토론이나 보도 기사에 어울리는 과장된 수사가 아닌, 대부분 그가 어떻게 생각하고 말하는가에 직접 관련된 것들이었다. 그가 구사하는 어휘에는 wickedness(사악함), parley(협상), hardy tars(거친 선원들), nay(아니), thrice(3회)처럼 지금은 잘 쓰지 않는 옛 단어도 섞여 있었다. 그는 "내가 그 보고서를 읽게 해주게나(Pray let me have a report)."에서처럼 pray를 지금은 통용되지 않는 의미인 '제발'의 뜻으로 즐겨 썼다. 요즘 쓰는 please보다 지시적 의미가 훨씬 강했고 그냥 'Give me'라고 하는 것보다는 명령적 의미가 덜 했다. 그 외에도 solid(굳건한), unflinching(단호한),

courageous(용기 있는), squalid(비열한), sultry(불쾌한), bleak(황량한), vast(광대한), grim(음흉한), immense(광막한) 같은 단어를 즐겨 사용했다.

형용사를 중첩해 사용하는 것도 좋아했다. 가령 체코슬로바키아는 "조용한, 슬픈, 버려진, 좌절된" 국가였고, 영미 관계는 마치 미시시피강처럼 "변명의 여지 없이, 거스를 수 없게, 온화하게" 진행될 것이라고 했다. 그는 이러한 장식적 어휘를 사용하면서도 자기 의도를 남에게 충분히 이해시키는 데에 천부적 재능이 있었다.

전쟁 중에 처칠이 사용한 고상한 문체는 대개 숭고한 영국 역사에 닥친 당시의 위기와 직접 연계되었다. 그는 알프레드 대왕(King Alfred, 871년부터 899년까지 웨스트 색슨 족의 왕으로 절체절명의 위기에서 영국을 구해 내 대영제국의 기초를 닦음—역주)이나 엘리자베스 여왕(Elizabeth I, 1533 ~ 1603, 16세기 영국의 절대군주—역주), 넬슨 제독 등 과거 영웅들의 근엄한 언어를 사용하여 그들을 현재로 불러와 국민을 격려했다. 하지만 아무리 애국심이 넘친다고 해도 국민으로서는 정전이나 설탕 배급 문제, 버스 정거장에 길게 늘어선 줄과 같이 전시의 생존 문제에 따라다니는 일상적 불편까지 걱정하지 않을 수 없었다. 그러나 처칠은 이런 불편과 두려움도 영광스러운 행진의 일부로 여기도록 격려하였다.

처칠 특유의 언변은 군인 타입이나 관료 유형의 사람을 자극할 때도 있었다. 그러나 처칠은 공식적 국제 관계에서는 보기 드문 의견을 개진하는 일을 조금도 주저하지 않았다. 1940년 스웨덴 국왕이 영국왕 조지 6세에게 평화의 가능성을 검토하는 것이 어떻겠느냐는 서신을 보냈다. 그에 대한 본국의 외무부 답변서 초안을 검토하던 처칠이 이렇게 충고했다. "여기에 쓰인 것은 …… 내가 보기엔 그저 멋있게만 꾸미려고 오류를 범하고 있고, 이 비극적이고 장엄한 시대 상황에 어울리지 않는 정책을 늘어놓은 것 같군." 그러나 그가 일본에 보내기 위해 공들여 작성한 선전 포고문 역시 쓸데없는 겉치레 말로 쓰였다는 비판을 받기도 했다.

귀하에게

　12월 7일 저녁에 황제 폐하께서 …… 일본 병력이 사전 경고도 없이 말레이시아 연안에 상륙하려 하였고 싱가포르와 홍콩을 폭격했다는 사실을 확인하셨습니다.

　정당한 이유가 없는 침략의 방자한 행위를 살펴보시는 과정에 …… 황제 폐하는 영국 내의 황제 폐하 행정부의 이름으로 두 국가 사이에 전쟁 상황이 존재하게 되었음을 도쿄 주재 영국 대사를 통하여 일본 제국주의 정부 귀하에게 통보할 것을 지시하셨습니다.

　저는 충분히 고려한 끝에 그 지시를 기꺼이 따를 것을 알려드리는 바입니다.

친전

윈스턴 처칠

그 비판에 대해 처칠은 이렇게 대답했다. "물론 이런 의례적 문체를 싫어하는 사람들도 있지. 하지만 결국 누군가를 죽여야 하는데 공손하게 대한다고 해서 나쁠 건 없지 않나."

처칠은 일상적 언어로 평범한 연설을 하는 것도 좋아했다. "짧게 말하는 게 최고지. 그중에서도 오래된 말일수록 좋아." 화려한 어구의 짧고 간결한 문장은 때로 장황한 문장보다 더 효과적이었다. "저는 피와 수고와 눈물과 땀밖에 드릴 것이 없습니다." "런던은 받아들일 수 있습니다." "이렇게 적은 사람이 이렇게 많은 사람에게 이렇게 많은 혜택을 준 적은 없었습니다." 같은 표현이 그런 경우였다. 간혹 짧은 문장 몇 개로 이루어진 연설로 최고의 감동을 선사했는데, 1941년 2월 9일 미국 국민에게 전한 방송 연설이 그러했다.

우리에게 여러분의 신뢰를 보내 주십시오. 여러분이 신뢰와 축복만 보내 준다면 하느님의 섭리 아래 모든 것이 잘될 것입니다. 우리는 실패하지도, 주저하지도 않을 것이고, 약해지거나 지치지도 않을 것입니다. 어떤 전투의 급격한 충격도, 끈질긴 공격과 노고의 시련도 우리를 꺾지 못할 것입니다. 여러분이 연장만 준다면, 작업은 우리가 마치겠습니다.

처칠은 사기 진작을 위해 군에서 쓰는 용어를 바꾸기도 했는데 명칭의 중요성을 자주 강조했다. 때로는 정부가 정한 명칭을 직접 참견하여 고칠 때도 있었다. 물론 대다수 사람은 쓸데없는 에너지 낭비라고 생각했다. 그는 전투명은 좀더 영예스럽게, 무기명은 좀더 위협적으로 보이길 원했다. 빠르고 작은 군함을 모아 만든 함대의 이름을 '모스키토(Mosquito, 모기) 함대'에서 '호넷(Hornet, 왕벌) 함대'나 '샤크(Shark, 상어) 함대' 또는 줄여서 '샤크'로 부를 것을 제안했다. 모든 것이 급박하던 전쟁 첫해 의용군 방위 부대가 조직되자 조직 책임자에게 이런 제안을 했다. "나는 여러분처럼 거대한 신 병력에 '지역 방위 의용군Local Defence Volunteers'이라는 명칭은 별로 어울리지 않는다고 생각합니다. 여러분의 대표 모리슨 씨는 오늘 내게 '시민 방위대Civic Guard'라는 이름을 다시 제안했지만, 내 생각에는 '조국 방위대Home Guard'가 더 좋을 것 같군요." 물론 처칠이 승리했다. 또 식량 배급부 장관이 '공동 식량 센터Communal Feeding Centers'의 설립을 제의하자 용어에 제동을 걸었다.

"마치 공산주의와 노역장을 연상시키는 혐오스러운 표현이라고 생각하오. 그보다는 차라리 '영국 레스토랑British Restaurant'이 나을 것 같소."

처칠은 직유법과 은유법을 적절히 활용했다. 사회주의에 대한 반대의사를 표현할 때에는 이런 비유를 했다. "우리 모두 사다리 앞에 있다. 모든 사람에게 최선을 다해 사다리를 오르라는 지시가 내려왔다. 그러자 사람들이 줄을 선다. 자기 차례가 올 때까지 기다리면서." 루스벨트와 스탈린의 회담에 관해서는 이런 글도 남겼다. "나는 앞발을 길게 뻗은 엄청나게 큰 러시아산 곰과 위대한 미국산 들소 사이에 앉아 있었는데, 둘 사이에 앉아 있던 불쌍한 영국의 작은 당나귀만이 집으로 가는 옳은 길을 아는 동물이었다."

하원에서나, 대화 중에 그리고 수많은 독자에게 가장 인기 있는 도구는 유머였고, 그중 가장 선호하는 기법은 반어법이었을 것이다. 어떤 독일 장교가 체포되어 거만한 야전 사령관 몽고메리 장군과 식사를 한다는 소식을 들은 처칠은 이렇게 털어놓았다. "그 폰 토마 장군이 불쌍해. 패배했지, 모욕당했지, 붙잡혔지, 게다가 몽고메리 장군과 식사까지 해야 한다니……."(그는 한때 몽고메리 장군을 "후퇴할 때에는 굴복 없는indomitable, 전진할 때에는 대책 없는invincible, 승리할 때에는 참을 수 없는insufferable 사람"이라고 표현하기도 했다.)

처칠은 또한 희극의 기본이라고 하는 절제된 표현understatement에 관해선 그 어떤 영국인들보다 뛰어났다. 1940년 6월에 적의 기습을 은밀히 알리기 위한 경우를 제외하고 모든 교회의 타종이 금지되었다. 교회 타종이 재개되어야 한다는 주장을 지지하기 위해 처칠은 이렇게 말했다. "저는 대단한 침공이란 원래 어떻게든 비밀이 새어 나가기 마련이라고 생각합니다만."

때로는 유쾌하면서도 다른 사람을 깎아내리는 풍자법을 사용하기도 했다. 그는 어느 동료 의원의 '용기'에 대해 언급하는 자리에서 "첫째, 그의 용기는 사람들로 하여금 누구나 알고 있는 바보 같은 행동을 과감히 저지르게 하는 그런 용기입니다. 둘째, 그의 용기는 위험 앞에서 사그라졌다가 모든 위험이 지나간 뒤에 아주 찬란히 빛나는 그런 용기입니다."

전쟁에 대해 우스운 언급을 하기도 했다. 1940년 6월 회담에서 이미 전쟁 중인 프랑스인들이 영국은 독일의 침략을 어떻게 막겠느냐고 질문하자 처칠은 글로 이렇게 답했다. "내가 이리 말했다고 하게. …… 내 기술 고문들의 의견인데, 독일의 영국 침략에 대처하는 최상의 방법은 침략해 오는 독일군을 최대한 많이 물에 빠뜨린 뒤, 그들이 상륙하자마자 머리를 갈겨 주는 것이라고."

처칠에게 최고의 유머 소재는 바로 자신이었다. 1944년 의회에서 제1차 세계대전 때 저지른 실수를 반복하지 않을 수 있느냐는 질문을 받자 이렇게 대답했다. "물론 그때의 실수는 다시 저지르지 않을 것이 확실합니다. 다른 실수를 저질러야 할 테니까요."

자신의 프랑스어 실력을 농담거리로 삼기도 했다. 1944년 11월 그의 연설은 다음 경고로 시작되었다. "주의하시길 바랍니다. 지금부터 제가 프랑스어로 연설을 할 테니까요. 그것은 제게 끔찍한 과제이자, 여러분과 영국인의 우정에 큰 부담이 될 수도 있을 것입니다." 처칠은 종전 후 프랑스 청중에 다시 연설한 기회가 있었는데 영어로 이렇게 말했다. "전 이따금 프랑스어로 연설을 했지만, 그때는 전시여서 그랬던 것이고 이젠 여러분도 더는 그 암울한 시절의 의식을 치를 필요가 없다고 생각합니다."

처칠은 고상한 표현과 평범한 문체를 아우르는 뛰어난 작가였다. 수많은 기사와 책, 연설문을 만들어 냈고, 거의 모든 대화에 인용할 만한 뛰어난 표현을 생각해 냈다. 어떤 늙은 남자가 영하의 날씨에 어린 여자아이에게 온당치 않은 유혹을 한 죄로 체포되었다는 신문기사를 보고서는 "75세 넘은 사람이 영하의 날씨에 그랬다니Over 75 and below zero. 영국인임에 자부심을 느껴야겠구먼!"이라고 했다.

그는 청년 시절부터 수많은 수사법修辭法을 익혀 왔다. 학교 교육은 받지 못했지만 스스로 좀더 많은 배움이 필요하다고 생각해서였다. 인도에서 복무할 때 길고도 지루한 오후 시간을 이용하여 매콜리, 애덤 스미스, 다윈, 플라톤의 책을 읽었으며 그에게 가장 큰 영향을 준 에드워드 기번의 『로마제국 쇠망사The Decline and Fall of the Roman Empire』에 빠져들었다. 독서와 더불어 이전 세대의 정치적 사건에 대한 연설문을 직접 작성하여 윌리엄 글래드스턴(William Gladstone, 1809~1898, 영국 자유당 당수, 수상 역임—역주)이나 벤저민 디즈레일리(Benjamin Disraeli, 1804~1881, 영국 보수당 당수, 수상 역임—역주) 등이 실제 연설한 내용과 비교하기도 했다.

역사상 뛰어난 작가와 웅변가는 수없이 많았다. 그러나 처칠이 이들과 구별되는 것은 그가 믿는 불멸의 영국을 일깨우는, 사실상 거의 창조해 내는 능력 때문이었다.

처칠은 전쟁 중에 국가의 변혁을 이끈 주역이었다는 사실도 부인했다. 1945년 5월 8일 승리를 자축하며 처칠은 이렇게 말했다.

"이것은 여러분의 승리입니다! 여러분을 대신해 모든 땅 위에 자유라는 명분이 승리했음을 선포합니다. 우리의 오랜 역사에서 오늘보다 위대한 날을 본 적이 없습니다." 그로부터 10년 뒤 80세 생일 파티에서 '사자the lion'라는 칭호를 받자 그는 다음과 같은 말로 국민에게 경의를 표했다.

> 사자의 심장은 지구 곳곳에 사는 모든 국가와 그 나라의 국민 모두의 가슴속에서 뛰고 있었습니다. 저는 그들 앞에 나서 포효하는 행운을 누린 사람일 뿐입니다.

전시 참모 중 한 사람은 그의 연설에 대해 이렇게 썼다. "1940년 국가를 흥분하게 한 그의 위대한 연설은 영국의 신사 숙녀가 차마 드러내지 못한 감정을 비길 데 없는 표현으로 대변한 것이었다." 참모의 말이 옳을 것이다. 영국의 신사 숙녀들이 '표현하지 못한' 것에는 투쟁 본능도 포함되어 있었을 것이다. 그들은 분명히 도전적이었고 용기도 있었다. 하지만 두렵고, 혼란스러웠으며 평화 역시 원하고 있었다. 얼마나 많은 사람이 이제 전쟁을 원치 않는다고, 대륙에서 벌어지는 문제에 말려들고 싶지 않다고, 폴란드나 유대인을 위해 싸우고 싶지 않다고 말했던가.

최후의 결전을 앞두고 수상으로 취임한 처칠은 내각에서 선언했다. "만일 이 오랜 우리 섬나라의 역사가 종말을 고한다면 그날은 바로 우리 모두 땅 위에 쓰러져 그 위로 흐르는 우리들의 피에 익사하는 날이 될 것이오." 장관들은 환호했고 동조했으며 일치단결했다. 처칠의 선언이 없었더라도 그들이 그와 같은 행동을할 수 있었을까? 처칠은 그들에게서 용기를 발견했다. 회유적 평화주의자 핼리팩스 경이 수상이 되었다면 장관들에게서 전혀 다른 감성을 찾아냈을 것이다(처칠은 한때, "핼리팩스의 미덕은 수백명의 악덕보다 더 많은 해를 세계에 끼쳤다."고까지 말했다).

사람은 대개 자기 신념이 무엇인지도 모르고 살다가, 미처 형성되지 않은 자신의 신념과 두려움을 정확히 대변해 주며 그 말에 힘을 실어 주는 지도자가 생기면 그의 뜻에 따른다. 히틀러는말했다. "강한 사람이 옳다." 처칠은 말했다. "우린 결코 항복하지 않을 것이다."

처칠은 자유와 용기로 상징되는 영국 역사를 상기시키는 방법으로 영국 국민을 인도했고, 품격 있는 언어를 사용하여 죽은 영웅들을 떠올리게 했다. 히틀러는 독일 국민의 두려움과 오래된불만, 잔인한 본능과, 하루 빨리 질서와 번영을 이루고자 하는 욕망 등을 대변하면서 그들을 이끌었다. 히틀러는 독일인들에게 그들이 굴욕의 세월을 살았으며, 그들에게 합당한 지위를 획득하려면 빼앗거나 파괴해야 한다고 말했다. 처칠은 영국인들에게 그들이 용맹스러운 국민이며, 섬나라와 자유를 수호하기 위해서라면영광스럽게 모든 것을 희생할 수 있는 사람들이라고 말했다.

일찍이 새뮤얼 버틀러(Samuel Butler, 1835 ~ 1902, 영국의 철학자 및 소설가—역주)는 사람들은 숭고한 기회를 마주했을 때 평범해지기 쉽다고 했다. 그런 면에서 사건을 겪을 때마다 비범한 대응 방법을 취한 처칠은 보기 드문 인물이었다. 시간을 초월한 영웅의 언어를 구사할 때에는 그 자신도 영웅이었고, 일상적 대화를 할 때에는 그 역시 보통 사람이었다. 이러한 표현력은 그의 최대 강점이었다.

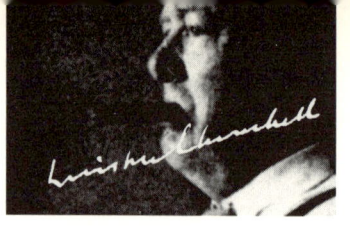

7
처칠의 화술
그가 한 말들

처칠은 천재적 표현력에 힘입어 연설할 때마다 대중의 마음을 사로잡았다. 생각을 정확히 전달하지 못하면 타인을 설득하기 어렵다는 면에서 웅변은 정말 중요한 요소다. 사후 수십 년이 흐른 지금까지도 그의 어록은 가장 자주 인용되고 있다.

1894년 음악 회관 근처에 술집이 들어서는 문제로 제기된 논란에 관하여 처칠은 이렇게 회상하고 있다. "당시만 해도 나는 민주적 자유를 누리는 훌륭한 사람들의 사교 생활에 허튼소리 (humbug : 소설 『크리스마스 캐럴』의 주인공 스크루지가 자주 내뱉던 말인 '치, 허튼소리 하고 있네 Bah, humbug!'에서 인용 ─ 역주)들이 끼친 막대한, 그러면서도 분명히 도움이 된 부분이 무엇인지 몰랐다."

1897년에 처칠은 이렇게 썼다. "인간의 모든 재능 중, 웅변술처럼 소중한 것은 없다. 동료에게 버림받고, 친구들에게서 배신당하고, 관직에서 쫓겨난 사람도 웅변술만 있다면 여전히 가공할 힘을 갖는다."

처칠은 처음 선거 유세 활동을 하면서 유권자의 집을 일일이 방문하였다. 문을 두드리고 자신을 소개하는데 성질 고약한 집주인이 이렇게 말했다. "당신에게 투표하라고? 이런 제기랄, 차라리 마귀에게나 투표하겠다!" 이때 처칠은 이렇게 대답했다. "알겠습니다. 그렇다면 댁의 친구 분이 출마하지 않는다면 저를 지지해 주시겠군요?"

"나는 일관적이기보다는 옳은 사람이 되길 원한다."

1907년 처칠은 식민지 담당 정무차관으로서 개인 비서 에디 마시E. Marsh를 대동하고 아프리카로 갔다. 약 100마일 이상을 행군한 뒤 그가 말했다. "지금까지는(So fari : Safari의 연상 표현—역주) 괜찮았어!" 식민지 총독은 처칠에게 성병이 무섭게 퍼지고 있음을 경고했다. 처칠은 끄덕이며 대답했다. "아, 영국형 염병 (Pox Britannica : Pax Britannica를 빗댄 표현—역주) 말이군."

(독설과 비꼼으로 이름을 날리던) 극작가 조지 버나드 쇼George Bernard Shaw가 자신의 작품 〈피그말리온〉을 처음 상연하던 날 처칠에게 전보를 보냈다. "내 초연 작품에 당신을 위한 좌석을 두 개 확보했음. 친구를 동반하셔도 좋음. 만일 당신에게 친구가 있다면."

　처칠이 답장을 보냈다. "첫 공연에 참석하지 못해 유감임. 다음엔 꼭 가겠음. 만일 두 번째 상연이 있다면."

"성공이란 열정을 잃지 않고 실패에서 실패로 건너가는 것이다."

1908년의 연설에서 처칠은 이렇게 선언했다.
　"사회주의는 부유층을 끌어내립니다. 자유주의는 빈곤층을 소생시키고자 합니다. 사회주의는 개인의 이익을 파괴합니다. 자유주의는 공공 권익과의 화합을 통하여 안전하고 합당하게 개인의 이익을 보존하고 지키려 합니다. 사회주의는 기업을 소멸시킵니다. 자유주의는 기업을 특권과 특혜의 속박에서 해방시켜 줍니다."

"정말로 큰 실수를 두 번 이상 저지르는 사람은 거의 없다."

1911년, 해군장관 업무 수행에 대한 맹공을 받자 처칠은 그를 비판한 사람들을 가리켜 "미처 눈뜨기도 전에, 무슨 말을 해야 할지도, 무슨 말을 하는지도 모르는 상태에서 한참 떠들어 대고는, 잠시 앉아 쉬는 동안 조금 전 무슨 말을 했는지를 까맣게 잊어버리는 인간들"로 묘사하며 반격했다.

"과대망상증은 건강하다는 증거 중 하나다."

"책임 없는 사람이 옳은 것보다는 책임지는 사람이 잘못된 것이 낫다."

"모든 신생아는 나와 닮았다."

제1차 세계대전 중 함대 배치 문제를 두고 처칠이 말했다. "위대한 단순성이란 원래 위대한 복잡성에서 비롯되는 거야."

처칠은 제1차 세계대전에 관하여 이런 글을 썼다. "모든 것이 끝난 뒤 돌이켜 보니, 그동안 진정으로 문명화되고 과학적인 기독

교 국가라면 얼마든지 피할 수 있었던 온갖 고문과 잔인한 만행이 마치 유일한 방편인 양 광범위하게 이용되었다. 하지만 그 유용성은 극히 의심스러웠다."

1922년 선거에서 자유당 정부와 처칠은 참패를 당했다. 선거 중 처칠은 맹장수술을 받았는데, 수술이 끝나자 이렇게 한탄했다. "관직도 없지, 의석도 없지, 당도 없는데 이제 맹장까지 없어졌다니."

처칠이 1932년 뮌헨에서 히틀러의 동료 에른스트 한프슈탱겔E. Hanfstaengel을 만나자 이렇게 경고하였다. "자네 두목에게 전하게. 반유대주의는 좋은 시작starter일지는 몰라도, 결국 고약한 꼬챙이sticker가 될 것이라고."

1930년대에 미국을 순회한 처칠에게 누군가 미국의 단점에 대해 물어보았다. 그는 "화장지가 너무 얇아! 신문은 너무 두껍고!"라고 답했다.

처칠이 하원에서 회의 중에 졸고 있었다. 동료 의원이 "제가 발언하는 도중 꼭 그렇게 주무셔야만 합니까?"라고 하자, 그는 대답했다. "아니오, 자발적으로(voluntary) 조는 것뿐입니다."

"살다 보면 총에 맞아도 죽지 않을 때처럼 즐거운 것이 없다."

새 이발사가 처칠에게 어떤 식으로 머리카락을 잘라주기를 원하느냐고 물었다. 처칠이 대답했다. "나같이 제한된 능력을 지닌 사람에게 헤어스타일까지 결정하라는 것은 불가능한 일이니 아무렇게나 자르게."

1935년, 국새 상서부 장관 클레멘트 애틀리C. Attlee가 발을 헛디뎌 하원 바닥에서 넘어졌다. 처칠이 충고했다. "일어나게, 국새 상서! 경거망동할 시간이 없다네."

1935년, 앤서니 이든(Anthony Eden, 1897 ~ 1977, 처칠 내각에 있다가 그의 뒤를 이어 영국 수상이 됨—역주)이 볼드윈 내각의 외무 장관에 지명되자 처칠은 클레멘타인에게 이런 편지를 남겼다. "이제 그 관직의 위대성으로 그의 진면목이 밝혀질 것이라 기대하오."

"사람들이 직접 듣지도 않은 내용을 비밀이라며 지키는 것을 보면 기가 막힐 지경이다."

1936년 11월 12일, 나치의 위협이 커지자 그는 방위 문제에 관해 하원에서 이렇게 말하였다.

"정부는 지금 스스로도 결정을 내리지 못하고, 수상이 결정을 내리지도 못하게 하고 있습니다. 그래서 그들은 지금 아주 희한한 모순에 처해 있습니다. 결정을 내리지 않기로 결정하고, 결심하지 않기로 결심하고, 되는 대로 지내겠다는 고집을 피우고, 유동적인 태도를 완고히 하고, 전력을 다하여 무능력하겠다는 것입니다. 따라서 현재 우리는 이렇게 위대한 영국에 절체절명의 시간이 될 수 있는 몇달 몇년을 그저 '메뚜기들에게 먹힐 날'(성서 「욥기」에서 인용한 표현—역주)만 기다리며 보내고 있습니다."

"휴가 가기에 좋은 때란 따로 없다. 그러니 아무렇게든 휴가를 떠나라."

1936년 처칠은 스탠리 볼드윈을 비판하면서, "때로 그는 진실 앞에서 넘어진 뒤에 서둘러 자신을 추스르고는 마치 아무 일도 없었던 것처럼 그곳을 지나가는 사람"이라고 했다.

"교양을 쌓지 못한 사람들이 인용 서적을 많이 읽는 것은 좋을 수도 있다. …… 인용 구절이 기억 속에 새겨진다면 좋은 생각으로 바뀔 수 있다."

1938년, 네빌 체임벌린 수상이 클레멘트 애틀리에게 자신의 뮌헨 평화 협정을 지지해 달라고 설득하려던 것을 두고 한 동료가

"뱀이 토끼를 길들이는 모습"이라고 비판하자, 처칠이 대꾸했다. "토끼가 양상추를 길들이는 모습이겠지!"

"앉아 있어도 될 때 서 있지 말 것이며, 누워도 될 때 앉지 말 것이다."

1938년, 처칠과 열띤 논쟁을 벌이던 평화주의자인 사촌 런던데리 경Lord Londonderry이 "자네, 최근에 펴낸 내 책을 읽어 보긴 했나?"라는 질문으로 정곡을 찌르려 하자 처칠이 대꾸했다. "아니, 난 오직 기쁨이나 이익을 추구할 때만 책을 읽는다네."

나이 든 의원이 볼드윈의 연설을 듣기 위해 보청기를 끼는 모습을 본 처칠이 옆 의원에게 물었다. "저 얼간이는 어째서 하느님이 준 재능까지 거부하는 거야?"

"우리는 지금 전쟁과 치욕의 처절한 선택 앞에 있습니다. 내 느낌으론 우리가 치욕을 선택할 것 같고, 그로 인해 나중에 지금보다 혹독한 전쟁을 치를 것 같습니다."

"자유로운 연설을 할 기회가 많을수록 그만큼 바보 같은 연설들도 뒤따른다."

1939년 10월 1일, 그의 첫 번째 전시 방송에서 해군장관 처칠은 이렇게 말했다. "여러분께 러시아의 행동을 예측해 드리기는 어렵습니다. 그들은 불가사의 속에 미스테리로 둘러싸인 수수께끼거든요."

같은 날, 의회에서 처칠은 용감한 바르샤바 방어전에 대해 이렇게 단언하였다. "폴란드의 정신은 파괴되지 않을 것입니다. …… 그들은 다시 바위처럼 일어설 것이며, 설령 파도에 휩쓸려 보이지 않게 되더라도 언제까지나 바위로 남을 것입니다."

1939년 10월, 28세가 된 처칠의 아들 랜돌프가 전쟁 때문에 19세의 패밀라 디그비Digby와 약혼한 지 몇 주 만에 결혼식을 올렸다. 아직 결혼할 만한 능력이 되질 않는다는 의견에 처칠이 대꾸했다. "뭐가 필요한데? 여송연이랑 샴페인, 더블 침대만 있으면 그만이지."(패밀라 디그비는 후에 재혼하여 패밀라 해리먼이란 이름으로 주불 미국 대사가 된다.)

1940년 1월, 처칠은 BBC 방송에서 히틀러에 대항하지 않을 경우 중립국들이 어떤 처지가 될지 경고하면서 이런 말을 남겼다. "저들은 독일의 침략 위협이 두려워 공손하게 허리를 굽히는 동안에도 연합국들이 승리하겠지 하는 생각으로 자신을 위로하고 있습니다. …… 그들은 모두 악어에게 충분한 먹이만 준다면, 자신이 제일 나중에 잡아먹힐 거라 믿고 있습니다."

어느 디너파티에서 참석한 손님들에게 차례로 다음과 같이 물었다. "만일 당신이 지금과 다른 사람이 되어야 한다면 어떤 사람이 되고 싶습니까?" 차례가 돌아오자 처칠은 부인 클레멘타인을 돌아보며 말했다. "처칠 부인의 두 번째 남편이오."

1940년 어느 날 저녁, 처칠이 식사 후 잠시 쉬는 동안 모형 폭탄을 시험 삼아 만지작거리다 동료에게 이렇게 말했다. "이거야말로 아일랜드 해방군이나 누렸을 기쁨을 자네나 나처럼 점잖은 사람도 누릴 수 있는 흔치 않은 순간이로군."

1940년, 처칠은 앞으로 닥칠 끔찍한 사건에 비견될 법한 살벌한 표현을 동원하여 국민에게 히틀러의 런던 공습을 예고하는 방송을 시작했고, 9월 11일 그의 목소리가 널리 울려 퍼졌다.

"이 잔인하고, 방자하고, 무차별적인 런던 공습은 말할 것도 없이 히틀러의 침략 음모 중 일부입니다. 그는 수많은 민간인과 여자와 아이들을 살해함으로써 이 강력한 제국의 시민들을 공포에 빠뜨리거나 위협할 수 있을 것이라 생각하고, 그와 아울러 이들의 생존 문제가 우리 정부에 부담이나 근심으로 작용할 것이라 믿고 있습니다. …… 그것은 그가 자유를 목숨보다 중히 여기도록 가르침을 받아 온 …… 영국 국민의 정신에 대해서, 또는 런던 시민의 강인한 기상에 대해 잘 모른다는 소리입니다.

사악한 인간이자 다양한 형태의 영혼 파괴적 증오의 화신, 과거의 잘못과 수치로 태어난 이 괴물은 일련의 무차별 살육과 파괴를 통하여 저명한 우리 섬나라를 무너뜨릴 마음을 굳히고 있습니다. 그의 악행은 이곳과 전 세계에 퍼져 있는 영국인의 마음속에 불을 붙인 것이며, 그 불은 그가 런던에 일으킨 대화재의 흔적이 제거된 뒤에도 언제까지나 타오를 것입니다."

1940년 10월, 널리 미움을 받는 장군과 토의하는 자리에서 처칠은 이런 말을 남겼다. "기억하게. 전쟁을 승리로 이끄는 것은 좋은 부하들뿐 아니라 교활하고 불쾌한 부하들도 함께 한다는 것을."

히틀러에 대한 묘사. "독일 국민이 당혹감 속에서 신으로 섬겼고, 그럼으로써 영원히 수치스럽게 생각해야 할 흉흉하고도 음울한 존재."

전쟁 전부터 처칠은 쉬지 않고 네빌 체임벌린과 그의 유화정책을 반대했다. 히틀러를 만난 뒤 그에 대해 "신뢰감을 주고 약속은 꼭 지킬 것으로 보이는 사람이었다."라고 판단한 사람이 바로 체임벌린이다. 하지만 처칠은 그의 내각에 들어간 후 충실한 부하가 되었고, 그를 이어 총리가 된 이후에도 계속 예의를 갖추어 대하였다.

물론 처칠로서는 체임벌린이 꼭 필요하기도 했지만, 원한과 비난을 (이기적인 이유에서라도) 담아두지 않는 편이기도 했다. 단지 전략적인 이유만으로는 처칠의 이런 관용을 설명하기 어렵다. 1940년 체임벌린이 사망했을 때 처칠은 그의 잘못을 일부 지적하면서도 여전히 그의 삶을 기리는 헌사를 남겼다.

"우연히도 네빌 체임벌린은 세계에서 벌어지는 최악의 위기 속에서 일련의 사건으로 모순을 겪고, 희망이 좌절당하고, 한 사악한 인간에게 기만과 배신을 당하였습니다. …… 이 끔찍하고도 황당한 시절에 대해 역사가 어떤 말을 하든지 간에 우리는 네빌 체임벌린이 지금 우리가 처한 가공할 파괴적 투쟁에서 세계를 구하기 위해 자기 식견에 따라 충실하게 행동하였고, 강력한 능력과 권한을 발휘하는 데 노력을 기울였다는 것만큼은 분명히 말할 수 있습니다. ……

히틀러는 광적인 연설과 제스처로 자신은 오로지 평화를 바랐을 뿐이라고 주장하고 있습니다. 하지만 그 헛소리와 광분이 지금 여기 묻힌 네빌 체임벌린의 침묵 앞에서 무슨 의미가 있겠습니까?"

"절대, 절대 …… 절대 포기하지 마라. 명예나 상식에 따라 확신하는 경우가 아니라면 절대 포기하지 마라."

영국과 미국에서 계속 경고했음에도, 1941년 6월 22일 나치 독일은 소련과 맺은 불가침 조약을 위반하고 소련을 기습 공격했다. 그전까지 수년간 공산주의가 개인의 자유나 법치주의, 사유재산, 다른 국가의 존엄성을 무시한다며 맹렬히 비난해 오던 처칠은 이날 다음과 같은 방송을 했다.

"나치 정권은 최악의 공산주의와도 차원이 다른 존재입니다. 잔인성과 흉포함에서 다른 모든 형태로 된 인간의 사악함을 능가합니다. 지난 25년간 저만큼 꾸준히 공산주의를 반대해 온 사람은 없을 것입니다. 또한 지금까지 제가 한 발언 중 어느 한마디도 취소하고 싶지 않습니다. 하지만 그 모든 것도 현재 벌어지는 상황 앞에선 아무런 의미를 지니지 못합니다. 온갖 범죄와 어리석음과 비극으로 얼룩진 과거의 유물이 번뜩이고 있습니다. …… 나치에 대항하여 싸우는 사람이나 국가는 누구라도 우리의 원조를 받을 것입니다."

처칠은 기분이 좋을 때면 이런 말을 하기도 했다. "히틀러가 지옥을 침략한다면 하원에서 마왕 편을 들 것이다."

처칠은 저서 『대연합 The Grand Alliance』에서 일본이 1941년 진주만을 공습했다는 소식을 들었을 때의 감정을 이렇게 표현했다.

"이로써 미국이 우리 편이 된 것을 큰 기쁨으로 선언한대도 내가 잘못되었다고 말할 미국인은 없을 것이다. …… 바야흐로 우리의 오랜 섬나라 역사에서 많은 상처와 분단의 위협을 넘어 다시 한번 확실한 승리자의 모습을 보일 때가 되었다. …… 이제 우리는 외로이 죽지 않을 것이다. 히틀러의 운명은 정해졌다. …… 일본 또한 곧 가루가 되어 사라질 것이다."

1942년 11월 10일, 에르빈 롬멜(Erwin Rommel, '사막의 여우'라는 별칭으로 유명한 독일 야전 사령관—역주)의 군대가 패배했다는 소식을 들은 처칠이 말했다. "이것은 끝이 아니다. 또 끝의 시작도 아니다. 하지만 시작의 끝은 될 수 있을 것이다."

1942년 11월, 처칠은 이렇게 말했다. "승리는 패배보다 즐겁지만 패배보다 쉽지 않다는 데에 문제가 있다."

1943년, 인도 통치를 비판하는 미국에 처칠은 이렇게 대꾸했다. "다른 주제로 넘어가기 전에 우선 한 가지는 분명히 해둡시다. 우리가 이야기하는 인디언Indians이란 영국의 온화한 통치 하에 엄청난 속도로 인구가 느는 인도의 갈색 피부 인디언을 말하는 것입니까, 아니면 내 기억이 맞다면, 거의 멸종 위기에 도달한 붉은 피부의 미국 인디언을 말하는 것입니까?"

1943년, 처칠은 안전상의 이유로 퀘벡 회담에 가는 교통편을 비밀에 부치라는 지시를 받았다. 당시 캐나다의 수상 매켄지 킹

Mackenzie King과 통화하는 자리에서 그는 이렇게 말했다. "내가 어떤 방법으로 갈지 당신에게 말하지 말라는군요. …… 따라서 내가 칙칙폭폭을 타고 갈 것이란 말씀밖에는 드리지 못합니다."

1945년 1월, 얄타로 건너가 3자 회담을 진행하기 전에 몰타 섬에서 루스벨트 미 대통령이 도착하기를 기다리는 동안 처칠은 루스벨트에게 이런 전문을 보냈다. "더는 비틀거리지falter 맙시다! 몰타Malta에서 얄타Yalta까지! 누구도 바꾸지alter 못하게 합시다."

1945년 5월 1일, 히틀러의 사망 소식이 전해졌다. 하원에서 전쟁 상황에 관해 논평해 달라는 질의를 받고 처칠은 대수롭지 않게 답변했다. "현재로서 말씀드릴 수 있는 것은 확실히 5년 전보다는 좋아졌다는 것입니다."

1945년 7월 26일, 처칠이 선거에 패하여 총리직에서 물러났다. 아내가 "그것은 '숨어 있는 축복'(나쁜 일 뒤에 좋은 일이 이어진다는 영국 격언—역주)일 거예요."라고 하자 처칠이 대답했다. "그래, 하지만 현새로선 너무나 깊숙이 숨은 것 같아."

포츠담 회담 직후 의회 연설에서 처칠은 말했다. "폴란드인들은 갖추지 않은 미덕이 없으며 그와 동시에 지금까지 저지르지 않고 지나친 잘못도 거의 없다고 해야 할 것입니다."

1945년 스탠리 볼드윈에게 생일 축하 메시지를 보낼 것을 부탁받은 처칠이 당혹스럽게도 거절 의사를 밝혔다. "나는 볼드윈에게 특별히 나쁜 감정은 없지만 그가 태어나지만 않았더라도 이 나라가 훨씬 좋아졌을 것이라는 생각은 든다오."(1936년 히틀러가 라인 지방을 침공했을 때 "내가 윈스턴을 택한다면 히틀러가 언짢아할 것"이라는 이유로 처칠을 국방장관으로 임명하기를 거절한 인물이 바로 볼드윈이었다.)

"사회주의자들의 꿈은 지상낙원Utopia이 아닌 행렬의 낙원Queuetopia이다."

1947년 8월 9일, 노동당 정부의 정책을 비판하는 자리에서 처칠은 이렇게 말했다. "이 섬나라는 아침에 눈을 뜨면 나라 안에 남에게 나누어 줄 것이 무엇이 남았는지 생각하며 하루를 시작하고, 밤이 되면 오늘 자기가 한 행동에 후회를 하며 하루를 끝마치는 신경질적인 철학자들에 둘러싸여 있다."

"어두운 골목마다 도둑들이 숨어 있던 18세기 골목길의 로맨스를 내게 가져다주오."

비망록에 잘못하여 전치사로 문장이 끝난 것을 몇 군데 본 보좌관이 틀린 부분에 표시를 하여 처칠에게 수정하도록 돌려주자,

그는 그 위에 다시 메모를 남겼다. "이거야말로 내가 제일 싫어하는 학자인 체하는 놈들의 허튼 짓이야."

1947년 11월, 하원에서 처칠은 이런 말을 했다. "그 누구도 민주주의가 완벽하다거나 만능이라고는 생각하지 않을 것입니다. 실제로 민주주의는 때때로 시도된 다른 모든 체제를 제외하면 가장 나쁜 정치 체제입니다."

자기 연설에 군중이 몰려드는 모습이 감동적이지 않느냐는 질문에 처칠은 이렇게 대꾸했다. "물론 감동적이지, 하지만 그런 느낌이 들 때마다 내가 정치적 발언을 하는 자리가 아닌 교수형을 당하는 자리였다면 이보다 2배는 넘는 군중이 몰려들었으리라는 사실도 명심하고 있지."

1953년, 귀족 추대를 받았지만 가망성 없는 후보자에 대해 처칠은 이런 촌평을 남겼다. "귀족peerage은 안 될걸. 사라짐족 disappearage이라면 모를까."

1954년, 클레멘타인이 처칠에게 토마토 다이어트를 권하자 그는 이렇게 썼다. "토마토에 개인적인 원한은 없지만, 그래도 다른 것들도 먹어야 한다고 생각하는데."

1955년, 후계자로 내정된 앤서니 이든이 답답해할 정도로 80세 나이에도 여전히 굳건히 자리를 지키던 처칠이 하루는 이렇게 말했다. "암만해도 곧 은퇴해야겠어. 앤서니가 평생 살 것은 아니니까." 그리고 이렇게 덧붙였다. "앤서니를 골리고 싶을 땐 예전에 글래드스턴 수상이 마지막 내각을 구성했을 때가 그의 나이 83세였다는 말을 꺼낸다네."

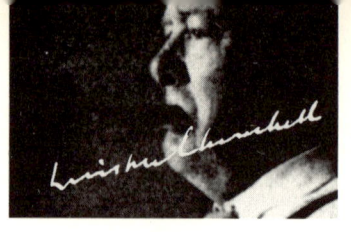

8

상징물과 처칠

그를 연상시키는 것

전기는 인물이 어떤 일을 했는지 설명하는 것으로 끝나지 말고 그가 어떻게 그 일을 할 수 있었는지도 설명할 수 있어야 한다. 처칠은 생전에도 사후에도 늘 짙은 안개가 드리워져 있기는 하지만 여전히 거대한 존재로 각인되어 있다. 그는 또 한 번 천재성을 발휘해 모든 사람이 그를 쉽게 알아보고 오랫동안 기억할 수 있게 하였다. 바로 상징물을 통해서였다.

제복과 여송연, V사인은 언제든 처칠을 구별시켜 준다.

처칠은 대중이 자신을 쉽게 인지할 수 있도록 모습을 단순화했다. 외양뿐 아니라 개성 있는 특징을 드러나게 함으로써 그를 볼 때마다 특정 이미지가 각인될 수 있도록 했다.

혼잡스러운 역사의 인파 속에서 두드러져 보이는 몇몇 인물은 어떤 식으로 부각된 것일까? 처칠은 우선 영웅의 모습을 좀더 명확하게 보고 싶어하는 대중의 욕구를 간파했다. 그는 다음과 같이 지적했다. "공공 인물이 갖추어야 할 가장 필수적인 특성 가운데 하나는 대중이 원하고 또 쉽게 인식할 수 있는 두드러진 몇 가지 표상이다."

히틀러의 콧수염, 몽고메리 장군의 베레모, 로렌스의 아라비아 의복처럼 처칠은 V사인과 여송연, 샴페인과 위스키를 이용하여 대중의 마음속에 자신의 존재를 새기고자 했다. 마치 라디오에 전해지는 혀 짧은 소리와 특이한 발음으로 그를 쉽게 알아챌 수 있듯이 특이한 외양은 항상 그를 쉽게 인식할 수 있게 했다.

초기에 그는 기묘한 모양의 모자를 애용했고, 그것은 계속해서 사진과 방송논평의 자료가 되었다. 여송연이 모자를 대신한 다음부터는 단 한 번도 여송연 없이는 공개 석상에 모습을 드러내지 않았다. 여송언은 어려운 시기에는 남자다운 의연함을, 내밀 생활 속에서는 세속적 즐거움을, 건강에 대한 경고나 외교적 관례에는 유쾌한 무관심을 보여 주는 상징물이었다. 처칠과 여송연은 워낙 긴밀하게 연결되어 있기에 그가 진주만 사건 이후 루스벨트 대통령을 방문했을 때 '3인의 거두' 지도자들이 앉게 될 자리의 표식물은 그들의 국기도, 이름의 이니셜도, 각국을 상징하는 사자나 독수리, 곰 그림도 아닌, 여송연과 물부리 파이프, 궐련 파이프였다.

처칠의 특이한 제스처 중 하나인 V사인은 타인의 감정을 이끌어내는 그의 능력을 잘 보여준다. 단순하고 기억하기 쉬운 V사인은 나치의 불온한 '하일 히틀러'와는 확연한 대조를 이루었다. V사인에는 적절한 공격성도 있어서 손바닥을 관중에게 보일 경우는 처칠의 말마따나 '승리'를 의미하지만 손등을 관중에게 보인다면, 특히 손을 좀더 위로 밀어 올리면 '빌어먹을 녀석!' 이라는 의미로 바뀌었다. V사인은 일반인도 쓸 수 있는 제스처로서, 상대에게 승리의 자신감을 나타내거나 그에 화답할 때 모두 쓸 수 있었다. 레슬리 호-벌리샤(L. Hore-Belisha, 2차 대전 직전 영국의 교통부 장관—역주)는 처칠의 모자와 여송연에 대해, "아마도 그런 바보 같은 것으로 관심을 끌 사람은 처칠 본인밖에 없겠지만, V사인만은 예외다. 그는 애국심을 일깨우는 절묘한 재능을 보여주고 있다. 그것은 천재적 제스처다."라고 극찬했다.

또한 처칠은 공적 자리에서 보여야 할 위엄에 무심했기 때문에 주로 공군들이 입는 지퍼 달린 상하의 일체형 점퍼 같은 것을 입고 다니며 이를 '방호복siren suit'이라 지칭하기도 했다. 처칠의 방호복은 우스티드worsted 천이나 가는 줄무늬의 플란넬 면, 만찬을 위한 검은 벨벳에 이르기까지 다양한 소재로 제작되었고, 여송연을 넣을 수 있는 초대형 주머니가 가슴에 달린 방호복도 있었다.

처칠의 친구 다이애나 쿠퍼D. Cooper는 그때 받은 인상을 이렇게 묘사했다. "윈스턴은 그 옷을 밤낮으로 입었는데, 나는 때로 잠자리에 들면서 노동자들이 입는 작은 푸른색 작업복을 입은 그의 모습을 상상해 보기도 했다. 틀림없이 그는 벽돌집을 짓는 예쁜 작은 돼지와 비슷했을 것이다."

처칠은 본래 모든 종류의 제복을 좋아했지만, 방호복을 자신의 상징적인 의상으로 정했다. 그 옷이 처음 등장한 것은 1940년 11월이었는데, 채 1년이 지나기 전에 저널리스트 헨리 모턴H. V. Morton은 그 옷에 대해 "이미 확실히 역사적 의상이라는 지위를 획득했으며, 앞으로 수년 내에 유리 상자에 진열될 운명"이라고 평했다(모턴의 『Atlantic Meeting』에서). 모턴은 그 옷을 입은 처칠이 "더욱 둥글고, 뚱뚱하고, 별난 인물처럼 보인다."고도 했다.

비록 만화가 데이비드 로D. Low가 "정체성의 표식tags of identity"이라 명명한, 이 시각적 상징물이 다소 조잡하긴 했어도 일반 대중은 그것을 기꺼이 포용했다. 사실 이때까지만 해도 어디에서든 TV를 통해 정치인들의 모습을 볼 수 있는 시대가 아니었던 것이다. 처칠의 특이함은 대중에게 이미지를 더욱 강하게 어필했고, 별난 것을 좋아하는 영국인의 기질까지 너해서 그의 인기가 올라가기 시작했다.

비단 영국에서만이 아니었다. 처칠이 백악관에서 크리스마스를 보낼 때 그에게 온 선물 중에는 온갖 꽃과 수백 개 여송연 상자로 장식된 2미터짜리 V사인 모형도 있었다. 여송연과 승리의

V사인은 처칠과 너무나 동일시되어서, 아무 주소도 쓰여 있지 않은, V사인을 한 손가락 사이에 여송연이 끼워진 그림이 있는 생일 축하 카드가 곧바로 처칠의 집으로 배달될 정도였다.

처칠은 전쟁 초기부터 라디오를 효과적으로 이용했고, 전쟁 상황에 진척이 없을 때에는 뉴스영화도 자주 활용했다. 연설문을 작성하는 지루한 준비 과정 없이 뉴스영화 한 편이면 충분했다. 존 마틴 경은 "외양에 대한 처칠의 예민함은 대중이 기대하고 보고자 하는 그의 성격을 대변하는, 다양하고 작은 특징들(모자, 굳게 다문 입술, 여송연 등)에서 훌륭히 드러났다."고 했다.

처칠은 겉모습뿐 아니라 기질 또한 강조하고자 했다. 사람들은 자신과 취향이 비슷한 사람을 더욱 가깝게 느끼기 마련이다. 그것이 낚시든 골프든 브로콜리든. 처칠의 경우에는 알코올이었다. 처칠은 자신의 전설적인 음주 습관을 모든 사람이 즐길 수 있는 농담 소재로 활용했다. 가령 차를 마시겠느냐는 질문을 받으면 이렇게 대답했다. "내 의사가 저녁 식사 전까지는 알코올이 들어 있지 않은 음료수는 아무것도 마시지 말라고 했다오(저녁 이후에는 술을 마시지 말라는 의사 말을 역설적으로 표현함—역주)." 또한 점심 이후로는 술을 들지 말라는 의사의 요청을 거절하기 위해 이렇게 말하기도 했다. "나는 그것을 원하지도, 필요로 하지도 않습니다만, 단지 결코 뿌리 뽑을 수 없는 평생 습관을 간섭하는 것은 꽤나 위험스럽게 생각합니다."

클레멘타인은 처칠에게 이런 글을 보냈다. "위대해지려면 단순한 사람도 당신의 행동을 이해할 수 있어야 해요." 처칠은 사람들의 마음속에 자신을 각인시키기 위해 상징물을 이용했다. 그로 인해 영국인들은 언제 어디서든 그를 확실히 알아보았다. 시간이 흘러 다른 역사적 인물의 상징이 (스탈린처럼) 퇴색되어 가는 동안에도 처칠의 상징물은 더욱 분명하게 그를 떠올리게 했다.

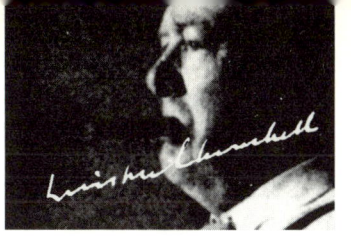

9

처칠과 '진실함'

그를 한 단어로 표현할 경우

많은 사람이 처칠을 한 단어로 표현하려는 시도를 해왔다. 자유, 용기, 인내, 대담무쌍함, 생생한 상상력, 통찰력 등이 언급됐다. 영국의 작가 찰스 스노C. P. Snow는 처칠 특유의 힘 있는 형용사들을 사용하여 그를 묘사하기도 했다. "육중하고, 재치 있고, 남을 신경 쓰지 않는, 자기만으로도 충분한 사람이었다."

하지만 처칠의 특징과 영국의 유대를 누구보다 잘 포착한 사람은 마저리 앨링엄Margery Allingham이었다. 그럴 듯한 설득력 있는 설명을 통해 마저리는 처칠을 단 한 단어로 종합했다. 그것은 '진실함true'이었다.

1941년 추리소설 작가 앨링엄은 미국의 지원을 간청하려는 의도로, 자신의 고향 에식스주 오번Auburn 마을의 전쟁 상황을 묘사한 『오크나무 심장 The Oaken Heart』을 썼다. 이 책에서 앨링엄은 영국이 수상 처칠을 어떻게 대했는지 설명했는데, 그 설명이 얼마나 정확했는지, 4년 뒤에 일어날 그의 충격적인 선거 패배까지 암시했을 정도였다.

앨링엄은 셰익스피어의 비극 『존 왕King John』의 일부를 인용하면서 글을 시작했다.

> "영국이 스스로 진실한 존재로만 남는다면 우리는 어떤 것도 후회하지 않겠다."
>
> 그것이 주춧돌이었고, 영국인의 타고난 위대한 비밀스런 신념이었고, 시금석이었으며, 마법의 반지였고, 자존심의 뿌리였고, 길이 기억할 역사의 초석이었다.
>
> '진실한 존재로 남는다'는 말은 말 뜻 그대로다. 그것은 식견에 의해 변별된 정직함만을 의미하는 것은 아니었다. 진실한 것은 진실한 것이다. 직선이나 무게처럼 진실할 수도 있고, 바퀴 하나처럼 진실할 수도 있고, 배의 나침반처럼, 또는 말편자처럼, 아니면 가늠쇠처럼 진실할 수도 있다.
>
> …… 처칠은 정부를 구했고, 나라를 구했고, 오번도 구했다. 밖에서 어떤 일이 있었든 일주일 내로 모든 것이 끝났고, 안정과 진실을 되찾았다.

…… 어떤 사람들은 처칠이 수년간 외면당하다가 고통의 시간에 갑자기 기억된 인물이었다고 믿기도 한다. 하지만 내가 알기로 오번 사람들만큼은 그를 그렇게 보지 않았다. 오번의 관점에서 …… 처칠은 처음 국회의사당에 등장한 날부터 자신에게 진실하고 국가에 충실할 사람으로 완벽히 인정받고 호감과 신뢰를 얻은 인물이었다.

　　하지만 국가가 처칠에게 협력하고, 그의 진실함에 따르기로 한 것은 최근에 이르러서였다. 그는 시대의 요구를 따라가는 사람이 아니었다. 시대가 그의 요구에 따라야 했다. 그는 고정된 나침반이었다. 오번 사람들은 그의 부모님을 잘 알고 있었으며 언제나 그의 존재를 즐거워했고 그를 잘 이해하였다. 수많은 장점과 엄청난 재능 역시 국민에게 잘 알려지고 또 잘 이해되었다. …… 그것에는 그럴 만한 이유가 있다.

　　처칠은 변치 않는 불독이며 영국민의 공격성을 보여주는 축소판이었고, 전투에 임하는 진실한 영국인의 살아 있는 화신이었다. …… 누군가가 기억하는 한, 그는 항상 그랬고, 그에 앞선 가족 역시 그러했다. 반세기가 흐른 뒤 국가는 그의 진실함을 이해했지만, 그 또한 투쟁을 통해서였다.

IO
처칠의 명예욕
그의 동기

인물의 동기를 증명하는 일이 불가능하다 해도 전기 작가는
그것을 규명해야 한다. 동기야말로 주인공의 행동을 가장 잘 설명해 주는 키워
드이기 때문이다. 처칠은 왜 그렇게 행동했을까? 제국을 보존하기 위해서? 전쟁
을 사랑했으므로? 아버지에게 자기 존재를 증명하기 위해서? 이러한 추론은 모
두 그럴듯하지만, 다른 설명도 가능하다. 그의 억제하기 힘든 명예욕이 동기로
작용했을지도 모를 일이다.

처칠은 항상 명예를 동경했다. 경의, 훈장, 공직, 왕에 대한 존경, 역사에 새겨질 업적 등을 갈망했다. 스스로 충분한 자격이 있다고 믿어도 되는 고귀한 역할을 맡고자 애썼다. 그는 하급 장교일 때부터 초조해했다. "성공하지 못한다면 얼마나 끔찍하겠는가. 내가 매달리는 일이 야망밖에 없는 이상 내 마음이 찢어질 것이다."(클라이브 폰팅의 『Churchill』에서).

성장 과정에서 처칠은 가족들이 대중의 칭송을 받는 모습을 지켜봤다. 할아버지는 고귀한 말버러 공작이었고, 외할아버지는 '월스트리트가의 제왕'인 백만장자였다. 처칠이 가장 감수성이 예민한 시절에 아버지 랜돌프는 스타 정치가로서 거리 사람들에게 주목을 받았고 아버지의 연설문은 모두 신문에 실렸다. 1885년 처칠은 학교에서 아버지에게 이런 편지를 썼다. "여기 사람 모두 아버지의 사인을 받고 싶어하는데 여러 사람에게 나눠줄 수 있도록 몇 개 써서 보내 주시겠습니까?" 어머니 제니는 1880~1890년대에 사진들이 가게에 전시되자마자 팔려 나가기 바빴던 저명한 사교계 여성이었다. 그뿐 아니라 처칠은 전쟁 영웅인 말버러 1대 공작을 선조로 두고 있었다.

이러한 가정환경에서 처칠은 일찍부터 명성에 대한 열망을 배웠다. 해로 학교에서 선배 하나가 학교 규칙을 어긴 죄로 처칠을 때리자 그는 이렇게 으스댔다. "난 당신보다 유명한 사람이 될 거예요." 그러자 그 소년이 대답했다. "그렇다면 2대 더 맞아야겠다." 그처럼 어린 학생일 때부터 처칠은 언젠가 훌륭한 사람이 될 것이라고 자랑하고 다녔다. "나는 내게 예정된 높은 지위에 올라 언젠가는 수도를 구하고 제국을 구하는 날을 맞이할 것이다."(찰스 이드의 『동시대인이 본 처칠』에서).

처칠에게는 늘 어린 시절 사랑을 받지 못했다는 것과 학교에서 뒤처졌다는 것, 학교 교육을 마치지 못해 소양이 부족하리라는 추측이 전설로 따라다닌다. 그는 실제로 대담하게 귀족적, 정치적 인맥을 이용하기도 했다. 특히 어머니의 모든 연분 관계를 동원하여 제 경력에 힘을 싣게 만들었다. 따지고 보면 영국의 권력층에서 처칠 모자의 교제 범위를 벗어나는 사람들은 별로 없었다.

처칠은 부관으로 근무한 첫날부터 주목을 받을 수 있는 사건들을 찾아다녔는데, 군인이 되기를 원한 근본적 이유도 명예욕 때문이었다. "젊은 나이에 영국 군대에서 실전 경험을 쌓는 것은 정치 경력에 힘을 실어 줄 것이며 …… 그리고 아마도 국내에서 인기를 얻는 데 훨씬 유리하게 작용할 것이다."(랜돌프 처칠의 『Winston S. Churchill : Companion vol. 1, part 2』에서). 명성을 갈고닦는 것이 언제나 처칠의 최우선 업무였다. 1897년 어머니에게 쓴 편지에서는 부상당한 병사를 안전한 곳까지 인도했는데도 아무도 자신에게 눈길을 돌리지 않은 것을 불평하기도 했다. "관객만 있다면 그 어떤 무모한 행동이나 숭고한 행동도 할 수 없는 게 없지요. 하지만 관객이 없다면 다릅니다."

아버지 못지않게 처칠도 본능적으로 일반 대중의 관심을 끄는 법을 알고 있었다. 또한 행동하는 것만으로는 충분치 않고, 무엇보다 남의 눈에 잘 띄어야 한다는 것도 알고 있었다. 처칠은 말투나 외양, 여송연이나 모자, 제스처 등을 관리하여 언론에서도 자신을 거부할 수 없게 만들었다. 사람들이 천한 것으로 여기거나, 뻔뻔스러운 자기 과시로 명성에 나쁜 평판을 얻는다고 해도 전혀 개의치 않았다.

그의 야망이 실현되기 시작하던 인도 파견 근무 초기부터 어머니에게 이런 주의를 담은 편지를 보내기도 했다. "만일 제가 이 세상에서 무슨 일인가를 하기로 결정한다면 어머니도 이를 널리 알려야 할 것이고, 제가 행할 비범한 일들을 지지하셔야 할 것입니다. 물론 개중에는 그것을 싫어하는 사람도 있을 것입니다."

처칠의 말은 옳았다. 그의 노골적 야망은 상당히 많은 사람을 언짢게 했다. 그러나 그는 자제하기는커녕 오히려 더욱 고무되었다. 명성을 얻는 가장 빠른 길이 유망한 동료들을 비판하는 것임을 알고 있었기에 말썽꾼이라는 낙인도 기꺼이 받아들였다. 공격의 목표가 될수록 빨리 큰 인물로 자란다는 것을 알고 있었기에 분쟁을 더욱 부채질하기도 했다. 큰 물의가 될 만한 탈당을 2번이나 했다. 처칠은 큰 쟁점, 이를테면 관세, 사회복지, 아일랜드와 인도의 지위, 나치의 패배 등을 명성을 얻기 위한 동아줄로 삼았다. 또 가급적 빨리 남들보다 앞서려고 했다. 일찍이 어떤 젊은 이와 식사를 같이하면서 이런 자랑을 하기도 했다. "난 벌써 32살이네. 하지만 주요 인물들 중에서는 누구보다 젊지." 스스로 인정했듯이 그의 개인적 야망은 "그 자체만 보면 추하고 불만족스러울 수 있지만, 많은 대외적 명분이 따를 때에는 충분히 장점으로 작용할 만한 것들"이었다.

명예욕은 처칠이 특이할 정도로 전쟁에 호감을 보인 이유 또한 설명해 준다. 전쟁은 언제나 그를 뚜렷하게 부각시키는 기회가 되어 주었다. 프랜시스 스티븐슨Frances Stevenson은 자신의 일기에서 처칠이 제1차 세계대전 중에 잠시 권력에서 물러난 시절을 언급하면서 그가 평생토록 기다리던 전장에서 떠나야 한다는 사실을 얼마나 고통스럽게 받아들였는지 기록했다. 처칠은 전쟁에 관련된 모든 것, 언제나 입고 다니던 제복, 군악대, 훈장, 차려 자세를 취한 중대를 사랑했다.

마침내 높은 지위에 올라선 처칠에게 제2차 세계대전은 군사적 위세와 예식 등을 탐욕스레 추구할 명분이 되어 주었다. 그는 미국을 여행하는 동안 미 언론이 그의 움직임을 미국 군함의 동태만큼이나 비밀스러운 대상으로 여긴 것을 자랑스럽게 언급하기도 했다.

테헤란 회담에 참석한 한 관계자는 처칠이 터무니없이 많은 장성, 함장, 공군장교를 대동한 것을 두고, 오로지 처칠 수상의 존재를 과시하려 했던 것뿐이라고 냉정하게 비판하기도 했다. 사실 처칠과 다른 사람들이 볼 때 그의 전쟁에 대한 집념은 놀랄 만한 것이었다. 작가 A. P. 허버트는 『무소속 의원Independent member』에서 이렇게 지적하기도 했다. "난 그가 대부분 옳은 판단을 한다고 믿었지만 …… 처음엔 그가 전쟁을 꽤나 즐기는 것으로만 생각하였다. 그러다 갈리폴리와 프랑스에서 3년간 보병으로 지낸 후에는 그렇지 않다는 것을 알게 되었다."

처칠은 자전 소설 『사브롤라Savrola』에서 주인공을 통해 자신의 뜻을 전하고자 했다. 소설에서 사브롤라가 다니던 도서관(처칠이 좋아하는 책들이 많이 있는)의 책상에는 『매콜리 수필집Macaulay's Essays』이 놓여 있고, 사브롤라가 표시를 해둔 구절이 눈에 들어온다.

"비록 역사가 그의 격렬하고 오만하고 무모한 기질을 경고하기 위해 일부 잘못을 기록할지라도, 결국에는 그의 곁에 뼈를 묻은 어떤 저명인보다 그가 무결한 사람임은 물론, 역사상 그보다 더 이름이 빛나는 사람이 없었음을 천명하게 될 것이다."

사브롤라의 명성에 대한 열망은 바로 처칠 자신의 열망이기도 했다.

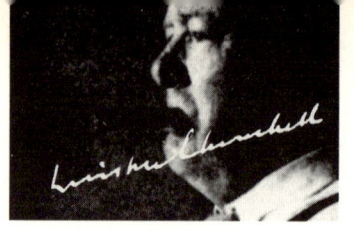

II

우울한 처칠
'검둥개'에 시달렸는가

원스턴 처칠이 우울증에 시달렸다는 이야기는 널리 알려져 있다. 그런데 이것이 사실이라는 의견도 있고 그렇지 않다는 의견도 있다. 이럴 때 전기 작가는 두 견해를 모두 살피고 사실 판단을 내려야 한다. 과연 처칠은 우울증을 앓았는가?

'검둥개'는 있었다

처칠 자신도 '검둥개(black dog : 원래 처칠이 자신의 우울증을 재미있게 표현하려던 말이었지만 지금은 우울증을 의미하는 일반 명사로 쓰임―역주)'로 표현한 우울증에 대해선 비교적 자유롭게 이야기했다. 1944년 그는 주치의 모란 경에게 이렇게 회상했다. "어렸을 때부터 우울증이 계속 있었어. …… 요즘도 배 옆에 서서 바다를 바라보기가 싫어. 그 다음 행동 하나면 모든 것이 끝날 것 같거든."(『처칠 : 모란 경의 일기에서 발췌』에서).

우울증은 처칠의 삶에 여러 번 등장했다. 1911년 7월 그는 아내에게 보낸 편지에 아는 사람의 우울증을 치료한 의사에 관해 쓰고 있다. "만일 검둥개가 되돌아온다면, 그 의사가 필요할지도 모르겠소. 다행히도 그 녀석은 지금 멀리 떠나간 것 같다오. 지금은 모든 것이 원래 색을 되찾았소."

1915년 5월 해군장관에서 물러날 당시 다르다넬스의 참패와 연이은 해임으로 처칠은 우울증에 빠졌다. 클레멘타인은 그때를 이렇게 회상했다. "우리 삶에서 최악의 시기는 다르다넬스 원정에 실패했을 때였다. 이때 윈스턴이 얼마나 심한 우울증에 시달렸는지 나는 그가 다시는 회복하기 어려울 것이라고 믿었고, 자살할지도 모른다는 두려움마저 들었다."(버컨헤드Birkenhead 백작의 『Churchill, 1894–1922』에서).

당시에 화가 윌리엄 오펀William Orpen이 그의 초상화를 그려준 일이 있었다. 하루는 모델이 되기 위해 화실에 온 처칠이 난로 옆에 앉아서는 말 한마디 없이 양손에 머리를 파묻고 움직이지 않았다. 식사를 하기 위해 오편이 잠시 외출했다가 돌아왔을 때에도 처칠은 꼼짝하지 않고 있었다.

우울증은 공직에서 해임된 1930년대, 1945년 선거에서 참패한 뒤, 그리고 1955년 수상 자리에서 물러날 때까지 반복해서 나타났다.

처칠의 가까운 친구 비버브룩 경은 그가 "자신감 수레바퀴의 꼭대기와, 심각한 우울함의 밑바닥" 사이에서 어떻게 기분이 바뀌는지 묘사하였다. 정신과 의사 앤서니 스토 A. Storr는 처칠의 주치의 모란 경이 쓴 보고서를 상당 부분 참조하여 쓴, 처칠의 우울증에 관한 논문을 통해, 그 우울증은 유전적이며 조상인 말버러 공작과 그의 아버지 랜돌프 역시 모두 반복적인 우울증 발작으로 고통 받았음을 지적하였다. 스토는 처칠의 기질인 생산력 productivity 또한 침울함을 두려워한 처칠이 휴식이나 안식조차 거부하려는 행동이었으며 이것이야말로 우울증 성향을 잘 드러내는 증거라고 주장했다. 분명한 것은 처칠이 공적인 업무 수행, 저술, 그림 그리기, 벽돌 쌓기, 폴로 경기, 도박, 사냥, 비행기 운전 등으로 항상 이상할 정도로 바쁘게 지내려 했다는 사실이다.

'검둥개'는 없었다

처칠은 우울증 때문에 고통을 겪은 적이 별로 없다. 가장 불행한 시기로 알려진 학창 시절에 대해서도 그는 "놀이방에서 장난감을 갖고 노는 아이처럼 행복했다. 그리고 어른이 되어 간다는 사실에 매년 더욱 행복해졌다."라고 묘사했다. 그는 샴페인과 여송연, 햇볕, 많은 식구로 북적이는 집, 정치와 저술과 그림에 대한 열망 등에서 쾌락적 즐거움을 추구하고 있었다.

'검둥개'라는 개념은 귀중하긴 해도 논란의 여지가 많은 회상록을 집필한 처칠의 주치의 모란 경에게서 기인한다. 모란 경은 의사라는 역할과 심리학에 대해서는 조예가 있었지만 주로 자기 본위로 환자의 신체적 정신적 측면을 바라보는 우를 범하고 있다. 또 처칠에 관한 촉망받는 전기 작가 마틴 길버트는 모란 경이 책 제목에 "모란 경의 일기에서 발췌"라고 명기했지만, 실제는 진짜 일기에 바탕을 두지 않았음을 입증한 바 있다. 길버트는 모란 경과 달리, 설령 처칠이 필요에 따라 분노와 슬픔을 드러낸 적이 있을지는 몰라도 무능력한 우울증 증세를 보이지 않았다는 결론을 내렸다.

처칠은 수많은 절망의 시간, 다르다넬스 참패 이후에 찾아온 고난의 시간을 훌륭히 견뎌냈다. 클레멘타인은 "난 그가 비탄으로 죽을 것만 같았다."고 말했다. 하지만 누군들 그러한 고뇌를 느끼지 않았겠는가? 수많은 영국군이 허무하게 몰살당하고 처칠 자신은 아무런 힘을 쓸 수 없는 자리로 좌천되지 않았던가. 이로써 그는 제 평판에 영원한 오점을 남기고 말았다. 마치 절망이란 주술에 완벽하게 걸려든 것 같았다. 그 뒤로도 수십여 년간 파란 많은 생애를 살면서 몇 번의 침체기를 경험하게 된다. 그렇지만 처칠의 삶에 흠이 될 우울증 발작은 결코 없었다.

12
처칠의 멸시
두드러지는 특질

우리는 개인의 특별한 기질 한 가지가 결점과 미덕 모두에 작용하는 경우를 종종 발견한다. 부지런한 독자라면 그 연계점을 찾아내어 주인공의 성공과 실패, 친구 관계나 심지어 옷 가짓수 같은 자질구레한 일까지 모두 설명해 내는 잣대로 삼기도 한다. 처칠을 지배하는 이 한 가지 기질은 너무도 뚜렷이 드러났다. 바로 다른 사람들의 견해에 신경 쓰지 않는 한결같은 무심함이었다.

처칠은 평생 다른 사람의 의견을 철저히 무시했는데, 이것이야말로 그의 불합리성과 위대성의 원천이 된 강렬한 기질이었다. 그는 태연하게 이렇게 말하곤 했다. "물론 난 이기주의자요. 그렇지 않고서야 무슨 일이 제대로 되겠소?" 타인의 관심사에 아무런 신경을 쓰지 않았고, 자기 외엔 다른 아무에게도 관심이 없음을 굳이 숨기지 않았다. 의회에서 연설을 끝낸 뒤 다른 의원들이 미처 의견을 말하기도 전에 밖으로 나가곤 했다.

공작의 손자이자, 빅토리아 시대의 소산이자, 세계적인 정치가였던 그는 동료나 부하들의 편의에 거의 아무런 배려를 하지 않았다. 그의 비서는 크리스마스를 제외하고 매일 일했다. 처칠은 언젠가 수행원과 심한 말다툼을 한 뒤 이렇게 불평했다. "자넨 내게 너무 불손하군." 그러자 수행원이 대꾸했다. "네, 하지만 장관님도 제게 너무 잔인합니다." 처칠은 이 말을 곰곰이 생각한 뒤 변명을 했다. "그렇긴 하군. 하지만 난 위대한 사람이지 않은가." 전쟁의 광기가 세계를 휩쓸기 시작하던 시절 한 보좌관이 장난으로 이러한 가짜 비망록을 만든 적이 있다.

오늘의 할 일
새로운 사무실 6개를 내가 쓸 수 있도록 준비해 두게나. …
… 나는 매일 저녁 6시에 자네들에게 어떤 사무실에서 식사하고, 일하고, 잠잘 것인지 알려 주겠네. 내 아내와 속기사 2명, 비서 3명, 그리고 넬슨(그의 애완 고양이)이 묵을 숙박 시설도

준비해 두게. 모두 쉴 수 있는 은신처와, 내가 지붕에서 적의 공습을 지켜볼 장소도 준비하게. 이상은 모두 월요일까지 끝내야 하네. 단 아침 7시부터 다음 날 새벽 3시까지의 근무 시간에는 공사 소음이 일절 들리지 않아야 하네.

윈스턴 처칠

1940년 10월 31일

그러나 처칠의 보좌관들은 이 가짜 비망록을 진짜로 믿었다고 한다.

주변 사람을 가장 성가시게 한 것은 그의 기행적인 일과였다. 처칠은 아침 8시에 일어나 몇 시간 일을 하고는 침대에서 손님을 맞았다. 이때는 항상 옆에서 옷 입는 것을 거들어야 했다. 점심 식사를 마친 뒤에는 1시간가량 낮잠을 즐겼는데 결코 잠시 눈을 붙이는 휴식은 아니었다("내게 적당히란 없다."고 처칠은 말했다). 그는 "꼭 옷을 벗은 뒤 침대에 들어가야" 했다(W. Graebner의 『My Dear Mr. Churchill』에서). 오후 8시 반에 저녁을 먹고, 밤 10시 반에 다시 일을 하러 갔다. 아무 때나 낮잠을 잘 수도 없는 보좌진의 불편에는 아랑곳없이 밤 10시 반 이후는 그가 업무에 매진하는 시간이었다. 지칠 대로 지친 보좌관들은 처칠이 잠드는 새벽 2시와 4시 반 사이에 잠깐 눈을 붙일 수 있었다. 처칠은 실제 적이 침공한 경우가 아니면 어떤 상황에도 8시 전에 자기를 깨우지 않도록 엄한 명령을 내려 두었다. 1941년 6월 22일에도 처칠의 보좌관은 기상 시각까지 그를 깨우지 않았다. 그 덕분에 독일군이 러시아를 침공했다는 충격적이고도 환영할 만한 소식도 제때 전해지지 않았다. 자신의 식사나 수면을 방해받는 일을 그토록 싫어하던 처칠은 정작 다른 사람의 식사나 잠, 목욕을 방해하는 것은 아무렇지 않게 생각했다.

지나치게 오만한 사람들은 본의 아니게 남의 눈에 우습게 비칠 때도 있다. 어떤 이는 이런 말을 남겼다. "그는 정장 차림으로 방 안을 활보하고 있었다. …… 그의 마음속에는 방금 찾아낸 불쌍한 사람들로 가득 차 있었다. 그는 자신이 신의 부름을 받아 그들을 위해서 무언가를 해야 한다고 생각하고 있었다. 그는 내게 '왜 나는 언제나 아슬아슬한 죽음의 위협에 처하거나 이와 같은 특별한 임무를 수행해야 하는 것일까?' 하고 물었다."(루시 마스터맨, 『C.F.G. Masterman : A Biography』에서). 처칠이 총리직에 오르기 위해 해군장관을 그만두던 날 해군장교들에게 감상적인 메모를 보냈다. "난 멀리 떨어져 있지 않을 걸세." 그의 신파적 제스처는 이타적으로 보일 수도 있었고, 진부하게 보일 수도 있었다.

때론 수많은 문제, 예컨대 에드워드 8세의 왕위 포기, 인도 독립, 전후 개혁을 위한 계획 등에 무관심한 그의 처사가 일반 국민의 정서를 제대로 인식하지 못하는 결과로 이어지기도 했다. 어느 동료가 인도 원주민들과의 대화를 통해 인도 문제를 다시 생각해 보는 것이 어떻겠느냐고 제안하자 그는, "난 인도에 대한 내 관점에 아주 만족하고 있고, 그것이 잔인한 인도인들에게 간섭받는 것도 원치 않아."라고 대꾸했다.

다른 사람들에게 관심이 없었기에 그와의 대화는 대부분 일방통행이었다. 그는 항상 이야기를 주도하고자 했고, 다른 사람이 차례를 넘겨받으면 지루한 기색을 숨기지 않았다. 어떤 이는 그를 비웃으며 이렇게 이야기하였다. "윈스턴은 마치 거울에 비친 자신과 대화하듯—자기 얘기에 동감하고 감동하는 관중으로서—노변정담을 이끌었다."

처칠은 자기가 흥미 있는 것만 이야기함으로써, 남을 설득하기도 했고 그들을 지치게 하기도 했다. 체임벌린은 수상 시절에 각료 회의를 주재하면서 처칠을 제외한 적이 있는데, 그 이유에 대해 처칠이 회의실로 들어서면 다른 사람이 말할 기회를 주지 않았기 때문이었다고 설명하였다. 아이젠하워 미 대통령은 이를 좀 더 재치 있게 묘사했다. "그의 말은 극적인 연설투였는데, 심지어 단 한 사람과 대화할 때도 그랬다."(『동시대인이 본 처칠』에서). 처칠에게 후했던 프랭클린 루스벨트 대통령도 늦은 밤까지 계속된 그의 독백을 벗어날 수 없었다—보좌관은 루스벨트가 때로 "아주 지겨워"했다고 전했다.

다른 사람을 신경 쓰지 않는 무심함은 또 다른 불합리함으로 이어지기도 했다. 그는 매일 아침 네 기둥에 꽃무늬 사라사 커튼이 드리워진 침대에서 동료들과 비서들을 맞아 일하곤 했다. 그는 자신이 좋아하는 진홍색 용무늬의 촌스러운 가운이 남의 눈에 어떻게 보이는지, 또 방 한가운데로 춤추듯이 걸어가는 자신의

1944년 5월 유럽 해방에 참여한 연합군들을 시찰하기 위해 영연방의 수상들과 함께 한 자리에서 처칠은 스스럼없이 방호복을 착용하고 있다

모습이 어떻게 비치는지에 조금도 신경 쓰지 않았다. 앨런 브룩 장군은 처칠의 주활동 시간 새벽 3시에 열린 회의를 이렇게 묘사했다. "다양한 색상의 드레싱 가운을 입은 그는 한 손에 샌드위치를 든 채로 …… 축음기의 박자에 맞춰 이따금씩 발을 바꿔 가며 홀 주변을 빠르게 돌고 있었다."

대중 앞에 나설 때도 처칠은 위엄에 무관심했다. 그는 아무 때나 자신의 방호복을 입었는데, 대개 유별나고 부적절해 보였다. 크렘린궁의 만찬에 초대되었을 때 방호복 차림으로 등장하여 소비에트 지도자들이 무례하다고 여기기도 했다. 그러나 그는 전혀 신경을 쓰지 않았다. 어쨌든 윈스턴 처칠이었기 때문이다. 늘 그랬다. 해로 학교에서는 공개적인 애정 표현이 금기시되는 분위기였는데도 그는 다른 아이들이 보는 앞에서 유모 에버리스트 부인에게 키스를 했다. 전쟁 영웅 잭 실리Jack Seely는 이 광경에 대해 '그때까지 본 어떤 행동보다 용감했다'고 말했다.

세계적인 정치가가 된 다음에도 처칠은 놀랄 만큼 달라진 것이 없었다. '가짜 전쟁(독일에 전쟁을 선포한 1939년 10월부터 다음 해 4월까지 실질적 전투가 벌어지지 않은 기간—역주)' 기간에 프랑스를 방문한 처칠은 관리들에게 자신이 처한 곤란을 설명했다.

20여 년간 단 한 번도 시종 없이 여행을 해본 적 없는 그가 "전쟁이 일어나는 동안에는" 시종을 대동하지 않겠다고 선언했던 것이다. 그는 이 문제에 대해 숨김없이 고백했다. "놀랍게도 면도하거나 머리를 (남아 있는 것만이라도) 빗거나 넥타이를 매거나 외투를 입는 데에 전혀 불편함을 느끼지 않았습니다. 여러분의 친절한 환대에 답해야겠다고 생각한 순간 비로소 기차에 내 의치를 두고 내린 것을 깨달은 정도뿐이었지요."

처칠은 벗은 몸을 드러내는 일도 개의치 않았다. 차트웰 별장에선 벗은 몸으로 걸어다니기도 했고, 욕조에서 대화하는 것을 좋아했다. 심지어 여비서도 그런 모습을 수시로 봐야만 했다. 어느 여비서는 일기에 이렇게 쓰기도 했다. "나는 지금껏 본 모습 가운데 가장 확실한 그의 뒷모습을 볼 수 있었다. 그는 지시를 내린다고 침대에서 일어났는데, 잠옷이 너무 짧다는 것을 완전히 잊고 있었다."

처칠은 다른 사람의 생각에 전혀 개의치 않았다. 입을 다물 줄도 몰랐고, 뻔뻔했고, 품위도 없었다. 그런데 이상하게도 이러한 특성은 오히려 그의 위엄을 세우는 데 보탬이 되었다. 처칠의 가장 큰 결점은 자신만으로도 충분하다는, 그의 가장 큰 미덕의 결점이었다. 그는 다른 사람의 의견에 좌우되지 않았기 때문에 분명한 통찰력을 얻을 수 있었고, 그로 인해 다른 사람이 간과하는 것도 목격할 수 있었다. 타인의 의견을 모두 수렴하는 것은 사실 약점이 될 수도 있다. 1940년 처칠은 진실의 길이 무엇인지 알고 있었고, 다른 의견에 동요하지 않았기에 그 길을 갈 수 있었다.

13
처칠의 호전성
그를 규정하는 특성

미덕과 악덕은 마치 양탄자나 모자처럼 유행의 법칙을 따르는 것이니만큼, 시대와 사회가 바뀌면 같은 특성을 두고도 때론 벌을 주고 때론 상을 주는 심각한 불일치성을 보인다. 처칠에게 추종과 영예를 가져다준 특성은 과연 무엇이었을까? 그와 동시에 비난이 쏟아지게 한 특성은 무엇이었을까? 그것은 바로 전쟁에 대한 애정이었다. 그의 전쟁관은 한 번도 바뀐 적이 없지만, 세계의 가치관은 바뀌었다.

처칠은 25번째 생일에 처음으로 총알이 타인의 몸을 뚫는 소리를 들었고, 1899년 이미 3개 대륙에서 벌어진 전투 상황을 목격하고 있었다. 그 뒤로 수상이 되는 1940년까지 육군과 해군, 공군 모두에서 복무했고, 로이드조지Lloyd George와 체임벌린의 양대 전시 내각에서 근무했으며, '싸우고 싶어 안달난 사람'이라는 명성도 얻고 있었다.

좋든 싫든, 옳든 그르든 전쟁에 대한 욕망은 처칠의 경력을 규정하는 한 측면이었다. 다른 사람들이 전투를 피하려 몸을 숙일 때 그는 그것을 끌어안았다. 전쟁은 그의 호전성을 위대하고 실질적이고 역사적인 그 무엇이 될 수 있도록 이끌었다. 첫 번째 전투의 전율부터 1899년 보어인 포로수용소에서 감행한 축복받은 탈주, 제1차 세계대전의 고난, 1940~1941년의 혹독한 시절에 이르기까지 전쟁은 최고의 모험과 기회의 순간을 가져다주었다.

처칠은 전쟁을 싫어하는 사람들을 비웃었다. "그들은 전쟁이 아무것도 결정해 준 것이 없다는 바보 같은 소리를 잘도 떠들어대지만, 역사상 그 어느 것도 전쟁으로 결정되지 않은 것이 없다. 스위스 사람들을 보라! 그들은 수세기 동안 평화를 누렸지만, 그래서 그들이 무엇을 만들어 냈는가? 기껏해야 뻐꾸기 시계뿐!" 그는 전쟁의 공포에 대한 시를 주로 쓴 시그프리드 서순Siegfried Sassoon에게도 이런 말을 했다. "전쟁은 인간의 일상적인 업무일 뿐이야." (하지만 이내 "전쟁은 원예와 같다."고 말을 바꾸었다.)

확실히 처칠은 항상 싸우고 싶어했다. 1896년 샌드허스트 육군사관학교를 졸업할 때, 그는 종군기자로든 병사로든 전장에 나가기 위해 노력했다. 상류 사회에 배경을 둔 부모님의 힘을 빌려, 특히 어머니에게 "직접 경험하지 않고는 아무것도 이룰 수 없어요."라고 재촉하면서 자리를 마련하려고 했다. 때로는 실전에 참여하지 못해 좌절하기도 했다. 1896년 편지에서는 "요즘은 모든 전쟁의 싹이 교활한 외교관들에 의해 밟히거나 잘려 나가고 있습니다."라고 썼다.

전쟁은 처칠에게 멀리서 지켜보는 훈련이 아니었다. 그는 말을 달리며 가까운 거리에 있던 적을 쏴 죽인 뒤 어머니에게 보낸 편지에, "직접 그들에게 달려가 얼굴에 총을 발사하여 몇 명을 죽였답니다. 3명은 확실하고 어쩌면 2명이나 3명 더 죽였을지도 모른답니다."라고 썼다. 또 몇 년 뒤에는 끔찍한 지루함과 반복되는 공포, 들끓는 이와 진흙, 악취로 악명이 높던 서부 전선의 참호 근무를 자원하기도 했다. 심지어 수상이 된 뒤에도 처칠은 전장에 나가고 싶어했다. 디데이(제2차 세계대전 당시 미군과 영국군이 프랑스 북부를 공격하기 위해 노르망디에 상륙한 1944년 6월 6일—역주) 당일에는 왕이 나서야 겨우 군함과 같이 적진으로 침투하겠다는 처칠의 고집을 꺾을 수 있었다.

유감스럽게도 처칠은 평생 동안 전쟁이, 수많은 투사의 영예로운 결전에서 대량 생산과 무차별 살육의 통계 경쟁으로 타락되는 것, 다시 말해서 조직전을 펼치던 알베르트 슈페어(Albert Speer, 1905~1981,나치 독일의 건축가. 히틀러에게 연합군의 이용 가능한 자원을 모두 없애는 초토화 정책을 권한 인물—역주)가 용맹스러운 롬멜보다 훨씬 위험한 인물로 여겨지는 것을 지켜보아야 했다. 처칠은 후에 역대 전쟁의 웅대한 광경을 회상하면서 이런 글을 썼다. "탐욕스럽고, 저열하고, 기회주의적인 행군에 의해 전쟁이 모든 장려함을 잃었다는 것, 그 대신 화학자들이 활약하거나 조종사들에게 발포를 맡긴다는 것은 수치스러운 일이야."

처칠의 전쟁에 대한 솔직한 열정은 때로 주변 사람들을 놀라게 하기도 했다. 그는 제1차 세계대전 중에 이런 말까지 했다. "이것이 바로 살아 있는 역사라네! 지금부터 우리가 행하고 말하는 모든 것이 장대히 보일 것이며, 수천 세대를 내려가며 계속 읽힌다는 사실을 생각해 보게나! 나는 이 세계가 그 어떤 것을 준다고 해도 이 유쾌한 전쟁의 영광에서 벗어나고 싶은 생각이 추호도 없어." (존 피어슨의 『The Private Lives of Winston Churchill』에서).

대중은 그의 열정을 의심 어린 눈으로 바라보았다. 1922년 클레멘타인은 남편을 위한 선거 운동 중에 이런 보고를 남겼다. "당신을 반대하는 이유에 '전쟁광' 이미지도 있는 듯해서 제가 당신의 통통한 얼굴 주위에 폭신한 털이 달린 날개를 그려 평화를 전하는 아기 천사처럼 소개했어요."(메리 솜스가 편집한 『Churchill and Clementine』에서). 평화의 전도사라는 처칠의 이미지는 별로 설득력이 없어서 그는 선거에서 패했다. 또한 1930년대와 제2차 세계대전 이후에도 전쟁에 대한 처칠의 열망은 대중적 지지를 잃게 하는 원인이 되었다.

하지만 그는 전쟁이 가져올 대가를 분명히 인식하고 있었다. 1909년 처칠은 클레멘타인에게 보내는 편지에 이렇게 썼다. "전쟁이 나를 유혹하고 그 가공할 만한 상황들로 아무리 내 마음을 사로잡아도, 그 모든 것이 얼마만큼 비열하고 사악한 어리석음과 야만성의 요체인지 매년 더욱 깊이 느끼고 있고, 또 그 소용돌이에 빠져든 내 기분이 어떤지 가늠할 수 있을 정도라오."

처칠의 전쟁에 대한 애정은 '영광스러운 죽음'의 가능성에 대한 신념에도 기인한다. 수상 시절 그는 국민에게, 어차피 죽음이 한 번은 반드시 찾아오는 것이라면 의미 있는 죽음이어야 한다는 생각을 끝없이 고취하였다. 그들에게도 삶은 소중하지만, 자유처럼 소중하지는 않았다. 영국이 홀로 전쟁을 치러야 하는 절망적인 기간에도 처칠은 이런 글을 썼다. "지금이야말로 살아도 괜찮고, 죽어도 괜찮은 때다." 전시에 자신이 졸업한 해로 학교를 방문했는데, 학생들은 그를 기리기 위해 학교 신문에 '어두운 시절'이라는 시를 실었다. 처칠은 그것을 보고 '어두운'을 '혹독한'으로 바꾸어 줄 것을 요청했다. 그에게는 어두운 시절이 아닌, 위대한 시절이기 때문이었다.

전시에 처칠이 보여 준 지휘 능력은 완벽했다. 간혹 잘못을 저지르기도 했지만 위대한 과업에 이르는 과정의 부산물로 여겨졌고, 그만큼 그는 뛰어난 능력으로 모든 사람을 놀라게 했다. 타고난 호전적 기질은 많은 문제를 일으키기도 했지만, 영국의 위기 상황에서는 손해보다 이익을 가져다주었다. 처칠은 전쟁을 예방하기 위해서도 노력했지만, 싸우게 되면 기꺼이 싸웠다. 항복을 하느니, 무슨 짓이라도 하고 어떤 고통이라도 받을 사람이었다. 1940년 처칠은 사기가 꺾인 프랑스인들에게 "여러분이 어떤 일을 하더라도 우리는 언제까지, 언제까지나, 언제까지라도 싸울 것입니다."라고 약속했다.

1940년 이전 시대가 그의 위대한 시절의 서곡이었다면, 전쟁이 끝난 후로 몇 년간은 침체기가 계속되었다. 그는 일본이 항복한 바로 뒤인 1945년 선거에서조차 패하고 공직에서 쫓겨났다. 대중은 그에게서 영원히 계속될 전투의 향취를 느꼈고, 더는 그것을 원치 않았던 것이다.

하지만 처칠은 공직에서 물러난 이후에도 계속 싸웠다. 그는 노동당의 정책에 비판을 멈추지 않았고 대중의 정서가 바뀐 1951년 이후 수상으로 복귀했다. 하지만 이번에는 전쟁과 평화라는 이슈 대신에 경제 문제에 직면해야 했다. 전시에는 '승리'라고 하는 단일 목표와 '처칠'이라는 단일 인물 앞에 온 나라가 하나되었지만, 평화의 시대에는 모든 목표와 수단이 일치하지 않았다. 1954년 처칠이 말했다. "전쟁 중에는 항상 우리가 어디 있는지 알고 있었고, 최선이라고 믿는 신념에 따라 행동할 힘도 가지고 있었으나 지금은 모든 것이 바뀌었다. 어딜 가나 수군거림과 뒷말만 남아서 어떤 일을 해낸다는 자체가 신기할 정도다."

1945년 이후에는 모든 상황이 달라졌다. 처칠은 주치의에게 다음과 같이 고백하였다. "난 전쟁이 없어 매우 외롭다네. 자네도 그런가?" 전시 중에 처칠은 그 유명한 '오늘 행동 지침' 메모지에 위급한 명령을 기록해 두어 언제든지 즉각적 행동이 뒤따를 수 있도록 했다. 참모진은 처칠이 복귀할 때를 대비하여 그 메모지를 잘 보관해 두었고, 실제 그가 1951년 수상으로 복귀했을 때 별도의 메모지 한 무더기가 책상 위에 놓이기도 했다. 하지만 시대는 바뀌어 있었다. 그 메모지는 3년 동안 자리만 지켰으며 한 번도 사용되지 않았다.

전쟁을 통해 번영을 누린 것은 미덕일까, 잘못일까? "높은 자리에 있을 때나 낮은 자리에 있을 때나, 내각에서나 전선에서나, 살아서나 죽어서나 내 신념은 '끝까지 싸워라.' 이다."

처칠은 저서 『세계의 위기The World Crisis』에 다음과 같은 글을 남겼다. "개인은 물론 국가 또한 지배력의 원천인 자질과 능력을 남용함으로써 파멸에 이르고 있다."

어떤 재능도 전천후일 수는 없다. 그의 투쟁적 기질은 시대가 바뀐 뒤 응징의 이유가 되었지만, 혹독한 시대에 그에게 최고의 날들을 선사한 동력이기도 했다.

14
처칠의 연표
핵심적 사건들

처칠의 삶에 일어난 모든 핵심적 사건을 보여 주는 데에 전통적 시대 구분법은 별 소용이 없다. 그가 해로 학교에 입학한 일은 독일의 항복만큼 강조될 수 있지만, 그 외에 유모 '움'의 등장, 장래 수상이 되겠다고 처음 맹세한 일, 아버지에게 냉정한 편지를 받은 날, 첫 폴로 게임, 1938년의 잠 못 이루던 밤, 첫 심장 발작, 최후로 그림을 그린 날 등과 같이 그의 인생에 이정표가 되는 사건들은 대개 생략되어 버린다. 사실 그런 사건은 통상적 연표 방식으로는 나타내기 어렵다.

윈스턴 레너드 스펜서 처칠 Winston Leonard Spencer Churchill
(1874 ~ 1965)

1874

11월 30일 블레넘궁(宮)에서 출생

1888

해로 고등학교 입학

1893

샌드허스트 육군사관학교 기병대 생도로 입학

1895

아버지 사망

제4경기병 연대 입대

1895 ~ 1898

인도와 수단에서 복무

『말라칸드 야전군 이야기 The Story of the Malakand Field Force』
(1898) 출간

1899

첫 선거 출마 및 낙선

보어인의 포로수용소에서 탈출

『강의 전쟁 The River War』 출간

1900

보수당 하원의원으로 당선

『사브롤라 Savrola』 출간

『런던에서 프리토리아를 거쳐 레이디스미스로 London to Ladysmith
via Pretoria』 출간

『이언 해밀턴의 행진 Ian Hamilton's March』 출간

1904

자유당 입당

1905~1908

식민지 담당 정무차관

1906

『랜돌프 처칠 경 Lord Randolph Churchill』 출간

1908

클레멘타인 호지어와 결혼

『아프리카 여행기 My African Journey』 출간

1908~1910

통상장관 취임

1910~1911

내무장관 취임

1911~1915

해군장관 취임

1915

다르다넬스 작전 실패

랭커스터 공령 상서(尙書)로 좌천

1915~1916

프랑스에서 육군 중령으로 근무

1917~1919

군수부 장관으로 복귀

1919~1921

공군장관 겸 육군장관 취임

1921~1922

식민장관 취임

어머니 사망

1922

차트웰 별장 매입

1923

　　『세계의 위기The World Crisis』 출간

1924

　　보수당 재입당

1924 ~ 1929

　　재무장관 취임

1930

　　『나의 청춘기My Early Life』 출간

1932

　　『폭풍의 한 가운데Thoughts and Adventures』 출간

1933

　　『말버러 : 그의 생애와 시대Marlborough : His Life and Times』
　　(1933 ~ 1938) 출간

1937

　　『우리 시대의 위인들Great Contemporaries』 출간

1939 ~ 1940

　　해군장관 재임

1940 ~ 1945

　　영국 수상 겸 국방장관 취임

1940

　　영국 공습

1941

　　프랭클린 루스벨트와 첫 번째 전시 회담
　　소련과 미국, 제2차 세계대전 참전

1944

　　노르망디 상륙작전

1945

　　독일 항복
　　총선에서 영국 보수당 패배

일본 항복

1945~1951

야당 지도자

『제2차 세계대전 The Second World War』 출간

『소일거리로서의 그림 Painting as a Pastime』 출간

1951~1955

영국 수상 재임

1953

노벨문학상 수상

가터 기사 작위 수여

1956

『영어권 국민의 역사 A History of the English-Speaking Peoples』
(1956~1958) 출간

1959

마지막 하원의원 당선

1963

미국 명예 시민으로 선정

1965

1월 24일 런던에서 사망

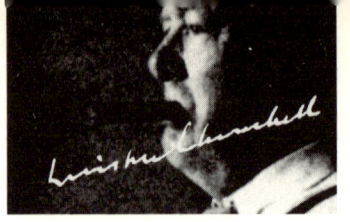

15
아들로서의 처칠
자랄 때 가장 영향을 준 역할

전기를 쓰는 작가들은 맹점에 빠지기 쉽다. 주인공에게 동기부여를 해준 것이 무엇인지 정확히 예측하지 못하므로 추정해서 쓰거나 주인공이 주장하는 그대로 받아들이기 쉽기 때문이다.

처칠은 항상 자신에게 가장 큰 영향을 미친 사람이 아버지였다고 했다. 아버지의 말을 외웠고, 전기를 썼으며, 경력을 모방하려 했고, 그의 위트, 방종, 거만함, 야망, 술과 도박에 대한 애정까지 공유하고자 했다. 처칠은 태어나서 죽기 전까지 조금이라도 더 아버지와 비슷한 사람이 되고자 애썼다.

윈스턴 처칠은 아버지에 대해 이렇게 말했다. "어린 시절 내게 가장 위대하고 강력한 영향을 준 사람은 물론 아버지였다. 비록 대화도 별로 없었고 대등한 처지에서 이야기를 나눈 적도 거의 없지만, 나는 아버지에 대해, 또 때 이른 죽음 뒤에는 추억에 대해 강렬한 탄복과 애정을 품고 있었다." 윈스턴 처칠에게는 두 아버지가 있었다. 처칠이 20살 때 세상을 떠난, 냉정하고도 늘 자식을 못마땅하게 생각하던 냉정한 아버지와, 부친의 사망 뒤 윈스턴이 창조해 낸 아버지였다.

처칠의 부친 랜돌프의 정치 경력은 단 몇 년에 집중되어 있는데, 1886년에는 37세라는 놀랄 만큼 젊은 나이에 재무장관에 임명되는 영예를 누렸다. 윈스턴은 당시 11살이었고 아버지에 대해 엄청난 자부심이 있었기에 부친에 관한 모든 신문 기사와 삽화를 스크랩해 두었다. 처칠은 가능한 한 모든 면에서 아버지를 닮으려 했는데, 심지어 해로 학교에 입학했을 때에는 아버지가 이튼 학교에서 그랬던 것처럼, 불독 한 마리를 사 달라고 조를 정도였다.

랜돌프는 총명한 정치가였다. 또한 거만하고 불손한 인물로도 유명했다. 친구의 기억에 따르면, 한번은 상대의 따분한 이야기에 인내심이 바닥난 그가 웨이터를 불러 이렇게 말했다고 한다. "웨이터, 나 대신 B대령 이야기 좀 끝까지 들어 주게나."

랜돌프는 지나친 자신감 탓에, 고위직에 오른 지 몇 달 만에 정치적 자살 행위를 하고 말았다. 1886년 12월 예산안을 제출했는데, 수상이 재가를 거부했다. 랜돌프가 뜻을 관철하기 위해 사의를 표명하자, 수상은 태연히 사직을 허락해 버렸다. 잘못된 무리수로 랜돌프의 정치 경력은 끝장이 나 버렸다. 그로부터 9년 뒤 랜돌프는 난폭한 성격과 이상 행동, 신체적 쇠약 등이 나타나는 퇴행성 질병으로 사망했다. 그의 나이 45세였다. 당시 알려진 사망 원인은 매독이었다. 랜돌프가 사망한 1월 24일은 우연히도 그의 아들 윈스턴이 사망한 날과 같았다.

랜돌프는 아들에게 존경받을 만한 일은 거의 한 것이 없었다. 오히려 그를 숭배하고 친해지려고 노력하는 윈스턴을 비웃었다. 윈스턴에게 편지를 보내 자신을 '파파Papa' 대신 '파더Father'로 부를 것을 요구하기도 했다. 랜돌프는 아들을 비판하거나 그의 미래에 대해 기분 나쁜 예언을 하는 경우가 아니라면 별로 말도 하지 않았고 편지도 쓰지 않았다.

한번은 윈스턴이 보낸 편지에 다음과 같이 메모해 되돌려 보내기도 했다. "이 편지는 현학적이고 잘난 체하는 네 말투를 검토해 보란 의미에서 내가 간직하지 않고 돌려보내는 것이다."

1893년 7월, 18세의 윈스턴은 세 번째로 샌드허스트 육군사관학교 시험을 치렀다. 비록 보병과 합격에 필요한 점수는 받지 못했지만, 천만다행으로 기병대 입학 자격은 얻을 수 있었다. 윈스턴은 긍정적으로 생각하기로 했다. "내 말이 생긴다니 얼마나 즐거운지 몰라요! 게다가 기병대 제복이 보병대 것보다 훨씬 화려해요." 아버지의 반응은 잔인했다.

(보병 자격을 얻지 못했다는 것은) 너의 그 칠칠치 못하고 엄
병덤병한 일 처리 방식이 도를 넘어섰다는 증거다. …… 만일
네가 학교생활과 이후의 인생에서도 지금처럼 게으르고, 쓸모
없고, 부질없는 삶을 멈추지 않는다면 영원히 사회의 부랑아
로 살아갈 것이다. …… 그와 아울러 초라하고 불행하고 무익
한 존재로 타락하게 될 것이다.

윈스턴 자신도 인정했듯이 아무리 엄청난 효심에 불타던 소년
이라도 이 혹독한 편지에는 깜짝 놀랄 수밖에 없었다.

윈스턴은 아버지에게 정치를 배우고자 했으나 진지한 대화를
거의 나누지 못했다. 그에 대해 윈스턴은 이렇게 썼다. "아버지는
모든 일에 해답을 갖고 있었고 거의 모든 것을 알고 있었다. 하지
만 내가 조금이라도 다가가려 하면 아버지는 기분이 언짢아졌다.
한번은 개인 비서를 도와 편지 몇 장을 대필하겠다고 하자 내가
얼어붙을 때까지 노려보았다." 아버지가 사망한 후 윈스턴은 이
렇게 말하였다. "아버지와 동료애를 나누거나 아버지 편에 서거
나, 아버지의 지원을 받아 의회에 들어가려던 내 모든 꿈이 물거
품이 되고 말았다. 이제 남은 것은 그의 목표를 추구하고 그의 뜻
이 옳았음을 증명하는 것뿐이다."

윈스턴은 생전의 비판적인 아버지 대신 고상하고도 용기를 심
어주는 아버지를 만들어 냈다. 만일 랜돌프가 살아 있었더라면
"끝없이 불평만 해대고 전념할 생각이 없는 녀석"이라고 비난했

을 것이다. 『나의 청춘기』에서 윈스턴은 자신을 폄하하는 아버지의 행동을 농담처럼 쓰기는 했어도, 사실 자체를 부정하지는 않았다. 윈스턴은 장난감 병정들을 전투 대형으로 늘어놓고 있는 것을 아버지가 구경하던 어느 날을 이렇게 회상했다.

아버지는 그 장면을 20분 남짓 내려다보았다. …… 마침내 내게 군대에 들어가고 싶으냐고 물었다. 난 군을 지휘하는 것이야말로 멋진 일이라고 생각했으므로 즉시 "네."라고 대답했다. …… 그 후 몇 년간 나는 아버지가 내게서 군사적 재능을 발견한 것으로 생각하고 있었다. 그러던 어느 날 아버지는, 당시에 내가 변호사가 될 만큼 우수하지는 못하다는 결론을 내렸다고 전해 주었다.

아버지에 대한 기억은 대개 이와 같았다. 아버지가 허무하게 세상을 뜨자 윈스턴은 즉시 그를 재창조했다. 우선 아버지의 연설 중 상당 부분을 되살리려 했다. 그리고 아버지의 정치 경력을 인정받기 위해 2권짜리 전기 『랜돌프 처칠 경 Lord Randolph Churchill』을 썼다.

또한 첫 하원 연설에서 아버지를 암시하는 감사의 말로 끝을 맺었다. "저는 본 의회가 제 말을 경청하고 자리를 마련해 준 것에 감사드립니다. 이는 제 역량 덕이 아닌, 이 자리의 수많은 존경하는 의원들께서 여전히 간직하고 있는, 어떤 빛나는 기억 덕분임을 감사하게 여기고 있습니다."

"어떤 빛나는 기억"에 대한 윈스턴의 헌신은 아버지를 위한 것이라기보다는 한 우상을 위한 헌신에 가까웠다. 그가 해석한 아버지는 쉽게 인정받지 못했다. 랜돌프가 총명하고 유능했음은 아무도 부인하지 않았지만, 그와 동시에 그는 거만하고 완고하며 불안정한 인물이기도 했다. 그의 얼룩진 명성은 윈스턴의 초창기 시절, 특히 아버지의 동시대인들이 여전히 권좌에 있을 때 아들에게 짙은 그림자를 드리우기도 했다.

윈스턴은 아버지의 배경을 이용하기도 했지만 투기꾼, 기회주의자, '성가신 녀석'(이 레테르는 윈스턴에도 똑같이 적용되었다)과 같은 아버지의 나쁜 평판 때문에 고생을 해야 했다. 어떤 이들은 아버지가 그랬듯이 윈스턴도 성급하고 사려 깊지 못한 성품으로 인해 자멸하게 될 것이라고 예견하기도 했다.

윈스턴의 야망을 이끈 힘은 영원히 곁을 떠난 아버지에게 자기 존재를 증명하고 싶은 욕망에서 비롯된 것은 아니었을까? 1924년 볼드윈S. Boldwin 수상이 처칠을 재무장관으로 임명했을 때 처칠은 "이로써 내 야망은 충족되었다. 나는 아버지의 장관 예복을 아직도 간직하고 있다."고 밝혔다. 윈스턴은 아버지의 성과를 추종했고, 또 능가하기도 했다. 하지만 이미 고인이 된 랜돌프는 아들의 승리를 볼 수 없었다.

1947년 어느 날 가족 식사 시간에 윈스턴의 딸 사라가 이렇게 물었다. "지금 이 자리에 초대하고 싶은 위인을 한 분 고른다면 아버지는 누굴 선택하시겠어요?" 자식들은 카이사르나 나폴레옹을 예상했다. 그러나 그는 이렇게 답했다. "물론 나의 아버지지." 말년에 처칠은 그토록 사랑하던 차트웰이 아닌, 아버지와 같이 쉴 수 있는 블레넘궁 근처의 교회 묘지에 묻히길 바랐다.

세계의 지도자로서 윈스턴이 보여 준 가공할 만한 위상과 그 투쟁력, 자신감의 뒤에는 아버지에게 인정받기 위해 노력하던 아들의 어둡고도 사무치는 운명의 실이 이어져 있었다.

랜돌프 처칠 경, 사망하기 몇 해 전에 찍은 사진

16

아버지로서의 처칠
그는 좋은 부모였는가

윈스턴 처칠은 좋은 아버지였다

처칠은 사랑스러운 아버지였고, 다사다난한 삶이 허락하는 범위에서 자상한 아버지기도 했다. 살아 있는 동안 그가 쓴 모든 편지는 가족의 활동과 건강에 깊이 관여하고 있음을 보여 준다.

자녀들이 어렸을 때 처칠은 샤레이드(charade, 남의 몸짓을 흉내 내는 놀이—역주)나 모래성 쌓기, 고릴라 쫓기 놀이를 같이 하기를 즐겼다. 또 아이들이 잠자리에 들 때에는 『보물섬』이나 키플링의 소설 등을 읽어 주었다. 자녀들이 좀더 큰 뒤에는 차트웰 별장 건축 작업을 함께하며 행복한 시간을 보냈고, 때로는 아이들을 어른들 식사에 참석하게 하여 중요한 손님들과 어울릴 수 있는 기회를 주기도 했다. 나중에 이런 유대는 전쟁을 통해 더욱 강화되었는데, 처칠이 자녀들의 전시 활동에 많은 관심을 보였기 때문이었다.

애정이 깊었던 처칠은 셋째 딸 매리골드Marigold가 뇌막염으로 3세 생일을 맞기 전에 죽었을 때 이를 몹시 애통해했다. 몇 달 뒤, 클레멘타인에게 이런 편지를 쓰기도 했다. "지금도 우리의 사랑스러운 막둥이를 잃던 때의 슬픈 장면들이 눈앞을 스쳐 지나간다오. 불쌍한 아가―그때의 일은 마치 누군가가 건드리거나 일상이라는 반창고가 떨어지면 어김없이 아파 오는 벌어진 상처와 같다오."

어렸을 때도, 성인이 된 뒤에도 처칠의 자녀들은 아버지의 정치 경력을 자랑스럽게 여겼고 이를 추앙했다. 처칠의 전쟁 회고록이 비판받을 때 사라는 아버지를 두둔했다. "아버지는 최고의 역사가, 최고의 언론가, 최고의 시인이십니다. …… 아버지가 쓴 이 책은 당신의 심장과 모든 지식에서 나온 것이니만큼, 스스로 일어서거나 쓰러지게 놓아두세요. 하지만 결국은 일어설 것입니다." 랜돌프와 사라, 메리는 모두 아버지를 숭배하는 책을 쓰기도 했다.

윈스턴 처칠은 그리 좋은 아버지가 아니었다

처칠의 자녀들은 아버지의 잦은 부재와 파괴적 태도, 세계적인 인물을 아버지로 둔 부담감 등으로 심한 고통을 받았다. 처칠은 공식 출장 외에도 집을 자주 비웠다. 처칠은 딸 매리골드가 죽은 지 채 2주가 지나기도 전에 서덜랜드 공작을 방문하기 위해 집을 나섰고, 그로부터 한 달 뒤에는 자식과 하인들 모두 지독한 독감으로 시달리는 집에 아내 클레멘타인만 남겨 두고 홀로 프랑스 여행을 떠났으며, 그 뒤 그녀가 신경쇠약으로 쓰러진 동안에도 여전히 프랑스에 머물렀다.

처칠은 아이들과 함께 보내는 잠깐 동안은 아이들을 즐겁게 해주려 노력했지만, 육아와 훈육 같은 무거운 짐을 아내에게 떠맡겼다. 게다가 처칠은 아이들 응석을 모두 받아주었는데, 특히 랜돌프는 응석이 너무 심해 클레멘타인을 더욱 힘들게 했다. 또 처칠의 개인적, 공적 요구 사항 또한 엄청나서 클레멘타인은 아이들과 함께 시간을 보낼 수조차 없었다. 딸 메리는 이렇게 회상했다. "우리는 곧 깨달았지요. 아버지의 주요 관심사와 시간은 광대하고 중요한 과업에 집중되어 있으며, 우리의 요구와 흥미 따위는 사소한 것이었음을."

성인이 된 이후, 처칠의 자녀들은 대부분 불행하거나 성공적이지 못한 삶을 살았다. 분쟁과 스캔들로 가족 간의 갈등이 계속됐고, 알코올 중독, 우울증, 불행한 결혼, 좌절된 야망 등이 메리를 제외한 자식들 모두의 삶에 짙은 그림자를 드리웠다.

특히 체구가 작던 랜돌프는 분노의 씨앗 같았다. 처칠은 자녀에게 무한한 관심을 보임으로써, 자신이 아버지에게 느낀 모멸감을 보상받고자 했다. 맹목적 사랑에 익숙해진 응석받이 랜돌프는 성인이 되어서도 일이 뜻대로 되지 않으면 제멋대로 굴었다. 처칠은 한때 아들에 대해 "총은 훌륭한데 화약이 들어 있지 않은"

것과 같다고 한탄하기도 했다. 랜돌프는 아버지의 재능을 일부 물려받기도 했지만, 대부분 아버지의 결점과 나쁜 버릇이 악화된 모습만 보일 뿐이었다. 윈스턴이 하원에서 신랄한 의견을 말했다면, 랜돌프는 레스토랑에서 아내에게 고함을 질렀다. 윈스턴도 담배를 피우고 술을 마셨지만, 랜돌프는 도가 지나쳐서 매일 담배를 80~100개비나 피웠고 위스키 2병을 비웠다.

이러한 성격 탓에 랜돌프는 더욱 인기 없는 사람이 되었다. 그는 남보다 유리한 배경에서 수차례 도전했음에도 하원의원 선거에서 한 번도 승리를 거두지 못했다. 커 가면서는 더욱 호전적인 성격으로 바뀌면서 아버지와 관계가 악화되었고, 대신해 자식 노릇을 자처했던 사람들로 인해 처칠의 애정은 아들에게서 완전히 멀어지고 말았다. 그중 한 명인 브렌든 브래컨Brendan Bracken은 윈스턴의 사생아라는 소문을 굳이 부인하지 않았다. 또 누이들의 남편 덩컨 샌디스Duncan Sandys와 크리스토퍼 솜스Christopher Soames는 훗날 랜돌프가 그토록 갈망하던 영향력 있는 정치가가 되었고, 장인의 최측근에서 보좌관 역할을 수행하였다.

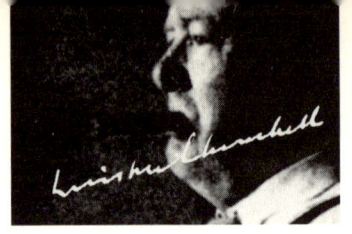

17
화가 처칠
취미 생활

처칠과 같은 위인은 여가 시간에 무엇을 했을까? 처칠은 많은 취미를 길렀지만 가장 좋아한 것은 유화 그리기였다. 그가 정치와 저술에서 보인 탁월한 재능에 만족하지 못하고 다른 재능을 계발하기 위해 노력했다는 것과, 처칠과 같은 야심가가 세속적 지위에 적절하지 않게 그림 그릴 시간을 마련하여 색채와 형태에 몰두했다는 것은 아이러니한 일이다.

처칠의 가공할 만한 에너지는 정치와 저술 활동만으로는 당해낼 수 없었기에 다른 소일거리를 찾아야 했다. 처칠은 "정말로 행복하고 편안하려면 적어도 두세 가지 취미는 있어야 한다."고 믿고 있었다. 특히 무거운 책임감에 시달리는 사람일수록 반드시 여가 활동이 필요하다고 믿었다.

> 근심과 과중한 정신적 긴장감을 해소하기 위한 많은 방법이 제시되어 있다. …… 어떤 사람은 운동을, 다른 사람은 휴식을 권한다. 또 누구는 여행을 말하고, 다른 누구는 칩거 생활을 이야기한다. …… 그 모든 제안의 공통점은 바로 변화다. …… 사람이 머릿속의 어느 한 부분만 꾸준히 사용하거나 지치게 할 경우, 마치 코트의 팔꿈치 부분처럼 그곳만 닳아 해지게 된다.(윈스턴 처칠의 『소일거리로서의 그림 Painting as a Pastime』에서)

지도자에 따라서는 휴식을 위한 취미가 필요할 정도로 치열한 삶을 살지 않는 사람도 있지만, 만일 그토록 치열하게 살고 있다면 취미 활동이야말로 기분 전환의 좋은 기회가 된다. 처칠의 취미 생활은 벽돌 쌓기부터 조경술, 나비 수집, 승마, 열대어 기르기, 고니 기르기, 사냥, 폴로 경기에 이르기까지 무척 광범위했다. 그러나 가장 사랑한 것은 그림 그리기였다.

늘 바쁘고 사교적이고 다변가였던 처칠은 캔버스의 색채를 마주한 혼자만의 시간 속에서 휴식을 찾았다. 그는 이렇게 썼다. "그림 그리기는 기분 전환에 완벽한 활동이다. 몸을 많이 움직이지 않는데도 이만큼 몰입할 수 있는 것을 난 아직도 찾지 못했다. 시대적 근심과 미래의 위협이 아무리 위중해도 한번 그림을 그리기 시작하면 그것들이 헤집고 들어올 공간이 없다."

처칠이 그림을 처음 발견한 것은 1915년으로 암울한 시절이었다. 해군장관으로 다르다넬스 전투를 주도한 그는 패배로 인하여 뼈아픈 공직 박탈을 겪어야 했다. 큰 승리를 장담했던 전략의 실패와, 방관자로서 겪는 무기력은 처칠을 절망 직전으로 내몰았다. 후에 그는 이렇게 회상했다. "그 자리에 서 있던 나는 모든 것을 알지만 아무것도 할 수 없는 존재였다. 마치 심해에서 수면 위로 끌어 올려진 해양생물처럼, 또는 갑자기 당겨 올라온 다이버처럼, 내 핏줄은 급작스러운 압력 저하로 터지기 일보 직전이었다."

위안은 예상치 않은 곳에서 찾아왔다. 시골에서 일요일 아침을 보내던 처칠은 한 아이의 그림물감 상자에 깊은 인상을 받았다. 나흘 뒤, 그는 완벽한 유화 도구 일체를 갖추었다. 그러나 아무리 처칠이라고 해도 흰 캔버스와 윤기 나는 팔레트 앞에서는 당황할 수밖에 없었다. 마침 바로 옆집에 살던 화가가 차를 몰고 지나가다가 처칠을 발견하고는 차를 세웠다. 처칠에게 다가와 아직 손도 못 댄 캔버스에 푸른 물감을 몇 차례 휘갈겨 그의 억압감을 날려 보냈다.

그렇게 그림 그리기를 시작한 처칠은 85세에 프랑스 남부 지방에서 마지막으로 캔버스를 세울 때까지 기회만 생기면 언제든 화

2차 세계대전 중에 처칠은 스스로 "세계에서 가장 아름다운 장소"로 여기던 모로코의 마라케시(Marakech) 풍경 하나만 그렸다. 〈쿠투비아 모스크의 탑The Tower of Katoubia Mosque〉이라 이름 붙인 이 작품은 후에 루스벨트 대통령에 기증되었다.

폭을 펼쳤다. 여가 생활의 중요성에 대해 건전한 충고를 남기던 그도 제2차 세계대전이란 광란의 시간 속에서는 그림을 그릴 여유를 부리지 못했다. 이 시절에 마라케시에서 그린 유일한 그림은 루스벨트에게 선물했다(처칠은 이때 한 차례 병을 앓고 난 뒤에 독일군과 싸울 힘은 남아 있지만 그림을 그리기에는 너무 쇠약해졌다고 말하기도 했다).

처칠은 화가로서의 재능에 자부심을 느끼고 있었고, 인정받기 위해 더욱 매진했다. 한때 이런 고백을 하기도 했다. "내 모든 야망은 다 이루어졌다. 단 한 가지, 내가 위대한 화가가 아니라는 사실만 제외하고는." 1947년 그는 익명으로 영국왕립학회에 그림 두 폭을 제출했다. 그림 수백 점을 심사한 평가위원들은 연례 전시회에 걸릴 얼마 되지 않는 작품 명단에 그의 것을 넣었다.

처칠은 자기 그림을 남에게 주는 일이 거의 없을 정도로 사랑했지만, 예술 자체에는 무관심했고 화랑이나 미술관을 방문하지도 않았다. 오로지 느낌을 표현하고 사람들의 칭찬을 받는 즐거움에만 관심이 있었다.

처칠이 유화와 캔버스에 그토록 깊은 흥미를 느낀 이유는 무엇일까? 아마도 그를 지치게 하는 모든 것에서 벗어날 수 있는 기회였기 때문일 것이다. 처칠은 웅변가로 늘 말을 해야 했으며, 저술가로서 수많은 타이피스트와 조사자들, 보좌관을 대동하고 작업을 해야 했다. 이에 비해 그림은 홀로 휴식을 취하게 해주었다. 그림을 그리는 동안만큼은 오랫동안 침묵할 수 있었다. 그림에 인물이 등장하는 일은 거의 없었다. 대부분 해가 밝게 비치는 광경이나, 물 위에 빛나는 일광이나, 차트웰을 그린 풍경화 아니면 정물화였다.

그는 그림을 통해 하원 생활의 암울함과 공적 인생에서 겪는 냉혹한 적대감에서 탈출하여 밝은 자연의 빛 아래에 설 수 있었다. 그림자나 색채와 같은 평온한 주제에 집중할 수 있던 것은 그에겐 큰 위안이었다. 그가 글로 남겼듯이, "전쟁의 공포도 태양의 흐름을 막을 수는 없었다."(마틴 길버트의 『In Search of Churchill』

에서). 그는 밝은 색("나는 빛나는 색들을 즐기지만, 한편으로는 어두운 갈색들에게 미안함을 느낀다.")과 햇볕("지금의 나는 침침한 날이라도 그림 그리는 것을 좋아하지만 열정적이던 젊은 시절에는 오로지 햇볕만 바라보았다.")을 사랑했다(『소일거리로서의 그림』에서). 다른 어떤 나라보다 많이 방문한 프랑스에서 그를 그렇게 사로잡은 것도 바로 햇볕이었다. 처칠은 평생 과학기술과 무기, 사회에서 벌어진 엄청난 변화를 목격했지만 그림을 그릴 때만은 세월과 상관없는 세계에 빠져들 수 있었다.

그는 그림에서 깊은 감각적 즐거움을 찾아냈다. "색채는 바라볼수록 사랑스럽고 짜낼 때의 상쾌함이 있다. 사물에 색채를 적용시키면 아무리 조잡한 사물도 매혹적이고 흥미로운 모습으로 바뀐다."(『소일거리로서의 그림』에서). 처칠에게 그림 그리는 법을 가르쳐 준 화가는 그를 두고 "마치 흰 물감 튜브의 냄새를 너무나 좋아한 나머지 그것을 먹어 버릴 듯했다"고 말했다.

그림은 1915년의 다르다넬스 참패로 충격에 빠진 그를 구해주었으며 전쟁에서 승리하고도 총리직을 잃어야 했던 1945년의 시련기에 커다란 위안이 되었다. 노동당이 승리를 거둔 당시 그는 딸 사라와 함께 몇 주 뒤 이탈리아로 여행을 떠났다. 힘든 업무와 끝없는 회의, 쉴 새 없는 공문서 처리로 몇 년을 보낸 처칠에게는 비록 억지로 따라온 여행이긴 했지만 며칠간 그림 그리기와 피크닉의 즐거움을 누릴 수 있는 시간이었다. 캔버스 앞에서 시간을 보내는 동안, 그는 선거의 충격에서 벗어나는 몇 가지 방법을 찾아낼 수 있었다.

처칠은 『소일거리로서의 그림』에서 이렇게 썼다. "화가들은 행복할지어다. 외롭지 않을 테니까. 또한 빛과 색과 평화와 희망이 끝까지, 최후의 그날까지 그들을 따를 테니까."

18

낭비가 처칠

약점

금전 문제는 인물을 이해하는 중요한 환경 요소다. 하필 처칠은 금전에 대해 매우 부주의한 습성을 지니고 있었는데 이 또한 그의 중요한 특성으로 연결되는 고리로 보아야 한다. 타인의 의견을 무시하는 태도, 엄청난 생산력, 욕구 충족에 대한 기대, 미와 안락함에 대한 추구 같은 그의 특성을 이해하는 키워드가 될 수도 있기 때문이다.

처칠의 자아도취 성향은 금전 문제에서 가장 뚜렷하게 드러났다. 그는 평생 동안 금전 문제를 안고 살았다. 지출에 대해선 별로 생각을 하지 않았고, 그와 관계된 어려움은 저절로 해결될 것으로 믿는 부주의한 사람이었다. 생활수준에 대해 분명한 기대치가 있었기에 갖고 있는 만큼이 아닌, 필요한 만큼 소비했다.

이런 태도는 낭비가 심했던 부모와 유사했다. 부주의한 영국 귀족과 미국 신흥 부유층의 나쁜 습성을 모두 물려받은 것이다. 그의 부모는 감당하지 못할 사치에 빠져 있었고, 아들 역시 이를 답습했다. 청구서를 무시하는 것은 귀족의 전형적인 특권이다. 제4경기병대에 입대하고 6년이 지난 뒤에도 처칠은 첫 제복을 만들어 준 재단사에게 비용을 지불하지 않았다. 포도주, 서적, 기타 장비들에 대한 청구서 더미에도 개의치 않았다. 상점 주인들을 함부로 대하던 처칠은 1897년 어머니에게 이런 편지를 보내기도 했다. "제가 만일 그 많은 청구서를 모두 지불할 정도로 바보만 아니었어도 지금 제겐 돈이 얼마간 남았을 겁니다."

처칠은 어떤 식으로든 부유하게 살기는 했다 ― "평생에 걸쳐 그가 두드리는 문은 항상 열렸다." 하지만 부모에게 기대지는 못했다. 자신들만을 위해 쓰기에도 벅찼기 때문이다. 처칠은 항상 돈을 벌어야 했다. 그러나 당시 빈한한 영국 귀족들 사이에서 유행하던 '유산 상속녀와의 결혼'에는 생각이 없었다. 클레멘타인은 스코틀랜드의 위대한 가문의 후손이긴 했지만, 집안 살림이 넉넉하지는 않았다.

가장이 되면 어느 정도 안정되는 효과가 있지만, 그것으로 처칠을 변화시킬 수는 없었다. 그의 부주의함은 검소하고 소심한 클레멘타인에게 큰 고민거리였다. 결혼 초 부인은 남편이 내의를 사는 데 쓰는 돈을 보고 충격을 받기도 했다 — 처칠은 자신의 민감한 피부에는 곱게 짠 얇은 분홍색 실크 내의만 맞는다고 했다.

살림이 어려운데도 처칠은 아낄 생각이 없었다. 가끔 가족 모두에 절약하자는 얘기를 하기도 했지만, 별 도움이 되지는 않았다. 어쨌든 자신부터 절약하지 않았기 때문이다. 또 계속 말썽만 일으키고 살림에는 도통 관심 없는 남편을 걱정하는 아내의 마음도 헤아리려 하지 않았다. 1928년 9월에는 부인에게 이런 편지를 남겼다.

집안일은 걱정할 것 없어요. 기껏해야 무너지기밖에 더 하겠소. 모두 잘될 것이오. 원래 하인들이란 집안 문제를 해결하기 위해 존재하는 사람들이니 당신은 평정심을 잃지 않도록 하시오. 설령 침대 정리를 하는 사람이 없다고 하더라도 언제든 음식과 잘 곳은 있잖소. 사소한 일에 걱정하는 것보다 나쁜 것은 없소.

구두끈조차 손수 매지 않고, 목욕 뒤 몸을 닦는 것도 하인 손을 빌리며, 종종 도박으로 돈을 잃고, 여행이나 술, 그림, 책에 막대한 돈을 낭비하고, 일주일에 몇 번씩 여흥을 즐기고, 평생에 딱

한 번 지하철을 탄 남편의 위로였다. 그의 편지가 아내의 걱정을 덜어주지는 못했을 것이다.

방탕한 생활 속에서도 처칠은 자신과 가족을 용케 부양해 갔다. "난 내가 소유한 동전 한 닢까지도 직접 벌어야 하는 처지였지만, 그렇다고 내 앞과 친구 앞에 샴페인 한 병씩을 주문할 수 없던 적은 평생 한 번도 없었다." 어떻게 해서 그것이 가능했을까? 바로 저술을 통해서였다. 그는 작품으로 막대한 돈을 벌어들였을 뿐 아니라 어떠한 주제도 마다하지 않았다. 1930년대의 어려웠던 시절에는 대중 잡지에 '미국인의 정신과 우리의 정신'이나 '얼음물에 대해', '달에 생명체가 있을까?'와 같은 글을 써야할 정도로 궁핍한 때도 있었다. 『안나 카레리나』와 『톰 아저씨의 오두막집』같은 유명한 소설을 재구성해서 기고하는 조건으로 300파운드를 받았지만, 저술을 도운 보좌관들에게는 25파운드씩만 주었다.

처칠은 돈을 버는 능력이 있었다. 문제는 재산을 모을수록 더 많은 재산을 소비한다는 것이었다. 1922년 시골에 있는 차트웰 별장을 구입하면서 가계(家計)에 엄청난 타격을 입혔다. 처칠은 차트웰 별장을 사랑했지만, 클레멘타인에게는 끊이지 않는 근심의 원천일 뿐이었다(처칠은 저택을 살 때 아내와 상의하지도 않았다). 게다가 각종 고용인 요리사, 농장 일꾼, 마부, 정원사 3명, 유모, 보모, 잡역부, 가정부 둘, 요리 보조사 둘, 식료품 담당자 둘에게 줄 봉급 외에 그는 끊임없이 돈 쓸 계획만 세우고 있었다.

주식 시장의 급락과 도박 역시 큰 손해를 입혔다. 젊은 시절부터 제2차 세계대전 때까지 처칠은 항상 부채에 시달렸다.

실제로 1938년 뮌헨 위기(체코슬로바키아와 독일 간 분쟁으로 체코슬로바키아 서쪽의 주데텐란트가 독일에 합병되었다— 역주)가 닥치기 바로 몇 달 전까지 처칠의 금전 문제는 의원직 사임을 고려해야 할 정도로 심각했는데, 만일 그랬다면 그는 1940년 총리직에도 오르지 못했을 것이다. 심지어 그토록 사랑하던 차트웰 별장을 팔까도 생각했다. 그러나 동화 속에서나 나올 법한 '뜻하지 않은 축복'으로 위기를 모면했다. 가령 1921년에 기차 사고로 죽은 친척이 5만 파운드가 넘는 아일랜드의 부동산 전부를 처칠에게 남긴 일이 있었다. 축복 가운데 가장 극적인 것은 본국에서 추방된 남아공의 거부가 처칠의 모든 빚을 탕감해 준 일이었다. 그렇기는 해도 하루 빨리 돈을 벌기 위해 처칠은 전쟁이 일어나기 전, 차트웰에 박혀 저술(그보단 구술에 가깝지만)에 몰두해야 했다. 전쟁이 끝난 뒤 그의 자서전은 마침내 큰 성공을 거두어 많은 금전 문제를 해결해 주었다.

처칠은 언제나 최고급 와인과 여송연, 또한 그림 그리기 좋은 최상의 풍경이 갖춰진 환경을 원했기 때문에 이것이 모두 갖추어진 빌라나 개인 궤도차, 또는 요트를 갖고 있는 사람이라면 누구에게나 명성을 빌려 주었다. 또 값비싼 선물도 선뜻 받았는데, 오늘날의 정치가였다면 아주 적절치 못한 것으로 비칠 만한 습관이었다. 심지어 물의를 많이 일으킨 어떤 금융가가 그에게 화실을 차려 주기도 했고, 일부 친구들이 돈을 모아 자가용을 사준 경우도 있었다. 또한 그는 여러 차례 부유한 독지가의 도움으로 재정적 압박에서 탈출하기도 했다.

원하는 모든 것을 가져야 하는 처칠이었기에 급박한 금전 문제는 그의 경력을 형성하는 주요 원인으로 작용했다.

19
처칠에 대한 상반된 시각들
타인의 관점

우리가 처칠을 판단하는 것은 그의 전 생애를 살펴본 뒤에 이루어지지만 그와 동시대에 산 사람들이라면 그러한 사후 종합적 관점의 혜택을 누리지 못했을 것이다. 그렇다면 그들은 그를 어떻게 생각했을까? 존경했을까, 존경하지 않았을까? 신뢰했을까, 못 미더워했을까? 좋아했을까, 싫어했을까? 이에 관한 기록은 모두 상호 모순된 결론만 뒷받침하고 있다.

처칠 자신도 "위인의 특징 가운데 하나는 만나는 사람에게 그 후로도 영원히 지속될 인상을 심어 주는 힘이 있다는 점"이라고 진술했다. 처칠이 바로 그랬다.

처칠에 관한 동시대인의 기술에 따르면 많은 사람이 그의 운명적 위대성을 예견했다.

> 나는 언젠가 당신이 영국 수상이 되어 나와 악수할 것이라는 확신이 듭니다. 당신은 두 가지 필수 자질인 천재성과 꾸준함을 지녔거든요.
> — 스콧 함장Captain P. Scott(현대 영국 해군의 설립자), 1899년

동시에 많은 사람이 공직 생활에 장래성이 없다고 평가했다.

> 그는 그의 아버지처럼 전혀 신뢰성이 없는 인물이기에 부친처럼 정치에서, 특히 통치자의 삶에서 물러나는 것이 좋다는 사실을 깨달아야 할 것이다.
> — 더비 경Lord Derby(영국 정치가), 1916년

그는 아버지와 아주 흡사했다고 한다.

> 그는 다루기가 매우 곤란한 사람이고, 또 어떤 자리에 있더라도 그의 부친이 그랬듯이 말썽을 일으킬 것으로 보인다. 불안정한 에너지, 명성에 대한 끝없는 욕망, 도덕적 개념의 부족은 자신을 골칫덩어리로 만들고 있다!
> — 홉우드 경Sir F. Hopwood, 1907년

아버지만큼은 못 되었다고 보는 사람도 있었다. 랜돌프 처칠의 친구였던 그림소오프Grimthorpe 경은 부자를 비교하며 이렇게 말했다.

그 부자의 차이는 큰 재능과 천재성 정도의 차이다. 윈스턴은 대단한 능력을 지니긴 했지만, 아버지의 천재성만큼은 물려받지 못했다.

그를 비판한 사람들도 처칠의 위대한 능력은 인정했다.

첫인상은 참기 힘들 정도로 늘 들떠 있다는 것이었고, 일관적인 것이나 흥미롭지 않은 일에 대한 포용력은 갖고 있지 않은 듯하고, 이기적이고, 오만하며, 좁은 마음씨에 반동적이지만, 분명히 인간적인 마력과 큰 담력, 또 어느 정도의 독창성은 — 지적인 면이 아닌 성격적인 면에서 — 지니고 있다.
— 비어트리스 웹B. Webb(영국의 사회주의 경제학자), 1903년

추종하는 사람들도 그에게 많은 한계가 있음을 인정했다.

그에게는 자질에 따르는 결점도 있어서, 그 자질이 위대하면 위대할수록 그것이 드리우는 그림자 또한 컸다. 하지만 개인적인 판단으로 조심스럽게 말한다면, 정신력과 활력이라는

측면에서 그는 우리나라의 그 어떤 인물보다 뛰어난 사람일
것이다.

— 앤드루 보너 로*Andrew Bonar Law*(영국 보수당 당수, 수상 역임),

1915년

재능 있는 전략가였다.

현재까지 그가 생각해 낸 방법은 모두 훌륭했고, 특히 그는
용감했다! 이것이 그 무엇보다 중요하다. 대담성은 나폴레옹
과 흡사하고, 철저함은 크롬웰과 흡사했다.

— 피셔 경*Lord Fisher*(영국 해군 함장), *1912년*

형편없는 전략가였다.

완전한 아마추어 전략가인 그는 추후 거들떠보지도 않을 자
질구레한 일까지 챙기는 바람에 결과적으로 전략적 문제를 올
바른 시각에서 바라보지 못하는 우를 범하고 있다.

— 앨런 브룩 장군*General Sir A. Brooke*, *1944년*

그는 뛰어난 언변으로 군중을 사로잡을 수 있었다.

그가 연단에서나 의회에서 하는 연설을 듣는 것은 정말로

즐겁다. 논리 정돈 기술, 예상치 못한 반전, 번득이는 유머의 배합, 그림 같은 형용사들의 넘실거림은 그 자체만으로 다른 누구와의 비교를 불허한다.

— *네빌 체임벌린, 1928년*

그런가 하면 혼자만 떠들어서 모임을 지겹게 만들기도 했다.

4시간 가까이 이 역사적인 인물은 쉴 새 없이 우리에게 떠들어 댔지만, 이야기를 듣는 사람들 대부분은 반쯤 잠이 들어 있었다.

— *모란 경, 1945년*

밑에서 일하는 사람들에게 존경을 받았다.

다른 어떤 정치인보다 6배 이상 유머가 있고 예민하며 자신감이 넘치고 사려가 깊었다. 그리고 나는 여러 번 그가 정치가다운 선택 대신 정직한 일을 하려는 모습을 보았다.

— *T. E. 로렌스Thomas Edward Lawrence, 1921년*

밑에서 일하는 사람들에게 미움을 받기도 했다.

당신 주변 인물 중 한 사람(충실한 친구)이 내게 와서 당신의 빈정거림과 고압적 태도 때문에 주변 사람들에게 미움을 받을 위험성이 크다고 하더군요. ······ 당신은 최근 들어 좋든 나쁘든, 어떤 생각 자체를 아예 할 수 없을 만큼 너무 멸시하는 태도로 일관하는 것 같아요.

— 클레멘타인 처칠, 1940년

처칠은 웅변의 엄청난 위력을 보여 주었다.

나는 과거 10년간 처칠 씨가 하원에서 한 연설을 간간이 들어 왔지만 ······ 오늘 그는 또 달랐다. 그의 연설에 웅변술은 없었다. 더는 흥행사로 보이고픈 마음이 없었던 것이다. 대신 지금까지 의회에서 한 번도 들어 본 적이 없는 셰익스피어의 언어에 직접적인 위기의식을 담아 연설했다. 그 속엔 어떤 수식도, 속임수도 들어 있지 않았다.

— 에드워드 머로우Edward Murrow(미국 방송기자), 1940년 6월.
'우리는 해변에서 싸울 것입니다' 연설을 들은 뒤

때로는 웅변에 제대로 힘을 실어 주지 못했다는 의견도 있다.

나는 윈스턴이 별로 상태가 좋지 않을 때에는 라디오 연설을 하지 않기를 얼마나 원했는지 모른다. 그는 원래 확성기를 싫어하는 데다가 우리가 지난 밤 그에게 한마디 할 것을 강요하자 언짢아하더니 먼젓번 하원에서 행한 연설을 반복해서 읽었다. 물론 그 내용은 하원에서 했던 것과 마찬가지로, 특히 종결 부분만큼은 훌륭했다. 하지만 라디오를 통해 전해지는 음성은 마치 유령이 내는 소리 같았다.

— 해럴드 니컬슨H. Nicolson(영국의 문학평론가),
1940년 6월 18일의 연설 "지금이 그들의 최상의 시간이었다"에 대해

영국민에 대해 깊이 이해했다는 의견이 있었고,

그는 영국민의 삶을 극적인 것이 되게 하고, 스스로 위대한 역사적 순간에 어울릴 화려한 의상을 입고 있다는 느낌을 갖게 함으로써 겁쟁이까지 용감한 사람으로 바꾸었다.

— 이사야 벌린I. Berlin(영국의 역사가, 정치사상가)

대중과 여자들에게 별다른 친밀감이 없었다는 의견도 있었다.

그는 자신의 배경(영국식 카스트 제도에 연계된) 때문에 자기를 위해 일하는 사람들이 큰 존경심으로 대해 주기를 바라는 사람이 되었다. 그는 오로지 각 계층 사람들이 제 본분을 지키는가에만 신경을 썼다.

— 엘리자베스 넬E. Nel(전시 처칠의 비서)

그가 전시에 조국의 위대한 대표였다는 견해도 있고,

윈스턴은 조국의 영혼을 구현해 냈다. 스스로 조국 그 자체
가 되기도 했는데, 그의 진정한 모습이 바로 그러했기 때문이
다. 다양함이 공존하는 평화로운 시절에는 결코 그러하지 않
을 것이고 또 그렇게 될 수도 없었겠지만, 전쟁으로 단순화된
환경 속에서 구현할 수 있었다.

　　　　　— 올리버 프랭크스O. Franks(영국의 공무원이자 철학자), 1957년

전쟁에서 개인적 이득을 추구했다는 견해도 있었다.

전쟁이 발발하자 그는 그 속에서 개인적인 영광의 기회를
추구하였고, 전쟁으로 인해 수천 인구가 겪게 될 비극과 난관
에 대한 배려는 조금도 없이, 이 전쟁에서 자신이 가장 우수한
사람임을 보여주겠다는 일념 하나만으로 위험한 전투에 임하
였다.

　　　　　— 데이비드 로이드조지D. L. George, 1915년

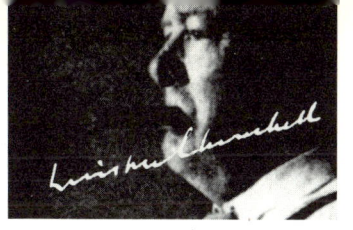

20

울보 처칠

몇 가지 일화

일찍이 플루타르코스(AD 46?∼AD 120?, 고대 그리스 역사가 ─역주)는 인간의 삶의 기록에 대해, "말이나 농담 한 마디 같은 사소한 것이 수천 명이 쓰러지는 전투보다 개인의 성품을 훨씬 잘 드러낼 수도 있다."고 말하였다. 하지만 사소한 일까지 다루는 것은 전기 작가가 원하기만 한다면 어떤 것이든 만들어낼 수 있기 때문에 다분히 기만적이다. 그런데도 우리는 여전히 사소한 일을 무척 궁금스러워한다.

놀랍게도 처칠은 자주 울었다고 한다. 불독 같은 성격에 눈물은 전혀 어울릴 것 같지 않지만, 어쩌면 그답지 않은 이런 면모야말로 그를 꿰뚫어볼 수 있는 훌륭한 관점이 될 수 있다.

처칠을 따라다니며 폄훼하는 형용사들인 이기적이다, 호전적이다, 완고하다, 자기 과시가 많다 등에서 가장 이목을 끄는 것은 '감상적'이라는 평이었다. 비난을 받는 이유는 명백했다. 그의 수사법은 과도하게 부풀려지거나 정형화된 애국심과 자유에 호소하기 일쑤였기 때문이다. 처칠의 말에 따르면, 자신은 관대하고 감수성 강한 친구이자 아버지였다. 그중에서도 가장 특이한 것은 자주 울음을 터뜨렸다는 사실이다. 한 사람의 성인으로서, 정치인으로서, 영국인으로서, 또는 침착성과 자제심을 중시하고 눈에 띄는 것을 싫어하는 영국적 특성에 비해 참으로 특이한 점이었다. 하지만 정말 '감상적'이었을까?

감상이나 과장된 눈물은 주로 감정적 반응이 그 감정을 불러일으킨 원인을 능가할 때 발생한다. 처칠은 광대한 범위와 규모의 세계를 이해하고 있었기에, 감정도 늘 최대로 고양되어 있었다. 그는 눈물을 굳이 감추려 하지 않았다. 새로운 비서에게 유쾌한 일인 듯 고백하기도 했다. "난 엄청나게 잘 우니까 자네도 그 점에 곧 익숙해져야 할 걸세." 모두 그 점을 잘 인식하고 있었다.

"로이드조지 총리가 일어나 윈스턴을 향하여 자신이 얼마나 그를 좋아하는지 모른다는 감동적 연설을 하였다. 윈스턴은 살짝 눈물을 보이고는 닦았다. 환호 속에 대단원의 막이 내렸고, 그 앞에 앉아 있던 윈스턴의 두 뺨에 눈물이 흘러내렸다."(해럴드 니컬슨의 『Diaries and Letters』에서). "우리는 식사 후 재미있는 영화를 두 편 보았다. …… 윈스턴은 두 영화 모두 눈물을 흘리며 보았

는데, 사실 그중 한 편은 희극이었다."(다이애나 쿠퍼D. Cooper의
『Trumpets from the Steep』에서). "내가 예상했던 대로 처칠은 감
정 호소에 아주 약했다. 그의 손수건이 수시로 호주머니를 들락
거렸다."(Brian Gardner의 『Churchill in Power』에서). "그는 키플링
의 구절을 인용하여 영국 소해정의 활약을 소개하다가 스스로 감
동을 받았는지 잠시 목이 메어 말을 잇지 못했다."(『Diaries and
Letters』에서). "그는 자신이야말로 전쟁을 승리로 이끌고 어떤 생
각도 해낼 수 있는 유일한 인물이라는 태도를 견지하는 듯했다.
…… 그는 마음속에 어떤 슬픈 상황을 그렸다가 지금에까지 이
르렀다는 생각을 해서 그랬는지 두 뺨에 눈물이 줄줄 흘렀다."(앨
런 브룩 경의 『War Diaries : 1939~1945』에서). "윈스턴은 단 한 순
간도 울기를 멈추지 않았다. …… 만일 그에게 파리가 해방되었
다는 소식이 전해졌다면 양동이 하나가 눈물로 채워질 수도 있었
을 것이다."(『Diaries and Letters』에서).

다른 사람들도 비슷한 감동을 받았겠지만 그들은 눈물을 잘 보
이지 않았다. 하지만 처칠은 아니었다. 아무것도 감추지 않았다.
확실히 위엄과는 거리가 멀었다. 또 그의 독특한 진지함과 이목
에 대한 무관심은 무엇을 감추는 일 자체를 어렵게 했다. 그렇게
처칠은 늘 감정을 그대로 드러냈다. 또 스스로 용기와 사내다움
과 담력을 갖추었다고 확신했기에 특별히 감정을 감출 필요성을
인식하지 못하기도 했다. 그는 눈물을 감추기보다는 그 가치를
인정하는 편이었다. 아직 의회에 들어가기 전 초창기 시절에 이

미 다음과 같은 통찰력 있는 글을 남긴 적이 있다. "(연설자는) 어떤 감정에 호소를 하든 (청중을) 감동시키기 전에 먼저 스스로 감동해야 한다. …… 그들의 눈물이 흐르게 하려면 자기부터 울어야 한다."

처칠이 그렇게 눈에 잘 띄도록 울었다는 것도 주목할 만하지만, 어떤 상황에서도 울었다는 점이 더욱 놀랍다. 불굴의 역사에 대한 자기 역사관 때문에 그는 시대적 애환이나 장엄함에 대하여 쉽게 감정이 격해졌다. 특히 공습으로 황폐해진 런던의 빈민촌을 방문했을 때처럼 희생이나 용기를 떠올릴 때 크게 감동 받았다.

자그마한 영국 국기가 애처로이 폐허 주변에 꽂혀 있었다. 내 차가 도착하자 주변 사람들이 쏟아져 나왔고, 곧 1,000명도 넘는 사람들이 모여들었다. 모두들 대단히 열광한 상태였다. 그들은 우리 주변에서 환호성을 지르며 생생한 애정의 신호를 보이거나, 어떻게든 내게 손을 대거나 옷깃이라도 만지고자 했다. 누군가 보았다면 내가 '그들의 운명을 바꿀 만한 커다란 이익이라도 가져다 줄 사람으로' 믿을 정도였다. 나는 완전히 무너져 바로 눈물을 흘리기 시작했다. 그때 나와 함께 있던 이즈메이P. Ismay 장군이 어떤 할머니가 우리를 보고 했던 말을 기록해 두었다. "보세요, 얼마나 우리를 걱정하는지. 울고 있잖아요." 하지만 그 눈물은 슬픔이 아닌, 경탄의 눈물이자 찬미의 눈물이었다.(『제2차 세계대전 2권 : 최상의 시간』에서)

처칠은 어린아이 같은 표현, 가령 히틀러를 '나쁜 놈'이라고 부르듯이 제 감정을 솔직하게 표현하는 데 주저함이 없었다. 1940년 8월 영국 상공의 방어를 담당한 부대를 방문하였는데, 그곳의 젊은 비행사들은 언제라도 목숨을 걸고 싸울 준비가 되어 있었다. 처칠을 따라갔던 이즈메이 장군은 이 광경을 이렇게 묘사하였다. "오후 내내 엄청난 전투가 벌어졌고, 거의 매 순간 각 비행 연대에 소속된 중대 전체가 전투에 참가해야 했다. 예비 전력은 없었고, 전투 상황 지도는 새로운 침략자들이 계속 해안을 건너오는 소식만 전하고 있었다. 난 두려움에 얼굴이 하얗게 질리고 말았다." 엄청난 전투를 치른 영국 공군은 끝내 그 공습을 물리쳤다. 그 후 두 사람이 근무지로 복귀하는 도중에 처칠이 이즈메이에게 이렇게 말했다. "잠깐만 내게 아무 말도 하지 말게. 내 생에 그렇게 감동을 받은 적이 없다네."

아마 1942년 4월 루스벨트와의 심한 불화에 "제 마음이 아픕니다."라는 감정을 토로하는 전보를 보내는 일도 있었다. 다른 정치가라면 아마 상상하기 어려웠을 행동이다. 1945년 3월 하원에서 로이드조지(D. Lloyd George, 사회보장제도의 기초를 확립한 영국의 정치가, 수상 역임 — 역주)의 사망 소식을 전할 때에는 이런 말을 덧붙였다. "저는 오늘 더 이상의 업무를 진행하기 어려울 것 같습니다. 또 우리 의회도 저와 같은 기분일 것이라고 생각합니다."

가족과 있을 때 그의 감정은 더욱 쉽게 분출되었다. 1909년 처칠은 '고양이'나 '새끼고양이Pussy-cat' 또는 '캣Kat'이라는 애칭으로 부르던 아내에게 보낸 편지에 이렇게 썼다(반대로 부인은 처칠을 '퍼그'나 '돼지'라고 불렀고, 그에게 보내는 편지를 돼지 그림으로 장식하기도 했다). "내 상냥한 고양이에게. 당신을 떠올릴 때마다 키스를 보내오. 당신 심장 박동 소리는 종종 내 안에서도 느낄 수 있는 듯하오. 신께서 보살피시어 당신이 안전하고 건강하기를. 나 대신 우리 새끼고양이들에게도 키스를 전해 주오. 내 소중한 사랑을 담아 — W."

처칠은 여송연, V사인, 모자, 알코올에 대한 사랑, 투쟁 정신 등 여러 면에서 남과 구별되었다. 스스로 용감하고 낙관적인 성격을 강조하였다. 하지만 "난 여러분에게 피와 노력과 눈물과 땀밖에는 드릴 것이 없습니다."라고 약속한 처칠은 눈물 흘리는 모습을 보이는 일에 전혀 두려워하지 않았다.

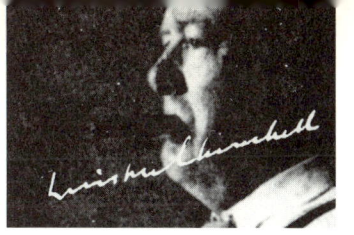

21

술꾼 처칠

알코올중독자?

처칠은 과연 알코올에 휘둘렸을까? 그가 주당이었다는 의견과 주당이 아니었다는 의견이 둘 다 있는데, 과연 어떤 것이 객관적인 사실일까? 전기 작가는 이 사실에서 어떤 결론을 이끌어낼 수 있을까?

처칠은 알코올중독자였다

처칠은 하루 종일, 그것도 매일 술을 마셨다. 아침 식사를 마친 뒤 이른바 처칠의 술인 위스키에 소다수를 넣어 한 잔 하는 것으로 시작, 밤에 잠자리에 들기 전까지 계속 술을 마셨다. 점심과 저녁 식사 때에는 각종 알코올이 식탁에 넘쳤다.

엄청난 음주량은 별로 비밀스러운 것도 아니었다. 처음 수상 자리에 올랐을 때 루스벨트 미 대통령은, "비록 그가 하루의 절반 이상을 취해 있기는 해도 나는 여전히 그가 역대 영국인 중 가장 훌륭한 사람이라고 생각한다."고 했다. 처칠이 한때 한 끼 식사에서 소다수를 넣은 위스키 11병을 마셨다는 기록도 있다. 1945년 수상직에서 물러난 직후엔 거의 매일 위스키 예닐곱 병과 브랜디 세 병을 마셨고, 2주 후엔 다른 사람들이 약간 거들기는 했어도 그가 마신 샴페인만 96병에 달했다고 한다.

처칠의 동료들은 그 엄청난 음주량을 걱정했지만, 정작 당사자는 굳이 그것을 감추려고 하지 않았다. 어느 날 아침 회의에서 누군가 차를 권하자 그 대신 포도주를 부탁하기도 했다. 이때 처칠은 "술잔을 보자 단숨에 비우고는 혀로 입술을 핥으며, '음, 괜찮군. 하지만 사실 난 이미 오늘 아침 위스키 두 병에 여송연 두 대를 해치웠다네.' 라고 말했다."고 한다. 앨런 브룩 장군은 자신의 일기에서 알코올이 처칠에게 끼친 영향에 대해 불평을 토로했다. "오늘 아침 참모 총장 회의에서 보여 준 처칠의 모습은 내가 본 것 중 최악이라고 해야 할 것 같다. …… 그는 회의를 열기 전부터 상당히 취해 있던 것이 틀림없다."

처칠은 가급적 알코올을 멀리하는 일이 없도록 했다. 제1차 세계대전 중에 처칠이 본부를 벗어나 근위 보병대와 함께 전방 중대 쪽으로 자리를 옮긴 일이 있었는데, '술이 금지된' 본부를 벗어나고픈 의도도 조금은 있었다. 금주법을 시행하던 미국을 여행할 때에는 자동차 사고 후 병원에 입원해 있는 동안에 의사에게서 "다음 증서는 윈스턴 처칠 씨가 사고 이후의 회복을 위해 특별히 식사 시간 중 알코올 성분이 필요함을 증명합니다."라는 증명서를 얻어내기도 했다.

이러한 일화들로 보아 처칠은 분명 알코올에 대한 불건전한 의존성이 있었음을 알 수 있다.

처칠은 알코올중독자가 아니었다

처칠이 술을 좋아했으며 그 음주량 또한 술 소비량이 급증한 지금의 기준으로도 엄청났다는 사실만큼은 부인하기 어렵다. 하지만 그의 음주 성향은 대부분 남에게 과시하기 위한 것이었을 뿐이다.

처칠을 대표하는 여러 특징은 모든 사람이 쉽게 인지하고, 유쾌하게 받아들임으로써 그를 더욱 가깝게 여기는 계기가 되었는데, 그런 방법의 하나로 위스키와 샴페인을 선호하는 특징을 강조한 것뿐이다. 한 측근이 관찰한 바에 의하면, "그가 마시는 약한 위스키들은 마치 여송연 한 대를 피우는 것처럼 상징적 의미

가 강했으며, 대부분 한 잔으로도 몇 시간씩 보냈다."고 한다. 또
모든 술에는 소다수나 얼음을 넣었기에 먹는 양만큼 많은 영향을
끼치진 않았다. 이언 제이콥Ian Jacob 경은 "내가 알기로 그는 아
무리 많은 술을 마셔도 끄떡없었고, 아침에 일어난 뒤에까지 부
작용을 겪은 일은 전혀 없었다."고 했다. 다만 혀 놀림이 자연스
럽지 않은 듯한 특이한 발음 습관 탓에 그를 잘 알지 못하는 사람
들은 처칠이 상당히 취해 있다고 착각할 수도 있었을 것이다.

처칠은 자신의 애주 생활을 농담거리로 삼기도 했다. 한번은
아랍권의 지도자와 만나기에 앞서 무슬림 군주 앞에서 흡연과 음
주에 관한 이야기를 하면 실례가 된다는 주의를 들었다. 이때 통
역관을 통해 "내 인생의 규칙은 식전과 식후에, 또는 필요하다면
식사 중이거나 식간의 여가 시간에도 흡연과 음주를 절대적이고
도 신성한 의식으로 삼는다는 것일세."라고 되받기도 했다. 1952
년 영국왕 조지 6세를 만났을 때에는, "저는 젊었을 때 점심 식사
전까지는 너무 독한 술을 마시지 않겠다고 결심했습니다만, 지금
은 아침 식사 전까지만 그렇게 하지 않는 것을 규칙으로 삼고 있
습니다."라고 했다.

처칠이 공직에 있으면서 그리고 생애에서 이룬 업적을 생각한
다면, 또한 80세에 이를 때까지 그가 맡았던 책임 있는 지위들을
고려한다면, 알코올에 대한 의존성이 그의 건강이나 능력에 해를
끼쳤다고 보기는 어려울 것이다.

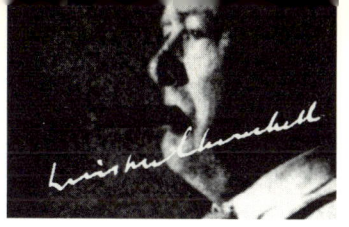

22

배경 속의 처칠

간단하게 살펴본 그의 역사

결정적이진 않지만 눈여겨볼 만한 소소한 사건들 속에 처칠을 재배치하는 것으로도 그의 총체적 삶을 파악할 수 있다. 특정한 해석이나 편견 없이 올바르게 배열한다면 그 정확성 또한 믿을 만하다. 사건들을 검토하다 보면 그중 몇 사건의 중요성을 발견할 수 있을 것이다.

처칠이 모신 국왕

빅토리아 여왕(재위기간 : 1837~1901)

에드워드 7세(1901~1910)

조지 5세(1910~1936)

에드워드 8세(1936.1~1936.12, 윈저공)

조지 6세(1936~1952)

엘리자베스 2세(1952~현재, 빅토리아 여왕의 고손녀)

처칠의 정치 경력에 거쳐 간 영국 총리

1895년 솔즈베리

1902년 밸푸어

1905년 캠벨 배너먼(당시 처칠은 식민차관이었음)

1908년 애스퀴스(처칠은 통상장관, 내무장관, 해군장관을 지냄)

1916년 로이드조지(처칠은 군수부 장관, 공군장관 겸 육군장관, 식민장관이었음)

1922년 보너 로

1923년 볼드윈

1924년 맥도널드

1924년 볼드윈(처칠은 재무장관이었음)

1929년 맥도널드

1935년 볼드윈

1937년 체임벌린(처칠은 해군장관이었음)

1940년 처칠

1945년 애틀리

1951년 처칠

1955년 이든

1957년 맥밀런

1963년 더글러스 흄

1964년 윌슨

처칠의 당적 변경

1900년 보수당원으로 하원에 입성

1904년 자유무역에 대한 견해 차이로 자유당으로 이적

1924년 보수당에 재입당

'처칠 씨'에서 '처칠 경'으로

영국의 귀족은 5계급으로, 공작, 후작, 백작, 자작, 남작이 그것이다. 이 가운데 공작은 다른 네 계급보다 훨씬 높은 지위를 부여받으며, 유일하게 '주인님My Lord' 대신 '각하Your Grace'라는 호칭으로 불린다.

귀족은 작위나 재산을 오직 장자에게만 물려줄 수 있기에 다른 자식들은 예우적 경칭으로 만족해야 한다. 가령 말버러 7대 공작에게는 성인이 될 때까지 생존한 아들이 2명 있었는데, 그중 형은 8대 말버러 공작이 되었고 동생은 '랜돌프 경Sir'이 되었다. 랜

돌프 경의 자식들은 물론 그 칭호조차 물려받지 못했다. 따라서 윈스턴 처칠은 공작의 손자이긴 하지만 평민인 '처칠 씨'일 뿐이었다. 그는 수훈을 계속 거절하다가 엘리자베스가 취임할 때를 기념하여 수여된 가터 훈장(영국 최고의 훈장)을 받은 이후에 '윈스턴 처칠 경'이 되었다.

처칠이 지낸 관직

1905~1908년 식민차관

1908~1910년 통상장관

1910~1911년 내무장관

1911~1915년 해군장관

1917~1919년 군수부 장관

1919~1921년 육군 및 공군장관

1921~1922년 식민장관

1924~1929년 재무장관

1929~1939년 '야인 생활'

1939~1940년 해군장관

1940~1945년 수상

1951~1955년 수상

처칠에 대한 사소한 기록

· 신장 : 165㎝

- 머리카락 : 붉은색
- 가장 불행했다고 표현한 시기 : 해로 고교 시절
- 샌드허스트 육군사관학교 시절 가장 뛰어난 과목 : 군사지형학, 전술학, 축성술학, 승마술
- 첫 전기를 출간한 나이 : 31세
- 생일 선물로 받은 은銀제 잉크받침대의 수 : 17개
- 구술을 통해 제1차 세계대전 회고록을 출간하기까지 걸린 기간 : 3개월
- 영국 해안과 프랑스 해안의 거리 : 33.6킬로미터
- 한결같았던 처칠의 침실 온도 : 23.3°C
- 목욕물 온도 : 37°C
- 처칠의 국장國葬을 준비하며 사용된 암호 : "희망 없음Hope Not"
- 처칠 관련 논문의 총 무게 : 15톤
- 《타임》지에 표지 모델로 등장한 횟수 : 8회
- 화가로서 평생 그린 작품 수 : 약 500점
- 처칠이 역사상 가장 위대하다고 생각한 인물 : 율리우스 카이사르, 이유는 "정복자들 중 가장 관대하였으므로."(버지니아 카울스Virginia Cowles의 『Winston Churchill』에서).
- 어머니의 출생지 : 뉴욕 브루클린구 헨리가 426번지
- 교회 예배 참석 횟수 : 거의 없음
- 마음은 있지만 결국 쓰지 못한 위인전 : 나폴레옹 전기

복무한 부대

· 제4경기병 연대

· 펀자브Punjab 제31보병대

· 제21창기병대

· 남아프리카 공화국 경기병대

· 옥스퍼드셔 경기병 연대

· 옥스퍼드셔 근위병대

· 근위보병대

· 퓨질리어 연대

· 옥스퍼드셔 포병대대

좋아하는 것

· 위스키 : 조니워커 레드라벨

· 샴페인 : 1928년산 폴로저Pol Roger(애마의 이름을 폴로저라고 짓기도 했다)

· 치즈 : 스틸턴 치즈

· 즐겨 피운 여송연 : 로메오 이 훌리에타

· 좋아하는 영화 : 〈해밀턴 부인〉(이 영화만 17번 봤다), 올리비에 감독의 〈헨리 5세〉, 채플린의 〈독재자〉

· 그림 그리는 장소로 좋아한 곳 : 모로코의 마라케시

· 애완동물 : 루퍼스1과 루퍼스2(프렌치 푸들), 위스키와 마멀레이드(고양이), 토비(새)

· 좋아하던 카드게임 : 베지크, 진 러미, 오클라호마
· 다른 사람들에게 즐겨 보낸 선물 : 자필 서명을 한, 가죽 장
  정의 본인 저서들
· 좋아한 음악 : 길버트와 설리번의 코믹 오페라. 군가. 해로
  학교에서 부른 노래, 특히 〈40년 後Forty Years On〉. 노엘 카워
  드Noël Coward의 곡. 〈룰, 브리타니아Rule, Britannia!〉, 〈영광과
  희망의 땅Land of Hope and Glory〉, 〈티퍼러리 행진곡Tipperary〉
  등 영국 국가들
· 좋아한 찬송가 : 〈내 눈은 주님 오신 영광 보았네Mine Eyes
  Have Seen the Glory of the Coming of the Lord〉, 〈전력을 다하여 성
  전에 나서자Fight the Good Fight with All Thy Might〉, 〈대대손손
  도움 주시는 주님Oh God, Our Help in Ages Past〉
· 즐겨 읽은 책 : 라이더 해거드R. Haggard가 쓴 『솔로몬 왕의
  보물King Solomon's Mines』(어린 시절 12번 읽었다고 함), T. E.
  로렌스Lawrence의 『지혜의 일곱 기둥Seven Pillars of Wisdom』,
  앤서니 트롤럽A. Trollope의 정치 소설, 특히 『공작의 아이들
  Duke's Children』
· 좋아한 영국 시인 : 앨프리드 하우스먼(A. E. Housman,
  1859~1936)
· 자주 인용한 작가 : 셰익스피어, 특히 『존왕King John』, 『리처
  드 3세Richard Ⅲ』, 『햄릿Hamlet』의 대사를 즐겨 인용했다
· 즐겨 인용한 경구警句 : "평온만이 영혼을 지배한다On ne

nègne sur les âmes que par le calme."

- 즐겨 인용한 성경 구절 : "곡식을 밟았다고 소를 죽이지는 않는다."
- 좋아하던 전시戰時용 시 : 아서 휴 클러프A. H. Clough의 「투쟁이 헛되다 말하지 마라Say Not the Struggle Nought Availeth」

　지친 파도가 헛되이 부서지며
　힘든 한 걸음마저 내딛지 못해도,
　멀리 뒤쪽의 해협과 하구를 통해
　큰 파도는 조용히 쏟아져 들어왔나니.

　또한 햇볕이 들어와 밝게 비추는 것은
　오직 동쪽 창으로만은 아니네,
　앞에서도 태양은 천천히, 아주 천천히 솟아오르고,
　서쪽을 보라, 이미 땅이 환히 빛나고 있나니.

미국과 비교한 영국 정부 형태

　영국의 의회는 귀족들로 구성된 상원과, 선거에서 뽑힌 의원들로 구성된 하원으로 나뉜다. 하원의원은 총선에서 선출되는데, 만일 총선 전에 의원이 죽거나 은퇴할 경우 선거구민들이 보궐선거에서 새로운 의원을 선출한다. 미국에서는 후보자가 자신이 출마하는 지역에 반드시 거주해야 하지만, 영국에서는 반드시 해당 선거구에 거주할 의무는 없다.

영국의 의회는 정해진 선거 일정에 얽매이지 않는다. 의회는 대개 5년 정도 지속되며(그렇지 않은 경우도 많음), 스스로 그 기간을 연장할 권한도 지닌다. 가령 1910년과 1935년에 구성된 의회는 전시 중이기에 총선을 실시하지 않고 매년 수명을 연장하면서 각각 1918년과 1945년까지 이어졌다. 1935년 단위 선거구에서 근소한 차이(87표)로 승리를 거둔 해럴드 니컬슨은 1935년부터 1945년까지 무려 10년이란 긴 시간 동안 의원 신분을 유지하였다.

미국에서는 행정부와 입법부의 역할이 뚜렷이 구분된다. 미국 대통령 후보자는 의회와는 별도로 선출되고, 대통령에 당선한 후보자는 자신의 내각에서 일할 사람을 선택할 수 있다(상원의 인준 절차가 있기는 하다).

그 반면에 영국의 경우는 행정부와 입법부의 역할이 복잡하게 얽혀 있다. 영국 총리는 미국의 방식과 달리 하원 다수당의 지도자가 그 자리를 물려받는 형식을 취한다(대체로 다수당의 당수가 총리가 되지만 항상 그런 것은 아니다). 이후 총리는 (마치 미국에서 대통령이 오직 양원 의원들만 내각에 입각시키는 것처럼) 거의 예외 없이 상·하원에서 장관을 지명한다. 이러한 영국의 정치 체제 때문에 각 부처 장관이 총리를 대할 때 미국의 장관들이 자국의 대통령을 대하는 것보다 훨씬 대등한 입장에 설 수 있다.

미국 대통령은 국무 위원 임명 시 상원의 승인을 받아야 하지만 그 대신 수많은 차관과 참모 및 기타 관료들을 지명할 수 있는

권한이 있다. 이에 비해 영국 총리는 각 분과의 수장만 임명할 수
있다. 임명된 장관은 정책의 큰 틀을 짜고 해당 부서의 실제 행정
업무는 사무관들에게 맡긴다.

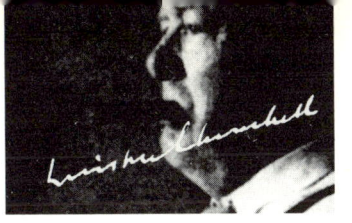

23
처칠과 섹스
흥미로운 사실들

전기 작가들은 종종 사적인 일을 공적인 것으로 그럴 듯하게 포장함으로써 은밀한 사생활에 대한 호기심을 정당화한다. 가령 제퍼슨의 품행은 그의 노예제도에 대한 시각에 영향을 끼쳤다고 하고, 피카소의 연인들은 그의 미술 작품에 영감을 불어넣었다고 하며, 스캔들을 즐기던 정치인은 대중을 기만했다고 하며, 동성연애자임을 숨기는 사람은 그보다 더 큰 일도 숨기는 경향이 있었다는 식이다.

하지만 우리는 대중적인 관심사를 엿보고 싶은 호기심을 굳이 포장할 필요가 없다. 주인공의 성품을 이해하는 데 있어 성생활은 무관심하기엔 너무나 흥미로운 소재다.

주인공의 은밀한 사생활에 관련된 얘기들은 대개 우리의 기대를 저버리기 일쑤다. 우리는 그의 성품에서 일관성을 보기를 원하지만, 섹스는 인간이 얼마나 예측 불가능한 존재인지 드러낸다. 그러나 처칠의 경우는 뜻밖이었다. 넘치는 힘과 지배 욕구, 사치와 미에 대한 취향 및 이목을 신경 쓰지 않는 오만함 등을 고루 갖춘 처칠이 놀랍게도 사생활에선 단정함을 잃지 않았다.

처칠 시대에 지적으로 가장 큰 지적 영향을 미친 동시대인은 칼 마르크스와 지그문트 프로이트였다. 프로이트적 혁명—성性적 특질이 성격에 미치는 영향—이 처칠의 세계관에는 별 영향을 미치지 않았는지 몰라도, 적어도 세계가 처칠을 바라보는 시각을 바꾼 것만큼은 사실일 것이다. 전기 작가라면 '처칠과 섹스'에 관련된 주제를 한 번은 검토해야 한다.

처칠은 섹스에 별다른 관심이 없었다.

위대한 지도자들 중 상당수가 여자들을 희롱하거나 난잡한 성생활을 하는 성향을 보인다. 그들은 아무나 껴안거나 유혹하고 버리는데 이런 성향이 그들의 카리스마 때문인 것으로 변명되기도 한다.

그러나 처칠은 달랐다. 자기만으로도 충분했기에 성적 유희에 무관심했다. 회식 자리의 음탕한 농담이나 많은 사람의 노골적인 유혹에 별다른 감흥을 느끼지 않는 그는 주로 남자들과 어울리며 여송연을 피우거나, 포트와인을 마시거나, 신문을 읽었으며, 정치적 담소를 즐겼다. 한 가까운 친구는 그를 '강렬한 성욕'과는 관계가 없는 사람으로 묘사했고, 처칠 자신도 "내가 그렇게 많은 글을 쓸 수 있던 이유는 침대에서 정력을 쓰지 않았기 때문"이라고 농담을 하곤 했다.

역사 작가 윌리엄 맨체스터와 A. J. P. 테일러는 처칠을 "성욕이 저조한" 사람으로 규정하고, 그 이유에 대해 어머니의 난잡한 성생활이 그의 성적 발달에 영향을 미쳤기 때문일 것이라는 가설을 세웠다. 하지만 이런 추측은 그의 어머니에게 다소 가혹한 측면이 있다. 비록 어머니인 제니가 많은 남자를 만났다고는 해도 그것은 그녀가 속한 계층에서 흔한 일이었고 그런 일로 처칠이 특별히 혼란을 겪지는 않았을 것으로 보이기 때문이다. 차라리 아버지가 매독으로 굴욕적이고도 허무한 최후를 맞이했다고 믿었거나 의심했을 것이라는 설명이 좀더 그럴 듯해 보인다. 어찌 되었든 처칠이 실제 '성욕이 저조했는가'에 대한 가정은 논란의 여지가 많다. 처칠과 클레멘타인은 약혼을 발표한 뒤 한 달도 되지 않아 결혼했고, 클레멘타인은 결혼한 지 한 달 만에, 어쩌면 이미 그 전에 임신을 했으며, 그 후로도 5번을 더 임신(한 번은 유산)했기 때문이다.

처칠은 오랫동안 공인으로 살았기에 때로는 부적절한 섹스 루머의 대상이 되기도 했다. 그중 최고의 루머는 1895년 "오스카 와일드(O. Wilde, 1854~1900, 아일랜드 시인, 소설가. 동성애로 투옥됨―역주)류의 상스럽고 비도덕적인 행위"를 한 죄로 고발된 사건이었는데, 고발이 철회되고 고발인이 사과하는 것으로 마무리되었다(윌리엄 맨체스터의 『마지막 사자』에서). 한때는 사생아가 있다는 소문이 돌기도 했다. 처칠의 가장 충실한 지지자 중 한 사람이던 브렌든 브래컨이 스스로 처칠의 아들이라는 소문을 퍼뜨리고 다녔는데, 약간 지능이 떨어지는 이 남자에게 처칠이 보여 준 호감 때문에 많은 사람이 그 소문을 사실로 믿기도 했다. 하지만 처칠에게 사생아가 있었다는 증거는 어디에서도 찾을 수 없었다.

맨체스터는 오로지 '개인적인 정보'임을 전제로 한 뒤, 1932년 무렵 유혹하는 기술과 성 경험에서 처칠을 능가하던, 영국의 귀족 여인이 처칠과 딱 한 번 부정한 관계를 가졌음을 살짝 언급하기도 했다. 또한 처칠은 말년에 에머리 리브스와 웬디 러셀이라는 여인들을 만나기 위해 그녀들의 호화스러운 프랑스 별장을 자주 방문했는데, 실제로 클레멘타인을 포함한 몇몇 사람들은 처칠과 그 여인들 사이에 오가는 애정 표현을 불편하게 생각했다. 노엘 카워드는 이에 대해 신랄한 묘사를 했다. "웬디 러셀과 처칠은 분명히 황혼의 정열에 빠져들었다. 그는 기쁨이 가득한 눈빛으로 그녀를 따라 방 이곳저곳을 돌아다니거나, 이제 막 걸음마를 배우는 거대한 아기들처럼 비틀거리며 둘이 함께 현관문을 나서기도 했다." 하지만 이런 일은 모두 극히 드문 경우였으며 처칠은 충실한 남편이었다.

처칠의 저서에서도 그가 섹스에 대해 별다른 흥미를 품지 않았음이 엿보인다. 처칠은 마음에 드는 인물이 있어 빅토리아식의 엄격하고 점잔 빼는 자서전을 쓰거나 인물화를 그리는 경우에도 인물의 성생활을 새롭게 조명하는 묘사는 전혀 하지 않았다.

처칠이 그럴 생각만 있었다면 대중적 인물의 스캔들을 다룰 기회는 분명히 있었다. 가령 애스퀴스(H. H. Asquith, 1852~1928) 총리와 베네티아 스탠리의 정열적인, 그러나 정치적으로는 부적절한 관계는 처칠을 사지로 내몰았지만 그럼에도 그 관계에 대한 비판을 삼갔다. 당시 처칠은 다르다넬스 참패로 기로에 서 있었는데, 예순이 넘은 총리는 내각 회의 중에 27세의 베네티아에게 러브레터를 쓰고 있었던 것이다. 그러다 1915년 5월 영혼의 연인이 다른 남자와 약혼한 소식을 들은 총리는 깊은 절망에 빠진 나머지 최대의 정치적 위기가 닥친 순간에도 정신을 쏟지 못하고 말았고, 결국 연립 정부 구성으로 방향을 돌렸다. 보수당이 제시한 연립 정부 참여 조건에는 위대한 전투 경력과 명성이 한순간에 물거품이 될 위기에 처한 처칠을 제거하는 내용이 들어 있었다.

또한 처칠은 지위와 신분을 모두 포기하고 아라비아 의상을 두르고 카리스마를 내뿜으며 이름 모를 병사로 살았던 로렌스T. E. Lawrence에 매료되었으나 그의 비밀스러운 욕망에 흥미를 느끼지는 않았다.

처칠은 한때 저서 『말버러Marlborough』에서 초대 공작 존 처칠과 부인 사라의 낭만적 열정과, 후에 영국 여왕이 된 앤 공주가 사라에게 보인 '이상할 정도로 강렬한 애정'을 다루기는 했다. 하지만 겉으로 드러난 사실만 다룰 뿐 내부에 숨겨진 욕망까지는 굳이 파고들려고 하지 않았다.

처칠은 성적 희롱이나 방종이 아닌, 벽돌 쌓기나 인공호수 만들기 또는 그림 그리기 등에서 위안을 얻었다. 또 위인들의 잘 알려진 삶과 역사 제도의 발전에 관한 연구에 몰두했다. 그의 쾌락과 탄식은 대부분 사적인 사건보다는 공적인 드라마에서 비롯되었다.

24
남편 처칠
행복한 결혼 생활?

윈스턴 처칠은 행복한 결혼 생활을 했다

　윈스턴과 클레멘타인은 1908년 4월에 만나서 그해 9월에 결혼했다. 윈스턴은 33세였고 부인은 남편보다 10살 아래였다. 부부는 다섯 아이를 낳았고 50년 이상 해로했다. 비록 두 사람은 많은 면에서 달랐지만 서로 헌신했다. 제1차 세계대전 중에 윈스턴이 프랑스 전선에 복무하던 1916년 3월 부부 사이에 오간 편지를 보아도 잘 알 수 있다. 클레멘타인의 편지에는 애틋함이 묻어난다.

　다음에 당신을 만나면 우리 둘만의 시간을 가졌으면 좋겠어요. 우린 아직 젊지만 시간은 너무도 빨리 흐르는 것. 언젠가 우리 사랑이 사라져 버리면 그 자리에는 비록 편안하기는 해

도 그렇게 자극적이거나 열정적이지 않은 우정만 남지 않겠어
요?

윈스턴은 편지에 자신의 한계를 한탄하면서 부인에 대한 변함
없는 사랑을 보여 주었다.

나의 사랑, 내게 '우정'이란 단어를 쓰지 마시오. 난 시간이
흐를수록 오히려 당신을 더욱 사랑하고 있고 당신과 당신의
아름다움을 갈망하고 있다오. 내 소중하고 아름다운 여인이여
─나 역시 휴식과 평화를 소망하고 있소.
때론 그렇게 오래 살지 않아도 좋겠다는 생각도 한다오─
난 그만큼 내 이기심에 사로잡혀 있어서, 이럴 바에 차라리 다
른 세계나 환경에 태어나 당신을 새롭게 만나서 내 모든 사랑
과 위대한 로맨스를 보여 주고 싶다는 생각도 하오.

이 부부는 과도한 긴장과 근심 속에 평생을 보내는 동안, 서로
에게 최고의 위로를 해 주었고 든든한 후원자가 되어 주었다.

윈스턴 처칠은 그다지 행복한 결혼 생활을 누리지 못했다

윈스턴의 자서전 『나의 청춘기』는 "그래도 1908년 9월에 결혼
하여 그 후로는 계속 행복하게 살았다."는 글로 마무리된다. 그의
삶을 지배한 온갖 사건을 회상하며 기록한 흐름에 비해 동화 같

1908년 결혼 뒤 찍은 윈스턴과 클레멘타인의 모습. 이들 부부가 공식적으로 찍은 최초의
사진으로 알려져 있다.

클레멘타인이 1959년 5월 미국 여행을 마치고 귀국하는 남편에게 키스하고 있다.

은 결론이다. 처칠은 글을 쓸 때 복잡한 진실보다는 선 굵은 연애사를 선호하는 경향이 있었는데 그 때문인 것으로 보인다.

윈스턴과 클레멘타인은 결혼 생활에 어려움이 많았는데 윈스턴이 그만큼 까다로운 남편이었기 때문이다. 그들은 천성부터 너무 달랐다. 씀씀이가 크고, 사치스럽고, 지칠 줄 모르는 윈스턴에 비해 클레멘타인은 금욕적이고, 예민했으며, 완벽주의자였기에 남편으로 인해 심한 좌절감과 분노를 자주 느꼈다. 대인 관계와 취미, 활동 시간, 좋아하는 휴일도 서로 달랐다. 그들은 결혼 후 얼마 지나지 않아 방을 따로 썼고(윈스턴은 "아침 식사를 내 침대에서 혼자 먹겠다."고도 했다), 클레멘타인은 남편이 잠든 뒤 몇 시간이 지나서야 잠들곤 했다.

그렇다고 윈스턴의 지조가 흔들린 적은 없었다. 하지만 클레멘타인은 딸 메리가 밝힌 바로는 1935년에 잠깐 다른 사람과 사랑에 빠진 일이 있었다. 홀로 떠난 유람선 여행에서 남자 승객과 잠시 사랑을 나누었지만, 여행에서 돌아오면서 그들 관계도 함께 끝났다. 클레멘타인은 다시 여행을 가려 했지만 남편이 허락하지 않았다.

세월이 흐르면서 부부는 더욱 많은 시간을 따로 보냈다. 윈스턴은 차트웰 별장에서 지내는 것을 좋아했으나 클레멘타인은 몹시 싫어했다. 윈스턴이 부인의 동의 없이 혼자서 매입했기 때문인데, 그녀는 이 문제에 관해서는 평생 남편을 용서하지 않았다. 클레멘타인은 주로 주말을 이용해 여기저기를 방문하거나 집에서 멀리 떨어진 곳으로 여행을 다녀왔다. 두 사람은 휴가도 따로 보내는 경우가 많았다. 처칠의 전기를 쓴 로이 젠킨스에 따르면, "처칠의 삶에 위기가 닥친 결정적 순간마다 클레멘타인이 늘 그 옆에 없었다는 것은 참으로 불가사의한 일이었다." 하지만 윈스턴은 그런 일에 별다른 불만을 나타내지 않았다.

25
처칠의 섬나라 이야기
그가 품은 신화

시인 예이츠는 말했다. "모든 사람에게는 한 가지 신화가 있
는데, 우리는 그것 하나만 알아도 당사자가 행하고 생각한 바를 모두 이해할 수
있다." 처칠의 신화는 영국이었다. 그는 『영어권 국민의 역사』에서 이를 긴 활,
버려진 탕아, 전쟁의 시련, 말 탄 병사 등의 이미지로 묘사하고 있다. 섬나라 이
야기에 관한 처칠의 시각을 살펴봄으로써 그가 어떤 윤리적 역사적 틀 안에서
동시대의 사건들을 바라보았는지 이해할 수 있다.

평생 동안 처칠은 '영국의 영광'에 사로잡혀 있었다. 그는 영국의 전통과 풍경, 질서 정연한 계급, 범선, 시골집을 사랑했다. 그 감성적이고도 신비로운 신앙은 언제나 그의 마음속에서 힘을 발휘했다.

처칠은『영어권 국민의 역사』에서 시간과 전쟁, 전통을 거치며 어떤 식으로 영국의 제도가 발생하였는지 설명하면서 자기 나름대로 조국의 과거를 해석하고 있다. 종교나 문학, 예술, 철학, 과학 등의 측면보다 자신의 주관심사인 정치와 전쟁, 역사에 많은 부분을 할애하고 있다.

그는 영국이 사회와 정부를 통치하는 최상의 제도의 기초를 세웠다고 칭송하면서도 근본적 신념에서는 스스로 공언한 정치적 이상과 모순되는 모습을 보였다. 한 예로, 의회와 대의정치를 존중한다고 했지만 그 자신은 열렬한 왕권주의자였다. 그의 충직한 영혼 속에서 영국과 모든 영광은 황실 안에 구현되어 있었다. 1928년 9월 당시 두 살이던 엘리자베스 공주를 알현한 뒤에는, "공주는 유아의 영혼 속에 놀랄 만한 권위와 사려 깊음을 숨기고 있었다."라고 말하기도 했다. 그러나 아내 클레멘타인은 "여왕은 오직 윈스턴만이 영국 황실의 신성한 권리를 믿는 최후의 신봉자가 될 것이라 여기는 것 같았으며, 여왕 자신도 실제 왕의 권위가 그 정도까지는 아니라고 생각하는 듯했다."고 고백했다. 그토록 군주를 경외하던 처칠이었지만 그런 마음이 자신의 정치 신념을 지키는 일에 방해가 된 적은 없었다.

이보다 자유에 대한 칭송과, 인도 등의 식민지에서 세력 유지를 위해 벌인 처절한 싸움이 양립할 수 있었다는 사실이 더욱 이해하기 힘들다. 영국의 정치적 전통인 자유를 찬미하던 그가 어떻게 해서 인도를 속국으로 유지하는 것을 정당화할 수 있었을까? 처칠이 루스벨트와 함께 서명한 대서양 조약에는 "모든 인민이 자신이 살아갈 정치 체제를 선택할 권리"를 보장하는 내용도 있었다. 그러나 그는 그 조항이 인도에 적용될 수 있다는 사실은 인정하지 않았다.

스스로 부자유를 강요하면서 자유를 찬양하는 것이 모순된다는 사실을 깨닫지 못한 이유는 그가 그만큼 '영국의 영광'이라는 한 가지 목표에만 집착했기 때문이다. '영국이 그 자체로 진실하기만 하다면 무엇에 대해서도 후회하지 않겠다'는 신념이다. 처칠은 자신의 군주를 영국 역사의 화신과 같은 존재로 경애하였다.

그가 제국 유지에 집착한 다른 이유는 땅과 인구 면에서 보잘것없는 영국이 세계열강들에서 지위를 확보하기 위해선 그만한 영토가 필요했기 때문이다. 따라서 처칠은 영국인들이 인도에 주둔하는 이유에 대해 '친절을 베풀기 위해서'라고 말하거나, 인도의 복지를 위해서라면 자발적 철수도 감수하겠다는 태도를 보인 적이 없었다. 처칠에게 인도는 영국에 꼭 필요한 버팀목이었고, 인도가 있음으로써 올바른 정책을 이끌 수 있었다. 인도를 비롯한 다른 광대한 영토가 없는 영국은 유럽의 북방 연안에서 떨어져 나간 여분의 땅에 지나지 않았다(사실 영국과 아일랜드를 합친

면적이라야 20만여 평방킬로미터에 지나지 않는다). 따라서 처칠은 인도가 영국의 자유를 물려받지 못한다는 견해를 계속해서 아니면 상당 기간 견지할 수밖에 없었다.

처칠이 살아 있는 동안 그의 섬나라 이야기도 막을 내리고 말았지만 그는 그 사실을 바로 깨닫지 못했다. 1945년 그가 외무부와의 논의 중에, 외국 명칭에 영국식 발음을 붙일 것을 완고하게 주장한 일을 보아도 잘 알 수 있다. 표현은 농담조였지만 내용만큼은 진지했다.

나는 영국 내에서 수세대간 친숙하게 불리던 이름들이 몇몇 외국인을 위해 그들 식으로 불려야 한다고는 생각지 않아요. …… 만일 우리가 이에 대해 분명한 태도를 보이지 않는다면, BBC 방송국에서 'Paris'를 '패리스'가 아닌 '파리'로 부르는 사태에 이르게 될 겁니다. 외국 명칭이 영국 사람을 위해 만들어졌지, 영국인이 외국 명칭을 위해 생긴 것은 아니지 않습니까. 난 지금도 일기에 성 조지(St. George, 영국의 수호신) 축일을 원년으로 쓰고 있어요.

전쟁이 끝나갈 때까지도 처칠이 얼마만큼 현실 감각이 부족했는지 알 수 있다. 그는 비영국적 관점을 수용하길 원하는 정치적 상황이나 대중의 정서를 좀체 이해하려 들지 않았다.

처칠의 눈앞에서 그가 알고 있던 세계가 사라져 버렸다. 그가 태어난 당시만 해도 말버러 공작이란 직위는 엄청난 권위와 특혜를 의미했다. 그러나 처칠의 만년에는 공작이 자신의 블레넘궁을 대중에 공개하고 카펫이 닳는 것을 불평해야 했다. 1877년 빅토리아 여왕이 인도의 여왕임을 선언했을 때, 총독의 저택에서 일하던 하인이 6,000명에 이르렀을 때, 조지 6세가 인도를 양도하면서 황실 서명 부분에 인도의 '황제인 나'에서 '나'를 뺄 때도 처칠은 살아 있었다. 그는 권력과 그 권력에 따르는 장엄한 광경들이 사라지는 것을 지켜보아야 했다. 무엇보다 대다수 사람들이 자기가 무엇을 잃어버리는지 잘 알지 못하거나 알더라도 별로 신경을 쓰지 않는다는 데 통탄했다.

처칠은 연설 중에 "우리는 어떤 대가를 치르더라도 우리 섬나라를 지킬 것이다."라고 서약한 적이 있다. 그러나 그가 믿었던, 제국의 발전을 위해 혼신을 다했던 그 나라는 총파업이나 왕위를 포기하는 왕, 또는 폭동을 일으키는 인도인들, 노동당 창당, 제국에 대한 장악력 약화로 점철된, 결정적으로 마다가스카르(아프리카 남동부의 섬나라—역주)보다 작은 현재의 영국은 아니었다.

황제들의 왕관과 왕권의 섬,
위엄의 땅과 마르스 신의 권좌,
또 하나의 에덴동산과 천국,
자연이 세운 성채가
역병과 전쟁의 마수에 대항하는 곳,

행복한 인류와 작은 세계,

장벽으로서 책임을 다하고,

가정을 지키는 해자垓子로도 쓰이는

은빛 바다 위에 자리 잡은 보석,

행복하지 못한 다른 나라들의 질투를 받는,

축복받은 지대, 이 땅, 이 왕국, 이 영국이여.

― 셰익스피어의 『리처드 2세』에서

처칠에게는 훈장과 깃털 모자, 조상들의 초상화가 있었으며 고삐만 당기면 내달리는 말이 있었다. 이는 섬 하나로 줄어든 영국이 아닌, 대국(大國)의 면모를 지닌 확장된 전통적인 영국의 모습이었다. 바야흐로 대영제국의 해가 지고 있었다. 그러나 처칠은 여전히 그것을 믿지 않으려 했다.

26

사진 속의 처칠

세월에 따른 변모

전기가 인물을 아무리 생생하게 묘사해도 우리는 그의 사진을 보고 싶어 한다. 때로 수많은 말이 그 사람을 직접 보는 것만 못하기 때문이다. 세월에 따라 변하는 얼굴에서 무엇을 배우는지는 분명하지 않겠지만, 최소한 우리가 보고 싶어 한다는 사실만큼은 확실하다. 세부적 묘사와 과학적 정확성 측면에서는 사진이 초상화보다 훨씬 만족스럽다.

2살 때 처칠. 후에 그는 어린 자신에게 어머니는 '샛별' 처럼 빛나는 존재였다고 회상했다.

수병복을 입은 7살의 처칠이 그 나이에 비해 놀랄 정도로 거만한 표정을 짓고 있다.

(위) 1895년 제4경기병 연대 근무 시절 화려한 정장을 차려 입은 처칠 부관

(아래) 1914년 비행기광(狂)이었던 치칠이 초기 형태의 비행기 옆에 클레멘타인과 함께 서 있다. 당시 해군장관이던 처칠은 해군 내에 공군의 무기를 도입하기도 했다.

1925년, 하원 대 상원의 폴로 경기를 위해 유니폼을 입은 처칠(처칠 팀이 승리했다). 처칠은 50세가 넘을 때까지 폴로 경기를 즐겼다.

1939년, 처칠이 유화정책의 주창자 네빌 체임벌린 총리와 대화를 나누고 있다.

(위) 1940년 9월, 처칠 수상과 부인 클레멘타인이 런던항의 폭격 피해 상황을 순찰하기 위해 템즈 강변을 따라 항행하고 있다. 그의 가족이 가장 아끼는 사진 중 하나다.

(아래) 1964년 11월, 90세 생일 하루 전날 저녁에 초록색 벨벳 방호복 차림의 처칠이 그의 만수(萬壽)를 비는 군중에 답하기 위해 런던 자택의 창가에 서 있다.

1940년 9월, 처칠이 누구나 알아보는 인상적인 뒷모습을 보인 채 전시의 영국 방어망을 시찰하고 있다.

1941년 8월, 캐나다 뉴펀들랜드의 플라센티아만에서 비밀스럽게 만난 루스벨트와 처칠이 프린스오브웨일스 군함에서 실시된 예배에 참석해 찬송가를 부르고 있다.

1941년 8월, 영국으로 돌아가는 처칠이 프린스오브웨일스호 선원들이 보내는 작별의 환호에 답하고 있다.

프랭클린 루스벨트 대통령과의 회합을 끝낸 뒤 처칠이 그 유명한 '승리의 V사인'을 처음으로 보여 주고 있다.

1945년 2월, 얄타에서 만난 '3 거두'가 유쾌한 환담을 나누고 있다. 이러한 스스럼없는 모습 이면에는 평화가 다가오면서 더욱 심해질 알력이 숨겨져 있었다.

1945년 5월 8일 저녁 버킹엄궁에서 처칠이 대대적인 군중 연설을 하고 있다. "이것은 여러분의 승리입니다! 이것은 모든 땅 위에 자유라는 명분이 승리한 것입니다. 기나긴 역사에서 지금보다 위대한 날은 없었습니다." 두 달 뒤 처칠은 투표를 통해 공직에서 물러난다.

1945년 7월, 베를린의 히틀러 사무실 잔해 더미 속에서 러시아인 안내인이 히틀러의 박살난 의자를 보여 주고 있다.

1950년 1월. 75세의 처칠이 마데이라 푼샬에서 풍경화를 그리고 있다.

1955년 4월 4일, 여왕과 에든버러 공작이 다우닝가 10번지에서 개최된 소규모 만찬에 참석한 뒤 문을 나서는 도중 처칠이 여왕을 위해 차 문을 열어주고 있다(두 사람 모두 가터 훈장을 상징하는 현장을 두르고 있다). 이날이 처칠이 수상으로서 보내는 마지막 밤이었다. 다음 날 처칠은 마지막 각료회의를 주재한 후 버킹엄궁에 가서 여왕에게 자신의 사직을 허락해 줄 것을 간청하게 된다. 처칠의 딸 메리는 이날 밤을 이렇게 기억했다. "우리 모두 그 순간이 우아하고 정중한 작별의 시간임을 알았지만 일부러 그에 대한 언급을 피하고 있었다. 아버지로서는 너무도 마음에 사무치는 순간이었을 것이고, 우리 모두 그를 대신하여 그 사실을 가슴 깊이 느끼고 있었다."

1965년 9월, 영국 전쟁 승리 25주년을 기념하는 추수감사절 예배에 참석하고 돌아온 엘리자베스 여왕이 웨스트민스터 사원에 안장된 처칠의 묘석을 덮은 제막을 거두고 있다. 클레멘타인과 가족은 사진의 중앙 뒤쪽에 서 있다. 오른쪽 뒤에 서 있는 사람들은 영국 공중전에 참가했던 조종사들이다. 대리석 위에는 "윈스턴을 기억하라"는 글귀가 새겨져 있다.

27
소설 속 주인공 처칠
허구와 실제

삶은 그다지 좋은 이야깃거리가 되지 못한다. 산만하고 주제도 없으며, 시작과 끝이 뻔하다. 그럼에도 전기를 읽는 사람들은 정제된 진실과 사실 외에 소설적 기교까지 원한다.

큰 성공을 거둔 전기 작가는 대부분 인물에게 허구에 가까운 특성과 동기, 상징 및 모티프를 부여해 왔다. 디즈레일리(Benjamin Disraeli, 1804~1881, 19세기 영국의 정치가로 수상 역임—역주)의 삶에서 '꽃'이라는 모티프를 찾아낸 앙드레 모루아(André Maurois, 1985~1967, 프랑스의 전기 작가, 역사가, 소설가—역주)는 대담하게, "인간의 삶은 언제나 그와 같은 몇 가지 모티프로 이루어진다. 그중 한 가지만 연구해도 모티프의 강력한 힘이 깊은 인상을 남긴다."는 주장을 펼치기도 했다. 그렇게 하면 전기 속 인물의 삶은 얼마든지 일관되고 의미 있는 것으로 바뀔 수 있다.

이런 유형의 전기를 읽으면 상당히 만족스럽다. 하지만 독립된 사실까지도 이야깃거리나 통일성, 교훈을 이끌어 내기 위해 사용된다면 그 전기는 픽션에 가깝지 않을까? 픽션처럼 상상력을 발휘해 여기저기 흩어져 있는 삶의 파편들을 한데 모아 만족스러운 형상을 만들어 내는 것은 아닐까? 진실과는 무관하게 말이다. 또 때로는 이렇게 만들어 낸 전기가 가장 진실해 보이기까지 한다.

처칠은 소설 주인공으로 바꾸고 싶은 충동을 피하기 어려운 인물이다. 그의 삶에는 아이러니, 서스펜스, 모순, 전조, 전환, 암시, 화법의 고조, 절대적 명분, 거기에 재치 있는 농담까지 등장해 픽션을 구성하기에 최적의 조건을 갖추었다. 또한 그의 인생사는 놀랄 만큼 교묘하고 의미, 상징성, 주제까지 훌륭하게 장치되어 있다. 그러한 장점 때문에 처칠은 우리 기억 속에 영웅으로 아주 깊게 각인되어 있다(물론 처칠 자신도 이런 변형을 적극 장려했다. 그가 피우던 여송연, 그가 남긴 어록 등은 대중의 눈에 비치는 자신의 모습을 단순화하는 데 일조했다).

그러나 픽션 속 인물로서의 윈스턴 처칠은 그다지 설득력이 없다. 그의 역사를 구성하는 일화들이 별로 사실적이지 않기 때문이다. 가령 처칠이 개를 한 마리 구하려 했다는 일화를 쓸 때 어떤 소설가도 그가 아버지를 추종하기 위해 불독을 원했다고 쓸 정도로 감각이 없지는 않을 것이다. 실제로는 추종할 의도였지만 말이다. 또는 프로이트 이후로는 그 누구도 어머니에게 홀대받고 아버지에게 멸시당했으며 사랑하던 유모를 '움'이라고 부른 사람을 주인공으로 할 수는 없을 것이다. 따라서 처칠의 삶에 부여된 특수한 문학적 특징, 다른 말로 조작된 특징이 없었더라면 그의 삶이 대중의 마음속에 그토록 공명을 일으킬 수도 없었을 것이다.

처칠에 대한 문학적 미사여구는 설령 그것이 역사적 사건이 아니더라도 여전히 대중의 마음을 사로잡았다. 처칠이 위스키를 좋아했다거나 사람들 앞에서 울었다는 소소한 일화도 그의 전기에서는 거의 한 장章 분량을 차지하기도 한다. 때론 픽션이 우리의 실제 삶보다 사실적으로 보일 때도 있지만, 처칠의 인생사만은 온갖 강렬한 비유를 동원해 우리 마음속 깊은 곳에 파고든다.

과거에서 성큼성큼 걸어 나온 처칠에게는 무언가 감동적이고 전설적인 신비로움이 깃들어 있다. 심지어 이름조차 디킨스적 (Dickensian, 소설가 디킨스의 재치를 화법에 적용한 표현—역주)이어서 단호하면서도 두음 반복 요소가 존재해 신성하고도 고상한 이미지가 느껴진다.

우리는 때로 그에 대해 언급된 것들이 모두 진실인지 궁금해한다. 정말로 세계적인 정치가였고, 말을 타고 사냥을 했으며, 펜싱 선수이자 비행기 조종사였고, 폴로 선수였고, 경주마를 가지고 있었고, 그림을 그렸고, 농장을 가꾸었고, 열대어를 길렀던 것일까? 대학 교육도 받지 않았는데 어떻게 종군 기자가 되고, 소설가이자 역사가이자 전기 작가가 되어 베스트셀러를 펴냈을 뿐 아니라 노벨문학상도 수상했으며 그것도 모자라 같은 해에 가터 훈장까지 받을 수 있었을까? 그는 제1차 세계대전과 제2차 세계대전에 걸쳐 전시 내각에 있었던 유일한 사람이었고, 육군·해군·공군에서 모두 복무한 경험도 있었다. 샌드허스트 사관학교에선 안장 없이도 달리는 말 위에 오르고 내리는 법을 배웠다. 70세에는 아이젠하워 미 대통령과 그의 부관들과 함께한 사격 시합에서 10발 모두 과녁을 맞혔고, 그중 9발은 정중앙에 꽂혔다.

처칠의 이야기는 가혹하고 드라마틱한 아이러니로 넘쳐 난다. 아버지는 자식이 '완전한 무용지물'인 것에 분개했고, 1930년 처칠 스스로 "내 경력은 실패로 끝났다. 이젠 아무것도 보여 줄 것이 없다."라는 글을 썼으며, 1940년 5월 21일 수상 자리에 오르고 며칠 뒤 한 의원은 "윈스턴은 5달을 넘기기 어려울 것이다. 벌써 토리당(보수당의 구명칭—역주)원들의 역습이 시작되었다."라고 예견하기도 했다.

이는 오히려 독자들에게 긴박감 넘치는 역전의 스릴을 맛보게 한다. 또 일부 예언은 사실이 되기도 했는데, 해럴드 니컬슨은 "그는 외로운 희망을 이끌어 가는 사람이며, 영국의 희망이 멀어질 때 다시 한 번 지도자 자리로 부름을 받을 것이다."라고 쓴 바 있다. 또한 1930년대 후반 누군가 남편이 총리가 될 가능성이 있다고 생각하느냐고 묻자 클레멘타인은 "없습니다. 커다란 재앙이 나라를 뒤엎고 아무도 그 자리를 원하지 않는다면 모르지만요."라고 대답했다. 1940년 10월 24일 자신에게 환호하는 군중을 보며 처칠은 말했다. "난 저들이 온 마음으로 바라는 그 무언가를 대표하고 있다네. 바로 승리에 대한 단호한 의지지. 한두 해 후에 저들은 다시 내게 환호할 걸세." 그리고 몇 년 후 그를 찬양하던 군중은 선거를 통해 그를 공직에서 내쫓았다. 이처럼 처칠의 이야기는 실제 긴박감 없이도 큰 즐거움을 준다.

또한 극적인 순간에는 조연들이 등장하여 충실하게 영화에서처럼 장식적인 대사를 전하거나 상징적 장면의 한 부분을 구성하기도 한다. 다르다넬스 전투 참패 이후 굴욕적인 공직 추방을 겪은 처칠에게 야전 사령관 키치너 경Lord Kichener은 이렇게 선언했다. "무슨 일이 있어도 저들이 당신에게서 빼앗지 못할 것이 하나 있습니다. 전 함대는 언제든 출병할 준비가 되어 있습니다." 수십 년 뒤인 1939년 8월 16일, 처칠은 프랑스의 마지노 선을 방문하여 예의 처칠 복장을 하고 라인강 저편에서 외치는 나치군의 소리가 들리는 부근까지 접근하였다. 그들 가까이에 "하나의 국민, 하나의 나라, 하나의 지도자Ein Volk, Ein Reich, Ein Führer"라고 쓰인 표지판이 보였다. 그리고 이쪽 프랑스 제방에는 자유, 평등, 박애 Liberté, Égalité, Fraternité라고 쓰인 표지판이 서 있었다. 1940년 5월 10일, 처칠은 전시 내각의 총리가 되기 전에 다음과 같은 쪽지를 받았다. "폐하께서 오늘 저녁 6시에 당신을 뵙고자 하십니다." 평범한 사람에겐 흔치 않을 이런 극적인 순간이 처칠의 삶에선 다반사로 일어났다.

처칠은 카워드N. Coward의 연극에 등장하는 대사를 떠올리게 하는 말을 남기기도 했는데, 그런 재치 있는 표현은 때로 아주 시기적절하게 쓰이기도 했다. 애스터 부인이 "윈스턴 씨, 제가 만일 당신 부인이었다면 당신이 마시는 커피에 독약을 넣겠어요."라고 쏘아 대자, 그는 "낸시 양, 제가 당신 남편이라면 그것을 기꺼이 마실 것이오."라고 대꾸했다. 1939년 파운드 해군 제독이 보낸 서신을 읽은 뒤에는 제독의 생각에 동의하지 않는 의사를 한 단어로 나타내기도 했다— "푼돈 아끼기Penny-wise(싼 게 비지떡이라는 영국 속담—역주)군." 램지 맥도널드(Ramsey MacDonald, 1866~1937, 영국 노동당 당수, 총리 역임—역주)에 대해서는 "가장 적은 생각에 가장 많은 말을 집어넣는 재능을 가진 사람"이라고 비꼬기도 했다.

대다수 전기 작가가 그렇듯 처칠의 전기 작가들도 대개 먼저 줄거리를 정한 뒤 뒷받침해 줄 일화를 찾아 넣는다. 처칠을 조국의 구세주로 그리는 사람이라면 그에 맞는 사건을, 처칠의 신화를 벗겨 내려는 의도가 있는 작가라면 그에 맞는 다른 요소를 선택한다. 어떤 사건을 연결할 때 작가들은 마치 소설가처럼 화제, 반어법, 모티브, 환유법, 묘사, 상징성, 교훈 등 인물의 특정 이미지를 형상화할 수 있는 것은 무엇이든지 동원하려 한다.

형상화 작업은 비교적 쉽다. 한 가지 요소가 충분한 의미를 수반하기 때문이다. 인물의 몸동작 하나하나가 암시성을 띠고, 단순한 사건이 상징적인 사건이 될 수도 있다. 세세한 묘사를 덧붙이면 더욱 가공할 위력을 발휘한다. 처칠이 연분홍빛 실크 내의를 입었다는 것, 가까운 거리에서 적군 몇을 쏘아 넘어뜨렸다는 것, 나비를 좋아했다는 사실도 그를 이해하는 특별한 관점이 될 수 있다.

이런 장치를 사용함으로써 전기 작가들은 픽션과 조합한 고무적인 일관성을 부여할 수 있다. 물론 전기 작가의 글은 정확해야 할 것이다. 하지만 제한적인 사실 자체가 그들의 상상력을 불러일으키기도 한다.

만일 상징을 부여하는 데 재능 있는 전기 작가라면, 처칠은 샴페인을 사랑했고 히틀러는 샴페인을 싫어했다는 사실을 이용할 수도 있다. 또는 제2차 세계대전이 끝날 무렵 처칠이 지그프리트 전선에서 소변을 보았다는 일화도 쓸 수 있다. 피 묻은 해골이 달린 인디언 추장의 깃털 모자를 갖고 있다는 것도 소재가 될 수 있을 것이다.

제국을 숭상했음에도 한 번도 호주나 뉴질랜드를 방문한 적이 없고, 1898년 이후로 인도에도 발을 들여놓지 않았다. 엘리자베스 여왕의 대관식을 촬영하기 위해 텔레비전 방송사 카메라가 웨스트민스터 사원에 들어오는 것도 반대했다.

핀볼을 즐겼으며, 필요할 때에는 속임수도 썼다. 도박과 피크닉, 카드 게임, 수영을 좋아했고, 최고 속도로 드라이브를 하기도 했다. 경주마를 길렀고, 아버지의 경주기旗인 초콜릿색과 분홍색 깃발로 출전하기도 했으며, 경주마 클럽 회원에 선출되기도 했다. 갓 짜낸 신선한 오렌지 주스를 싫어했고, 촛농 냄새를 싫어했으며, 휘파람 소리, 소에 달아 놓은 방울 소리, 크게 떠드는 소리, 시계의 똑딱거림, 전화벨 소리를 싫어했다. 또 영화 〈시민 케인 Citizen Kane〉(신문계 거물 노인의 의문의 죽음을 풀어 가는 내용을 그린 1941년작 미국 흑백영화. 영화사상 기념비적인 작품—역주)이 너무 지루하다고 느껴 상영 도중 밖으로 나가기도 했다.

교회에는 거의 가지 않았지만, 세례식은 좋아했다. 자신에게 흐르는 미국인 피가 멀리 독립전쟁에서 영국군에 맞서 싸운 두

명의 조상과 이로쿼이Iroquois족(북아메리카 인디언의 한 부족. 종족 가운데 가장 조직화되고 광대한 지역을 지배하였음―역주) 여인에게서 시작되었다고 주장하기도 했다. 그의 비서에 따르면 "가장 많이 쓰는 단어"는 "prod(자극, 재촉―역주)"였다고 한다.

이러한 픽션 도구의 도움을 받아 상상한 처칠은 때로 한 인격체라기보다 한 가지 주제로 빚어 낸 화신化身에 가깝다(사실 처칠은 대중의 기억 속에 낭만적인 인물로 남아 있고, 그 자신도 그렇게 남으려고 노력했다). 하지만 이러한 그의 이미지를 원형으로 삼을 수는 없다. 그의 삶이 실제 삶보다 훨씬 특별한 것으로 바뀌기 때문이다. 처칠의 이야기는 예술로 장식되어 기억되는 순간 신화 등급을 획득한다. 그리고 우리는 그 신화를 사실로 받아들인다.

28
처칠의 운명
자신에 대한 관점

　　처칠을 이해하기 위해선 그가 자신을 위대한 숙명을 이루기 위해 운명의 여신에게 선택받은 사람으로 여겼다는 사실부터 알아야 한다. 설령 우리가 그의 미신적 이기주의를 비웃을지라도 그의 삶을 돌이켜보면 때론 진짜로 숭고한 숙명을 위해 운명의 여신이 선택한 사람처럼 보일 때도 있다. 미국인 어머니나 부상 입은 어깨, 회색 말 위의 기수, 어느 장군이 보낸 전보, 야인 생활, 끝까지 싸우겠다는 무모한 맹세에 이르는 모든 일화가 그러하다.

위인은 대개 성공을 향한 지난한 과정을 거치며 정상에 도달하기까지 숱한 장애물을 극복한다. 처칠의 경우는 이와 다르다. 그의 들쭉날쭉한 경력은 커다란 성공과 함께 때로는 극복 불가능해 보이는 실패로 점철되어 있다. 다르다넬스 전투 후 바로 공직에서 쫓겨나기도 했고, 한때는 야인 생활의 고독을 겪기도 했고, 1945년 선거에서 충격적인 패배를 당하기도 했지만 이를 극복하고 다시 공공의 인물로 부상했다. 패배의 좌절에 매몰될 순간을 극복할 수 있던 까닭은 자신의 위대한 운명에 대한 절대적 믿음 때문이었다.

처칠은 운명이 보호하여 몇 가지 역사적 소명을 성취할 수 있으리라고 믿으면서도 야망을 이루기 전에 일찍 죽을지도 모른다는 불안감에 시달리기도 했다. 왜 일찍 죽을 것이라고 예상하는지 물으면 아버지가 45세에 사망한 것을 이유로 들었다. 어떤 곤란도 견뎌 내는 굳센 성격과 선거에 대한 감각에 격렬한 절박감까지, 지도자에게는 필수적인 배합이었다.

운명에 대한 믿음으로 처칠은 두려움을 잊었다. 1897년 아직 군복을 입고 있을 때 어머니에게 이런 편지를 보냈다. "저는 자부심이 강해요. 저처럼 능력 있는 사람이 그렇게 단조로운 종말을 맞이하도록 신이 창조했을 것이라고는 믿지 않아요." 수십 년 뒤에는 전선의 참호에서 아내에게 이렇게 썼다. "무엇보다 나에 대해선 걱정하지 마시오. 내 운명이 이미 끝나지 않았다면 어디서든 나는 보호받을 것이오."

처칠이 운명을 믿었던 데에는 그럴 만한 이유가 있었다. 전장의 숱한 위기에서 살아남은 일이나 여러 차례 그를 괴롭힌 사건 외에도 셀 수 없을 정도로 많은 치명적인 위험을 겪어 왔기 때문이다. 1886년 3월과 1943년에 위독한 폐렴을 앓았다. 18세 때는 술래잡기를 하다가 10미터 높이의 다리에서 나무를 붙잡으려 뛰어오르다 땅으로 떨어지고 말았다. 신장 파열로 3일간 의식을 잃었으며, 척추 손상으로 평생 구부정한 모습이었다. 그로부터 불과 몇 달 뒤에는 스위스에서 휴가를 보내다 물에 빠져 죽을 뻔하기도 했다.

1899년 25세 때는 적군에게 공격을 받는 아군을 구조하려다가 보어인에게 붙잡혔다. 곧 수용소를 탈출하여 현상금이 걸린 상태에서 겨우 안전지대로 대피했다. 같은 시기에 전투를 치르던 중 보어인 소총수의 접근에 놀란 그의 말이 뛰어오르는 바람에 바닥으로 내동댕이쳐지기도 하였다. 이때 그는 "계시록에 따른다면 죽음을(회색 말pale horse은 '죽음의 사자'라는 뜻이 있음—역주), 하지만 내게는 생명을!"이란 기도를 올렸다. 때맞춰 회색 말을 탄 영국군 저격수가 등장하여 그 말에 올라탄 처칠은 안전한 곳으로 피할 수 있었다.

그 뒤 얼마 지나지 않아선 장교 신분의 그가 민간인 복장을 한 채로 긴급 군사 문서를 전달하는 임무를 맡아 적지인 요하네스버그를 통과하기도 했다. 한 번이라도 검문을 당했다면 그 자리에서 총살될 수도 있었을 것이다.

1915년 전선에 도착한 지 일주일 만에, 처칠은 한 장군에게서 회의를 요청하는 전보를 받았다. 진흙길을 1마일이나 걸어갔다가 되돌아오면서 회의가 취소된 것을 분개하던 처칠은 조금 전까지 머문 숙소가 자신이 떠나고 5분 뒤에 폭격을 받아 쑥밭이 된 사실을 알게 되었다.

　　타고난 담대함으로 어떤 도전에도 주저함 없이 맞서던 처칠은 비행 조종술을 배웠는데 초기 비행기에 흔히 발생하던 위험을 여러 차례 벗어나기도 했다. 당시 비행기는 불길에 휩싸이기도 했고 이륙하자마자 뒤집어지기도 했으며 조종간이 작동하지 않아 박살나기도 했다. 그러다 결국은 착륙할 때 비행기가 부서지면서 비행훈련 교관이 심각한 부상을 입은 모습을 본 뒤에야 훈련을 그만두었다.

　　57세이던 1931년에는 뉴욕시 5번가에서 발생한 차량 충돌로 심한 부상을 입기도 했다.

　　여러 차례 죽음 직전에 이르렀어도 처칠은 조금도 위축되지 않았다. 1944년 그리스를 방문했을 당시 저격병의 총탄을 피한 뒤 처칠이 보인 반응은 한마디였다. "건방진 놈."

　　처칠은 스스로 운명에 선택받은 사람이라고 믿고 있었다. 1940년 처음으로 수상에 올랐을 때 자신의 출생 환경, 재능, 정치적 행운의 변화가 어떤 식으로 자신의 위대한 위상을 충족시키는 방향으로 전개되었는지 회상하며 이런 말을 남겼다. "나는 깊은 안도감을 느꼈다. 마침내 모든 상황에 대해 지시할 권한을 갖게 된 것이었다. 마치 운명의 여신과 나란히 걸어가고 있는 듯했으며, 내 모든 과거의 삶은 이 시간과 이 시험을 위한 준비 과정이었다는 느낌이 들었다."

처칠은 미국인 어머니가 조지 워싱턴 부대에서 근무한 중위의 후손이라는 사실에 '위대한 공화국'에 대한 특별한 이해력을 부여받았다고 생각했고, 영미 연합군 문제에 대해서도 "모든 것이 그 방향으로 진행되는 것이 신기할 정도다. 다시 한 번 나는 …… 설령 그것이 아무리 가치가 없는 것일지라도 마치 어떤 정해진 계획에 따라 내가 움직여지는 것처럼 느꼈다."고 썼다.

처칠도 지적했듯이 우연한 사건들도 충실히 제 역할을 수행했다. 그는 1896년 사고로 어깨가 탈골되어 그 후 평생 검을 들지 못하게 된 일을 떠올렸다. 비록 그 부상 때문에 죽기 전까지 번거로울 수는 있어도, 그로 인해 목숨을 건지기도 했다는 것이다.

불운이 끝까지 행운으로 바뀌지 않는다는 장담은 절대 할 수 없는 법이다. 만일 내가 옴두르만 전투에서 모제르 소총 같은 현대식 무기를 사용하지 않고 검을 사용했더라면, 내 이야기는 지금에까지 이르지 않았을 수도 있다. 우리는 설령 불운이 닥치더라도 그 불운이 더 나쁜 일로부터 자신을 보호할 기회가 될 수 있음을 잊지 말아야 하며, 또한 아주 큰 실수를 저질렀더라도 그것이 최상의 조언에 따라 내린 결정보다 더 좋은 방향으로 작용할 수 있음을 알아야 한다.

1930년대 처칠이 야인으로 밀려난 것은 어쩌면 그에게 행운이었을 수도 있다. 수차례 독일에 대해 위험을 경고했지만 계속 무시되고 경멸을 받았기에 1940년에 이르러선 아무런 책임을 지지 않아도 되었다. 훗날 처칠도 이렇게 말했다. "그로 인해 나는 전쟁을 일으키거나 준비하는 것으로 인한 비난을 받을 일이 없었다." 아니면 그가 좀더 시詩적으로 표현했듯이, "내 위에는 보이지 않는 날개가 퍼덕거리고 있던" 것일 수도 있다.

　　보이지 않는 날개는 그를 죽음과 정치적 사멸에서 보호하는 것 이상의 일을 했다. 그것은 그에게 예기치 않은 혜택으로 작용했다. 남아프리카공화국에서 순전히 운 좋게 수용소를 탈출한 뒤 30여 킬로미터 거리에 있는 한 영국인의 집을 찾아갈 수 있었던 특별한 기회는 그를 영웅으로 만들어 주었다. 또한 절묘한 타이밍에 먼 친척에게서 상속받은 재산으로 차트웰 별장을 구입할 비용을 충당할 수 있었다. 또 1938년에는 부유한 지지자에게 긴급 자금을 지원받았기에 1940년까지 수상 후보자로 남아 있을 수 있었다.

　　전시 수상으로 선택된 것 역시 이러한 보이지 않는 날개의 힘이 있었기 때문이었다. 당시 수상직을 유지하기 어렵게 된 체임벌린은 1940년 5월 9일 다우닝가 10번지에서 후계자를 선택해야 했다. 이때 체임벌린에게는 핼리팩스와 처칠이라는 두 후보자가 있었다. 물론 그들로서는 몇 시간 뒤면 히틀러가 서부 유럽에 잔인한 공격을 퍼부으리란 사실을 알 길이 없었다.

회의가 끝나 갈 무렵 선택이 내려졌다. 처칠의 수상 임명이 이미 수많은 사실을 근거로 충분히 예측 가능한 것이긴 했어도, 1940년 5월 발행된 대다수 기사는 놀랄 만큼 순응적인 태도로 결과를 받아들이고 있었다. 그렇다고 해서 당연한 결정은 아니었다.

외무장관이던 핼리팩스 경이 수상직을 이어 받으려고 노력했더라면 그가 선택될 것이 틀림없었다. 처칠에게 유리한 점이라고는 의회에서 지지도가 상승하고 있다는 것뿐이었다. 물러날 체임벌린 수상과 그가 이끄는 보수당 사람들은 대부분 핼리팩스를 원했다. 왕도 핼리팩스를 원했다. 노동당 지도층도 핼리팩스라면 기꺼이 수용했을 것이다. 핼리팩스에겐 귀족이란 신분과 장애인이란 문제가 있긴 했지만, 그것도 충분히 해결될 수 있었을 것이다. 그럼에도 핼리팩스는 수상직을 고사했다.

어째서 처칠에게 양보했던 것일까? 대개 고위직에 있을수록 더욱 사회적 지위 상승을 추구하기 마련이다. 엄청난 야망을 꿈꾸던 거만한 품성의 핼리팩스도 예외는 아니었다. 발언권을 행사하는 외무장관으로서 계속 내각에 남아 있기를 원한 것을 보면 행정부를 떠나고 싶었던 것도 아닐 것이다. 또한 계속해서 영국이 평화 협상에 나서야 한다고 주장한 것을 보면 영국이 가야 할 올바른 방향에 대한 의견이 없던 것도 아니었을 것이다. 그렇다면 막대한 책임을 져야 하는 자리를 피하려고 했던 것일까? 그가지낸 다수의 높은 직위를 살펴본다면 꼭 그렇지도 않은 것 같다. 인도 총독 시절에는 3억이 넘는 인구의 운명을 결정하는 직위를 상당히 즐기기까지 했다. 그렇다면 장황한 연설을 늘어놓거나 비판을 참지 않는 반항적인 처칠을 휘하에 둘 만한 배짱이 없던 것일까? 그랬을 수도 있다. 어쩌면 그는 외무장관으로 남아 있는 것이 처칠의 황당한 생각에 제동을 걸기에 유리하다고 생각했을 수도 있다. 아니면, 많은 사람이 그렇게 생각했듯 그 또한 처칠의 정부는 곧 무너질 것이기에 그때 강력한 정적이 제거된 상태에서 처칠을 대신하는 것이 유리하다고 생각했을지도 모른다. 또는 진정으로 처칠이 자신보다 나라를 이끌 자질을 지녔다고 믿은 것인지도 모른다. 어쨌든 핼리팩스는 손에 들어온 것이나 다름없는 최고의 정치 선물을 거절하고 말았다.

핼리팩스는 직위 임명을 요청받으면 상관들이 반드시 필요한 사람이라는 점을 변호해 줄 때까지 고사하는 습관이 있었다. 만일 체임벌린이 그 위중한 순간에 수상직 인계야말로 핼리팩스의 애국적인 의무라고 주장했더라면 그는 주저하는 이유가 무엇이든 간에 전임 수상의 말을 따랐을 것이다(어쨌든 핼리팩스는 수상직 고사로 확실하게 최고의 애국을 한 셈이 되었다. 그는 1940년 5월 10일 새벽 독일의 침공 소식을 듣고도 치과 의사와의 약속을 지키기 위해 외무부를 떠난 사람이었기 때문이다. 이때는 히틀러가 벨기에와 네덜란드를 침공한 뒤 프랑스로 진격한 사실이 알려지면서 영국의 지도력이 최대 위기에 처해 있었다).

여기서 궁금증이 또 하나 생긴다. 만일 자신이 계속 수상직 인계를 고집하면 핼리팩스가 받아들일 것을 알고 있었다면, 왜 체임벌린은 더욱 강하게 핼리팩스를 몰아세우지 않았던 것일까? 그는 핼리팩스를 좋아한다는 사실을 공공연히 밝히고 있었고, 또 그렇게 느끼는 것은 자연스러운 일이기도 했다. 어쨌든 처칠이 끝없이 자기를 반대하는 동안에도 핼리팩스만큼은 충실하게 지원했기 때문이다. 그럼에도 핼리팩스를 밀어주는 대신 처칠에게로 돌아섰다. 어째서일까?

체임벌린은 스스로 평화를 위해 현실적이고, 실제적이고, 열정적인 헌신을 했노라고 자부하고 있었다. 그에게는 수많은 장점과 함께 또 그만큼의 결점도 있었다. 그의 편협하고 단순한 인식과 허영심으로 히틀러란 인물을 제대로 이해할 수 없었을 것이다. 심지어 1940년 9월 30일 왕에게 보내는 서한에서도 전쟁을 피하려다 실패한 일에 대해, "한 광인의 탐욕스럽고도 비인간적인 야망에 대해 정면으로 저항하지만 않았더라면 충분히 성공할 수 있었던 시도"로 자평하기도 했다. 하지만 체임벌린의 정책을 비판한 모든 사람이 주장한 바도 그 점이 아니었던가? 결국에 체임벌린은 자신이나 핼리팩스를 구시대 인물로 보고, 전쟁에 필요한 사람은 절대적인 상상력과 배짱을 지닌 처칠임을 간파한 것일 수도 있다. 그리고 실제로 영국 국민에게든 독일 국민에게든 히틀러에 대한 필사적 저항 정책을 구현한 것은 처칠이었다.

처칠은 운명이 자신을 인도하고 보호해 준다고 믿었다. "행운, 기회, 재수, 운명, 숙명, 섭리 등이 내게는 모두 같은 것을 다르게 표현하는 단어일 뿐이다. 인간이 자기 삶에 행하는 공헌들은 모두 외부의 초월적 힘에 끝없이 지배된다."(윈스턴 처칠의 『폭풍의 한가운데』에서). 그러나 처칠의 행운은 불운이기도 했다. 그는 위대한 승리를 거두고 운명적 사명을 완수했지만, 기대한 방식도, 원하던 방식도 아니었다.

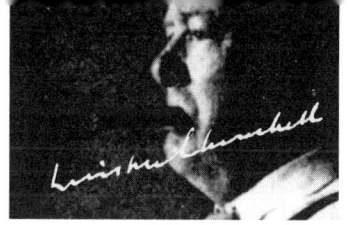

29
제국주의자 처칠
명분

　　대다수 인간은 개인적, 가정적 삶을 살지만 극소수 인간은 명분을 위해 자신을 바친다. 처칠은 어릴 때 목적을 정한 뒤로는 평생 한 번도 흔들리지 않았다. 그의 목적은 '대영제국이 …… 그 힘과 영광 속에 영원히 보전되게 하는' 것이었다. 선한 것이든 그릇된 것이든, 그의 행동은 대부분 제국을 계속 유지하려는 욕구에서 비롯되었다. 그는 제국의 이름을 걸고 한 행동 때문에 때론 칭송을 받았고, 때론 매도되었다.

처칠의 인생 초기는 대영제국의 지위가 세계적으로 팽창했듯이 그의 지위도 세계적으로 성장한 시기였다. 1900년 처칠은 처음 의원으로 당선되었고, 제국은 전 세계에 유례가 없는 거대한 규모를 자랑하고 있었다. 제1차 세계대전이 끝난 뒤 처칠이 제국을 이끄는 대열에 들어섰을 때 제국은 광대한 영토 확장을 계속하고 있었다. 처칠이 평생 싸워 온 목적은 바로 제국의 발전이었다.

엘리트 지배 계층에서 태어난 처칠은 한 번도 스스로 지도자 자격을 갖추었음을 의심하지 않았고, 각 계급과 인종들도 자신들 본래의 운명을 기쁘게 받아들일 것이라 기대하고 있었다. 그는 "만일 어느 곳에서도 인간은 불평등하게 태어난 것임을 인정한다면, 나야말로 문명인으로 훈육된 사람"이라고 말하기도 했다.

조국인 영국에서 처칠은 가난하고 불행한 이들의 생활을 개선하기 위해 노력했다. 그렇지만 귀족적 본능에서 은혜를 베푸는 차원이었지, 동포인 영국인이 특정한 권리나 보호를 받아 마땅하다는 믿음에서 한 일은 아니었다. 구시대의 질서를 개선하려고는 했어도 새로운 질서를 창조하려고는 하지 않았다. 각종 요구 사항이나 위협, 파업(참정권 확대주의자에 의한 것이든, 광산 노동자에 의한 것이든, 민족자결주의자에 의한 것이든, 노조에 의한 것이든)에는 가혹하게 대처했다. 또한 착하고도 충직한 국민에게는 의무가 아닌, 관용을 베푸는 의미에서 적극 양보했다.

이와 동일한 믿음이 식민지 국가의 국민을 대하는 처칠의 태도를 형성하기도 했다. 그는 뛰어난 통치 능력을 지닌 영국이 열등한 다른 나라들이 겪는 정치적 어려움을 대신 해야 한다는 믿음을 한 번도 의심하지 않았다. 그래서 백인에게는 민주적이고 자유로운 태도를, 유색 인종에게는 전제적이고 군사적인 태도를 보이는 제국의 이중적 성격에 대해서도 별로 괘념치 않았다. 오히려 통치에 관한 한 우등한 백인종에게 권리와 의무가 있다고 하는, 다소 뻔뻔스러울 정도의 인종차별적 관점도 견지했다. 1922년 그가 벵골 총독의 아내에게 보낸 서한에는 이런 내용이 들어 있다.

말하지 않아도 …… 당신과 당신 남편이 우리 조국의 국기가 휘날리고 백인의 특권과 권위가 손상되지 않도록 노력한다는 사실은 믿어 의심하지 않습니다. 인도에서 우리의 진정한 의무는, 스스로 인도를 대변한다고 함부로 떠들고 다니는 수다쟁이들로부터 생명과 생존 수단을 위협받을지 모를 3억 인구를 보호하는 데에 있습니다.

또한 인도 병사들까지 영국을 수호하기 위한 전쟁에 나선 제2차 세계대전 중에 처칠은 내무장관에게 이런 서신을 보냈다.

영국군 여단 2개로 인도의 제36사단을 구성하겠다는 것이 어찌된 일입니까? 세상에는 굴욕에 관해 많은 말을 하고 있지만, 적어도 영국군을 인도군의 일부로 부르겠다는 것은 우리가 지배하던 사람들에게 굴복하는 수준 이하의 행동이 되는 것입니다. 만일 그들이 영국군 부대에 속한다면 당연히 영국군 부대의 호칭을 붙이도록 하십시오.

1943년에 그는 이런 말을 하기도 했다. "앵글로색슨족族의 우월성에 대해 무슨 근거를 늘어놓을 필요가 있는가? 우리는 당연히 우월하다." 이어 이렇게 덧붙였다. "어떤 인종을 열등한 존재로 인식하기 시작하면 좀체 그 생각을 제거하기 힘든 법이다. 부관 시절 내게는 인도인이 백인과 동등하게 보이지 않았다."

처칠은 해외에 구축된 제국 영토가 영국의 세계적 위상을 뒷받침하기 위한 것이라 믿고 있었고, 그러한 제국적 관점에서 볼 때 인도는 그 영토들 중에서도 가장 찬란히 빛났다. 수세기 동안 소수의 영국인은(가장 많았을 때 15만 명 정도) 유럽보다 큰 준準대륙 위에서 3억 인구를 통치하고 있었다. 처칠은 이러한 안정된 상태가 바뀌는 것을 원하지 않았기에 1930년 인도의 자치 정부를 지향하는 영국 내의 온건한 움직임조차 반대함으로써 고립을 자초하기도 했다. 처칠은 영국이 '인도인들 스스로 성취하거나 유지할 수 있는 그 무엇보다 훨씬 많은 것을 가져다준' 존재라고 주장했고, 인도에게 독립이라는 '잘못된 은혜'를 베풀 경우 세계 강국으로서의 위상에 손상을 입음은 물론, 인도에 혼돈 상태와 유혈, 기아를 야기할 것이라고 예견했다. 그는 자치를 지지하는 사람들을 비난했다. 1931년 연설에서는 이렇게 말했다. "간디 씨를 보니 놀랍고도 역겹다. 동방에나 널리 알려진 수도승 모습을 하고 총독 관저의 계단 위를 반나체로 올라가는 꼴이라니. …… 그런 모습은 기껏해야 인도에 불안정을 가져오거나, 그곳에 사는 백인들을 위험에 노출시키고 말 것이다."(이때 간디와 만나기로 한 총독은 간디의 젊을 때 모습과 매우 흡사했던 핼리팩스 경이었다.)

처칠이 제국을 위해 전시 중에 특별히 공을 들인 것은, 영국 승리에 결정적 도움을 준 미국의 루스벨트 대통령을 포섭하는 것이었다. 그때까지 본인 이야기만 늘어놓고 누구의 이야기도 귀담아듣지 않고 듣더라도 비판적 태도만 견지하던 처칠에게 처음으로 칭찬과 감언이설을 늘어놓지 않으면 최대한 입을 다물고 경청하는 상대가 나타난 것이었다. 처칠은 말했다. "그 어떤 연인도 내가 루스벨트 대통령에 했던 이상으로 애인이 부릴 가능한 모든 변덕까지 연구하지는 않았을 것이다." 처칠은 숙고 끝에 작성한 서신의 교환, 몇 번의 면담(대부분 처칠 쪽이 찾아간)과 특색 있는 언변에 모나지 않은 기지까지 총동원하여 영국에 대한 미국의 지원을 확보하고자 애썼다. 간청하는 입장을 즐기지는 않았더라도 어쨌든 해야 할 일은 해야 했던 것이다. 1940년 나치가 유럽을 짓밟던 당시에, 오직 홀로 저항하던 처칠은 루스벨트에게 위엄은 갖추었으되 여전히 간청 어린 표현으로 구축함을 보내 줄 것을 요청했다. "대통령 각하, 큰 존경에서 말씀드리건대 유구한 세계 역사를 돌이켜볼 때 그것은 바로 지금 행해야 하는 것임을 말씀드리고 싶습니다." 거슬릴 만한 표현은 가급적 피했다. 편지는 여러 차례 다시 쓰였으며, 연설은 완곡해졌다. 오로지 제국을 위한 행동이었다.

대영제국에 대한 처칠의 열렬한 자긍심을 놓고 볼 때 그가 전후에 영국과 미국의 관계 개선을 희망했다는 사실은 오히려 놀랍다. 그는 여러 차례, 그리고 어느 정도의 호응과 함께, 궁극적으로 두 국가가 합쳐질 것임을 예언하기도 했다. 그가 생각한 것은 공동시민권이나 '영국식 달러 제도'와 같은 것이었다. 그가 루스벨트와의 우정을 널리 공표한 것 역시 두 나라의 깊은 우애를 상징하기 위해 의도한 것이었다. 1946년 3월 5일, 그 유명한 '철의 장막' 연설 중에서도 처칠은 온갖 수사법을 동원하여 두 나라를 결합하고자 했다.

지금 미국은 세계열강의 정점에 서 있습니다. …… 또한 기회는 지금 이 순간, 우리 두 나라 모두에 주어졌습니다. 그것을 거부하거나 무시하거나 놓친다면 우리 모두 후세 사람들의 기나긴 비난에 시달리게 될 것입니다. 불굴의 정신, 일관된 목표, 웅대하고 분명한 판단으로 전시에 그랬듯 평화 시에도 영어 사용 민족들의 통치를 이끌고 지배하는 것이 필요할 것입니다.

대영제국의 보전을 위해 그렇게도 격렬히 투쟁한 처칠이 미국과의 통합을 환영한 이유는 무엇일까? 이 질문에 대한 해답은 또한 나중에 야당 지도자로 변모한 그가, 어째서 1945년 인도 독립에 호의적이던 애틀리 노동당 정부의 정책을 막기 위해 아무 노력도 하지 않았는지 설명해 주기도 한다.

아마 그에게는 더 강력한 '다른' 제국을 구축할 의도가 있었을 것이다. 처칠은 당시 인도에 바탕을 둔 제국의 운명이 다했음을 예견했을 것이다. 또한 인도가 독립한다면 제국의 나머지 영토들도 지키기 힘들 것이었다. 하지만 그 옛날 독립전쟁으로 미국을 잃은 대신 인도를 얻었으니, 이제 다시 미국이 인도를 대신할 수 있을 것이었다. 게다가 세계열강의 우두머리라니, 얼마나 훌륭한 동반자인가! 1945년 8월 16일 하원 연설에서 원자폭탄 사용에 대한 논의가 벌어질 때 처칠은 다음과 같은 탁월한 식견을 발표하기도 했다.

현 시점에서 볼 때 미국은 세계의 정점에 서 있습니다. 전 그 사실을 기쁘게 받아들입니다. 우리가 그들에게 그들 자신만을 위해서가 아닌, 전 세계 인류를 위하여 제 역량과 책임 수준에 걸맞은 행동을 하도록 해준다면, 인류 역사에 더 밝은 날이 찾아올 수도 있을 것입니다.

미국에 온갖 경의를 표하면서도 처칠은 두 나라 관계에서 여전히 영국이 연장자 자리에 서 있다고 생각하였다. 처칠도 강조했지만, 사실 공유한 언어나 민주주의 가치 인식, 개인의 자유, 법

률 체계 같은 면에서 미국은 모든 최고의 전통을 영국에 빚지고 있었다. 그는 이렇게 지적하기도 했다. "(미국의) 헌법은 영어권 국민에 의해 수세기 동안 수고스럽게 진화되어 온 원리에 대한 신념을 재확인한 것이다. 그 헌법은 영국인이 오랜 세월 지켜 온 정의와 자유에 관한 개념을 고이 간직하고 있으며, 또 앞으로는 대서양 건너편에서 볼 때 근본적으로 미국인의 개념으로 간주할 만한 것이기도 하다."

그러나 문제는 미국이 그런 역할을 자임할 의사도 없었고 처칠과 같은 미래를 보고 있지도 않다는 점이었다. 처칠은 세월이 흘러감에 따라 자신이 아무리 노력해도 거대한 통합을 보고 죽기는 어렵다는 점을 깨닫게 되었다.

인도를 잃었고, 그에 따라 제국의 다른 영토들도 잃었으며, 미국 획득은 실패하고 말았다. 이처럼 영국의 위상이 축소되는 것은 일찍부터 처칠이 두려워 마지않던 일이었다. 1942년에 그는 "나는 대영제국의 청산을 주재하고자 영국 왕의 총리가 된 것이 아니다."라며 울분을 터뜨리기도 했다. 그럼에도 대영제국 청산이 처칠의 운명이 된 것은 그의 인생 최대의 아이러니였다. 그는 1940년에 이렇게 서약한 바 있다. "그 어떤 희생을 치러서라도 우리 섬나라를 지켜 낼 것이다." 그러나 섬나라를 지키는 일은 제국의 희생을 가져왔다. 제국에 대한 경외심으로 처칠은 제국의 취약성과 과도한 운영 상태를 깨닫지 못했고, 전쟁으로 가중된 과로가 조국에 장애가 되리라는 사실도 감지하지 못했다. 그리고 전후 영국은 제국을 통치할 자원도 없었고, 미래를 밝히려는 욕망마저 잃고 있었다. 평화가 찾아오자 영국은 오로지 귀향하고 정착하고 재건하는 일에 여념이 없었다. 이때 자치주의 원리가 전 세계에 뿌리를 내리면서, 영국 역시 그것을 받아들일 수밖에 없었다. 1947년 처칠은 이렇게 말했다. "나는 깊은 탄식과 함께 대영제국이 요란스럽게 쓰러지는 모습을 바라보고 있다. 많은 사람의 희생으로 영국을 적에게서 지켜 냈지만, 그 누구도 영국 자신으로부터 영국을 지켜 내지는 못했다."

처칠은 제국의 위대한 팽창과, 인구 4,000만 명의 습지대 섬으로 축소되는 것을 함께 목격했다. 처칠과 사촌 관계인 클레어 셰리든Claire Sheridan 여사는 1950년 편지에 그의 모습을 이렇게 묘사했다. "말할 필요도 없이 그는 자신이 평생 쌓아 놓은 모든 것이 권력을 쥔 사회주의자들에 의해 내팽개쳐진다며 절망하였고, 우리 식민지 제국을 분해하는 데 일조하는 미국도 함께 비난했다." 몇 년 후 그는 이렇게 말했다. "이젠 모든 것이 없어졌어. …… 내가 믿던 제국은 사라졌어."

하지만 제국의 태양이 완전히 사라지는 것은 1965년 그의 죽음과 함께였다. 그의 거대한 위상과 지위를 갖춘 모습이 존재하는 것만으로도 영국의 과거 영광을 상징하는 깃발은 여전히 나부낄 수 있었기 때문이다. 하지만 그의 장례식은 그 깃발마저 스러짐을 의미했다. 그 뒤 가장 기억할 만한 일은 1981년 웨일스 공찰스 황태자가 처칠의 먼 친척뻘인 다이애나 스펜서와 결혼한 일이었다. 세계는 황실의 광채, 즉 신부를 세인트폴 대 성당으로 실어 나르는 유리마차의 광경, 거리에서 환호성을 올리는 군중, 신부가 더듬거리며 "저, 다이애나 프랜시스는 당신 필립 찰스 아서 조지(이 호칭은 잘못된 것이다. 그의 이름 중 찰스가 처음으로 와야 했다)를 받아들입니다." 하고 말하는 모습에 열광했다. 하지만 모든 것이 얼마나 많이 바뀌었던가. 제국은 완전히 사라진 뒤였다. 황실의 위엄은 관광객의 구경거리로 전락했고, 아무리 찬란했을지언정 그 혼례식은 결국 위신이 쪼그라든 국가에서 치른 허풍스러운 광경이었을 뿐이었다.

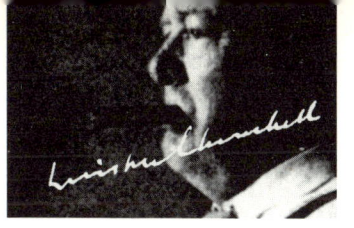

30
처칠의 제국
세계관

인물이 어디에 살았는가는 언제 살았는가 못지않게 중요하다. 처칠은 스스로 대영제국 본토에, 그것도 대영제국의 수도에 살고 있다고 생각했다. 물론 오늘날 영국을 보면, 한때 최고의 전성기를 누리던 제국의 광대함, 즉 런던 정부가 세계 육지와 인구의 4분의 1 이상을 다스릴 때의 모습은 쉽게 상상이 되지 않을 것이다. 하지만 처칠은 제국의 영토가 가장 광대하였고 그 존귀한 지위가 처칠 자신이 품은 야망의 장대함과 어울리던 시절에 생존해 있던 인물이다. 그는 결코 제국의 쇠락을 가만히 지켜보지만은 않았다.

퀸 엘리자베스 섬
엘즈미어 섬
패리 제도
배핀 섬
캐나다
브리튼
뉴펀들랜드
채널 지
버뮤다
대서양
지브
바하마
서인도제도
리워드제도
자메이카
바베이도스
윈드워드 제도
트리니다드 섬
감비아
영국령 온두라스
시에라리온
태평양
어센션 섬
영국령 가이아나
세인트 헬레
서 사모아 제도
통가 제도
핏케언 섬
트리스탄 다 쿠냐 살
고프
포클랜드 제도
사우스 조지아 섬
포클랜드 제도
사
샤우스 셰틀랜드 제도
사우스오크니 제
그레이엄 랜드

N
W   E
S

1930년의 대영제국과
그 보호령
0   1000   2000
마일

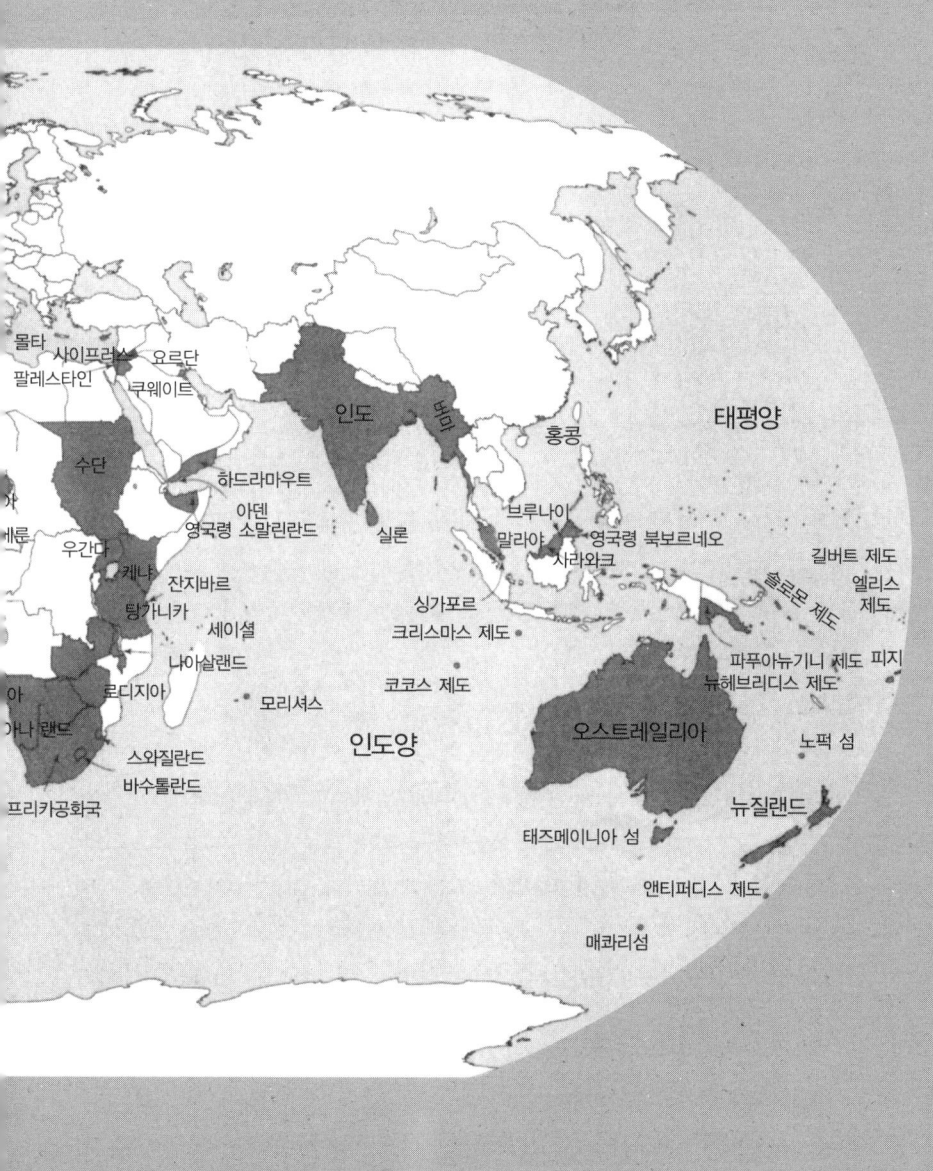

몰타
팔레스타인
사이프러스
요르단
쿠웨이트

인도
버마
홍콩
태평양

수단
하드라마우트
아덴
영국령 소말린란드
실론
브루나이
말라야
사라와크
영국령 북보르네오
길버트 제도
엘리스
제도

케룬
우간다
케냐
잔지바르
탕가니카
세이셜
나이살랜드
싱가포르
크리스마스 제도
코코스 제도
솔로몬 제도
파푸아뉴기니 제도
뉴헤브리디스 제도
피지
노퍽 섬

로디지아
랜드
모리셔스
인도양
오스트레일리아

스와질란드
바수톨란드
프리카공화국
태즈메이니아 섬
뉴질랜드

앤티퍼디스 제도

매콰리섬

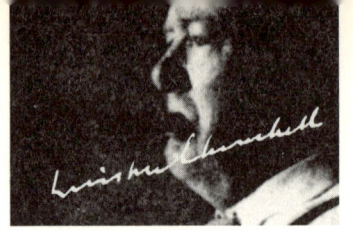

31
처칠과 루스벨트
연합국 관계? 친구 관계?

2차 세계대전 당시 영국 수상과 미국 대통령 신분이던 처칠과 루스벨트는 친구 사이로 유명하였다. 과연 단순히 우정을 나누었는지, 아니면 계산에 따라 우정을 나누는 척한 것인지 논란이 있다.

처칠과 루스벨트는 친구 사이였다

두 사람은 애정과 존경을 나누던 사이였다. 이들은 폭넓은 재능으로 기꺼이 세계 역사 무대를 공유했다. 루스벨트는 처칠에게 "당신과 같은 시대에 살아서 참으로 즐겁습니다."라는 편지를 쓰기도 했다. 둘은 공통 관심사가 많았다. 그중 대표적인 것은 물론 전쟁이었고, 그 외에 해군에 복무한 적 있고 특별한 흥미를 보였으며, 역사와 위인의 연구에도 관심이 있었으며, 시골 생활과 도시 생활을 모두 즐기고 있기도 했다. 또한 두 사람 모두 귀족 출신이지만 민중을 대변하고자 노력했고, 그 과정에서 속해 있던 계급에 이단자나 반역자로 낙인찍히기도 했다.

두 사람의 관계는 영국과 미국의 돈독한 유대로 구현되었다. 1939년 처칠은 수상이 되기 전부터 루스벨트와 서신 교환을 시작했고, 그것은 처칠이 죽는 날까지 지속되었다. 두 사람은 총 1,700통에 가까운 편지를 주고받았는데, 당시 널리 유행하던 농담을 적기도 했고, 시 한 편을 보내기도 했다.

처칠은 기꺼이 미 대통령과의 관계 개선을 추진했다. 그는 전쟁 초기부터 전쟁의 승리는 물론 생존 문제도 미국의 지원에 좌우된다는 것을 잘 알고 있었다. 루스벨트는 또 그 나름대로 미국 국민까지도 참전을 반대하는 와중에 오직 영국 홀로 나치 독일에 대항하고 있다는 사실을 뚜렷하게 인식하고 있었다.

처칠과 루스벨트의 친분 관계는 1941년 12월 미국이 참전하기 전까지는 특히 영국에 중요했다. 1940년 9월 루스벨트는 구축함과 기지基地를 교환하는 계약을 성사하여 영국 대서양 해군 기지를 사용하는 조건으로 미군 구축함을 영국에 보내 주었다. 그리고 1941년 3월에는 군수품 대여Lend-Lease 협약을 맺어 자금이 부족한 영국에게 미국의 군사 장비들을 '빌려' 주기도 했다. 처칠은 루스벨트의 정책을 어느 나라 역사에서도 찾을 수 없는 후한unsordid 행동이라며 칭송했다. 1941년 8월 해상에서 이루어진 처칠과 루스벨트의 극적 회동은 이 두 영어권 국가가 '특별한 관계'를 맺고 있음을 세계에 과시할 만한 것이었다. 처칠은 이 중대한 첫 전시 회담의 성공을 너무나 자신한 나머지, 대서양으로 향하는 도중 프린스오브웨일즈 선상에서 선원들과 연합군들로 구성될 신성神聖 부대의 준비를 위한 리허설까지 지도했을 정도였다. 그 뒤 두 지도자는 역사적인 원칙과 목표를 규정한 대서양 조약의 공동 선언문에 서명하였다. 후에 일본이 진주만을 폭격하고 히틀러가 전쟁을 선포하자 두 지도자는 공식적인 동맹이 되었다.

물론 처칠과 루스벨트가 항상 같은 생각을 한 것은 아니었다. 하지만 이따금 의견 차이가 있더라도 그들의 따뜻한 우정은 공유한 목표와 보편적 이상에 의해 더욱 돈독해졌다.

처칠과 루스벨트는 냉담한 사이였다

감성적인 성품의 처칠은 자신과 루스벨트가 전쟁으로 맺어진 위대한 영어권 국가의 지도자라는 생각을 숨기지 않았다. 따라서 루스벨트에 진정으로 호감을 품었다. 하지만 루스벨트는 상당한 거리를 두고 처칠을 지켜보았고, 또 처칠보다는 실리적이었다. 제1차 세계대전 말엽 처칠을 만났을 때부터 그를 별로 탐탁하게 생각하지 않았고, 1941년 8월 대서양 회의 도중에 처칠이 둘의 첫 만남을 기억하지 못한다고 실언하자 분개하기도 했다.

두 사람에게는 물론 서로가 필요했다. 수상이 된 처칠이 자기 이름 앞에 '전직 해양인Former Naval Person(전 해군장관이라는 형식적 직함을 피하고 공동 기반을 강조하기 위해 사용한 암시적 표현)'이라고 서명한 경우에서 알 수 있듯이, 두 사람 모두 서로 호감이 밀월로 전개될 수 있도록 공식 관계 위에 동지애라는 윤활유를 열심히 바르기도 했다. 하지만 수많은 갈등이 이들의 협력에 그림자를 드리우고 있었다. 두 정상은 제국주의나 미국의 참전 속도, 지중해 전략, 제2전선 개시, 중국에 대한 군사 협조, 러시아에 대한 정책 등 중요 안건에서 계속 충돌했다. 루스벨트는 처칠이 보여 주는 사적인 우정의 제스처를 수용하고 화답했지만, 다른 한편으론 냉정하게 대영제국의 위력에 손상을 입히고 미국의 지위를 격상하는 작업도 병행했다.

그들 사이에 돈독한 우정이 존재했다는 미신은 주로 처칠이 루스벨트에게 넘쳐흐를 정도로 찬양을 쏟아 낸 것에 기인한다. 사실 전쟁이 진척될 때마다 미국의 지원이 필요했던 처칠로서는 공적 칭송을 곁들이며 미 대통령에게 구애를 해야 했다. 하지만 그도 사적인 자리에서는 격한 표현을 아끼지 않았는데, 미국이 영국에 신용으로 군수품을 빌려 주겠다는 루스벨트의 군수품 대여

협약 계획에 대해, "우린 이제 껍질만 벗겨지는 것이 아니라 뼈까지 발리게 된 거야."라고 평하기도 했다. 실제로도 그의 예상은 옳았다. 미국은 이 협약을 악용하여 차후 영국의 자산을 무자비하게 빼앗을 방법을 강구하게 된다.

어쩌면 처칠 또한 서로의 애정을 여러 차례 확인했음에도 나중에는 자기 말처럼 루스벨트를 좋아하지 않게 되었던 것일 수도 있다. 그는 1945년 봄에 치러진 루스벨트의 장례식에 납득할 만한 변명 한마디 없이 불참했고, 국민에게 방송을 통해 그 사실을 알리지도 않았다. 처칠은 장례식에 불참함으로써 새로운 미국 대통령 해리 트루먼H. S. Truman을 만나는 기회마저 잃고 말았다. 생전에 두 사람 관계에선 항상 루스벨트 쪽이 우세한 동반자였고, 처칠은 루스벨트를 만나기 위해 늘 워싱턴으로 가야만 했다. 아마도 처칠로서는 루스벨트의 사망과 함께 영미 관계의 중심을 런던 쪽으로 옮기려는 생각을 하고 있었는지도 모른다. 따지고 보면 특별한 관계라는 것도 국가적 이익을 증대하기 위한 한 가지 수단일 뿐이다.

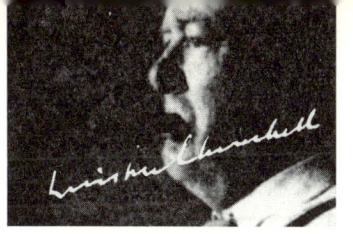

32
처칠의 상상력
역사관

전기 작가는 인물의 성격을 묘사할 때 특수한 상황이나 자극 등을 함께 다루기도 한다. 처칠의 인성은 주로 영국 역사라는 관념에 지배되었다.

리턴 스트레이치L. Strachey는 "가장 운 좋은 세대는 동질성을 갖는 세대로서, 한 시대라는 영역에서 안정적으로 시작해서 끝을 맺는 세대다. 반대로 불운한 세대는 두 시대에 걸쳐 있는 세대다."라는 평을 남겼다. 처칠은 두 시대에 걸쳐 있었다. 그에게 과거는 자신의 상상에 따라 움직여 주었고 또한 힘의 원천이 되어 주었다. 그는 사라진 세계, 즉 자신이 태어났던 시대만 돌아보았고 미래는 외면했다.

블레넘 궁은 18세기 초 프랑스와의 전쟁을 승리로 이끈 공로에 대한 보답으로 국왕이 존 처칠을 1대 말버러 공작으로 삼으면서 그에게 하사한 선물이다. 처칠은 블레넘 궁에서 태어났고, 이곳에서 클레멘타인에게 청혼을 했다. 그는 승리의 기념탑에 새겨진 자신의 선조이자 위대한 공작을 묘사한 비문을 읽으면서 그 내용을 평생 자신에게 주어진 책무로 받아들였다.

조국만이 아닌 시대의 영웅이여,

그의 영광은 의회와 전장에서 모두 동일했노라.

그 지혜와 정의, 공정성과 웅변으로써,

다양하고 서로 대립하는 이해들을 화합하였으니,

오로지 뛰어난 미덕의 힘이 아니고는

그 어떤 계급, 권위, 힘으로도 불가능한

감화력을 갖추었도다.

하나의 공동의 대의로

유럽의 주요 국가를 연결하는

확고한 중심축이 되었도다. (중략)

최고의 자리에 올라, 최고의 노력을 기울여

대영제국을 황폐로부터 구하고

유럽의 자유를 옹호하고 확립시켜 주었노라.

영국과 그 운명에 대한 신앙은 처칠에게 용기와 낙관주의, 야망을 갖게 해주었다. 하지만 역으로 그에게 빛나는 업적을 쌓도록 해준, 영국에 대한 전통적 시각은 그를 시대정신에서 분리시켰고, 그가 살기 원했던 시대나 축복해 마지않던 섬나라 이야기의 시대보다 그의 말년이 더 오래 지속되게 하는 결과를 가져왔다.

역사에 대한 처칠의 애착은 그가 평생 동안 목격한 수많은 변화에도 기인한다. 그는 1874년에 태어났는데, 이때는 남북전쟁을 승리로 이끈 그랜트U. S. Grant 장군이 미국 대통령이었던 시기이고, 전기나 축음기, 영화, 타자기, 전화, 라디오, 자동차 등이 발명되기도 전이었다. 1898년 옴두르만 전투에서 처칠은 창을 무기로 쓰던 최후의 영국 기병 돌격대 소속이었다. 1900년 그가 미국 강연에 나섰을 때 마크 트웨인이 그를 청중에 소개하기도 했다. 이때 트웨인은 그를 "5개 전쟁을 치른 영웅이자, 6권의 책을 펴낸 저자이며, 장래 영국 수상이 될 인물"로 소개하였다. 같은 해 처칠이 처음 하원의 문에 들어섰을 때 영국에서 투표권을 행사할 수 있는 성인은 전체 성인의 3분의 1도 되지 않았다. 그 뒤 여자가 투표를 할 수 있게 되었을 무렵 그의 나이는 44세였다. 그는 산업혁명으로 인해 더욱 강력해지고 부유해진 대영제국의 절정기를 목격했다. 처음엔 그러한 발전과 천연의 요새인 바다의 도움을 등에 업은 영국이 최상의 방어 진지로 남아 있다가, 공군이나 핵폭탄 같은 새로운 기술이 등장하여 천연의 해자垓子까지 압도하는 모습을 지켜보아야 했다.

처칠에게 과거는 현재처럼 아주 가까운 대상이었다. 더블린의 총독 관저나 블레넘 궁, 해로 학교나 런던 등 그가 유년 시절을 보낸 장소는 영국 역사에 그대로 반영되어 있었다. 그는 해로 학생들에게 이렇게 말했다. "난 아주 어렸을 적에 …… 영국과 그 역사의 영광이 내 주변과 가까운 곳에서 일어나고 있다고 느낀 일을 지금까지 기억하고 있습니다." 그는 장래 장교가 될 사람이라면 모두 플루타르코스의 『영웅전Lives』을 읽어야 하는 것으로 믿고 있었다. 그가 뮌헨 조약을 비난할 때는 에설레드 2세(Ethelred the Unready, 968(?)~1016, 화평을 추구하였으나 데인 족에게 잉글랜드를 유린당한 왕—역주)의 교훈을 들기도 했다.

1940년 8월의 어느 날 저녁, 그는 나치군軍이 바다를 건너려 한다는 소식을 듣고 동료들에게 "오늘 저녁 적의 침공 문제를 토의합시다."라는 말을 전했다. 이때 모든 사람은 그날 저녁 당연히 독일군 침략에 관한 토의를 할 것이라고 예상했다. 그러나 그들은 1066년 정복왕 윌리엄William the Conqueror이 맞닥뜨린 적의 침략에 대한 진상을 규명하는 데 시간을 보냈다. 또 1944년의 침공 직전에 처칠은 정복왕 윌리엄이 영국 해안에 도달한 때의 날씨와 시간, 상황에 대한 자문을 구하기도 했다. 그 사건이 900년 전에 일어났다는 사실을 잊은 그가 마지막으로 영국 침공에 성공한 사건의 중요 조사 자료를 원했기 때문이다. 물론 때로는 그러한 역사 연구가 다른 사람이 미처 발견하지 못한 사실을 간파하는 계기가 되기도 했다. 1941년 러시아가 독일의 침략을 견뎌 낼 것이라는 그의 믿음에 동의를 표한 사람은 극히 일부에 지나지 않았다. 미국에서도 러시아가 기껏 3개월 정도 버틸 것이라고 추정했다. 하지만 처칠만은 2년 뒤에도 러시아가 여전히 싸우고 있을 것이라 확신했다. 그때부터 장교들은 나폴레옹이 1812년 모스크바에서 퇴각한 사건의 보고서를 다시 읽어야만 했다.

처칠은 항상 역사적 시각을 견지하고 있었기에 때로는 영국의 힘을 나타내는 전통적 상징물에 경외감을 보이기도 했다. 전시의 혼란 중에 그는 짬을 내어 이런 조언을 전하기도 했다.

수상이 해군장관에게
물론 자네가 지금 즉시 해군기의 상태를 점검할 시간을 낼 수 있을 것이라 믿네. 매일 아침 지금과 같은 거무칙칙한 깃발을 본다는 것은 슬픈 일이거든.

1940년 9월 18일

독일 침공 당시엔 외무부에서 왕족과 왕권을 상징하는 물건과 대관식용 의자를 옮기는 것이 어떻겠느냐는 제안을 했는데, 처칠은 일언지하에 거절했다. 또한 지브롤터 지방에는 예전부터 그곳에 사는 원숭이들이 사라지는 날에 그 지역에 대한 영국 통치가 끝날 것이라는 전설이 있었는데, 1944년 지브롤터 지방의 원숭이 수가 줄어든다는 보고를 받은 처칠은 즉시 원숭이가 24마리 이상 살도록 모든 노력을 기울이라는 명령을 내렸다. 원숭이 이

름과 나이가 지역 수비대원 명부에 함께 기록되었고, 생년과 사
망일 역시 사상자 명단에 함께 기재되었다.

처칠의 강력한 역사의식은 전시 상황의 그에게 실제적인 도움
이 되기도 했다. 전쟁의 잔인한 파괴를 영국이 이룩해 나가는 진
보의 보편적 과정으로 여기게 해주었기 때문이다. 또한 가망성이
희박함에도 결국에는 영국이 승리할 것이라고 확신하게 해주기
도 했다. 이로써 처칠은 평화가 사라지는 것을 슬퍼하기에 앞서
자신의 역할부터 수행할 수 있었다.

처칠은 역사를 연구하고, 또 형성해 나간 사람이었다. 따라서
앞선 세대의 성과만이 아닌, 이후 세대가 자신의 성과를 어떤 식
으로 평가할 것인가에도 깊은 관심을 보였다. 역사적 사건에 대
한 자기 나름의 해석을 정립하는 한 방법으로 방대한 회고록을
쓰기 시작했다. 누군가 제2차 세계대전 회고록을 비판하면 "이것
은 내 이야기일 뿐이야."라거나, "누군가 또 다른 자기만의 제2차
세계대전사를 쓰겠다고 하면 쓰게 하면 그만이야."라고 응수했
다. 그래서 그의 모든 책은 어떤 식으로든 그 자신의 역사를 전하
고 있다. 야전 경험을 적은 보고서, 『강의 전쟁』, 『말라칸드 야전
군 이야기 The Story of the Malakand Field Force』, 『나의 청춘기』 같은
책은 혈기왕성하던 젊은 부관 시절 직접 체험한 전쟁 상황을 그
대로 묘사한 것이었다. 자서전류 『랜돌프 처칠 경』, 『말버러: 그
생애와 시대 Marlborough: His Life and Times』는 선조의 기록을 재정리
한 것이었다. 그나마 개인사를 배제했다고 하는 『영어권 민족의

역사』도 결국은 광대한 역사를 추리고 자신이 해석한 섬나라 이야기를 가르치기 위한 것이었다. 그는 힘 있고 간결한 문체를 선호했다. 또한 과거를 바라보는 그의 시각은 낭만적이고도 지나치게 생생하여 엄정한 정확성에 다소 문제가 있었다. 영국 국민의 정신이 발달하는 과정을 조명하고자 노력했기에, 그에게 그들의 숭고한 전설은 냉정한 사실 이상으로 중요했던 것이다.

처칠의 가장 중요한 작품이라고 하는 제1차 세계대전과 제2차 세계대전에 대한 회고록은 세계적 정치가가 바라본 역사서가 되었다. 처칠은 명성을 유지하려면 혹독한 평가를 받아야 한다는 것을 알고 있었기에 이 책을 써서 자기 입장을 옹호하고자 했다. 그는 선언했다. "역사는 나를 지지해 줄 것이다. 특히 그 역사를 내가 쓸 때는 더욱 그러하다." 그는 자신의 실수를 '고치거나 묻어 두기' 위해 사후 평가라는 방법을 이용했으며, 자신에게 유리하다면 진실조차 왜곡하거나 감추었음을 인정하기도 했다. 처칠은 자신을 반대하거나 실망시킨 사람의 공적은 일부러 무시하고자 했다. 그와 끝없이 다툰 영국군 참모총장 앨런 브룩의 공로는 거의 인정하지 않았다. 또 그가 수상에 오른 뒤 결정되었던, 전시 내각의 핵심 사안인 영국의 단독 투쟁 방침에 대해 이런 주장을 펼쳤다.

우리가 단독 투쟁을 계속할 것인가에 관련된 숭고한 문제가 전시 내각의 의제에 포함되지 않은 것에 대해 미래 세대는 주목할 만한 것으로 받아들일지도 모르겠다. 그러나 그것은 당연하고 말할 필요도 없는 것으로 받아들여졌기 때문이었다. …… 그리고 우리는 그러한 비실용적이고 비현실적인 사안에 시간을 낭비하기엔 너무 바빴다.

이 부분은 전혀 사실이 아니다. 그 사안에 대해 전시 내각에서 논쟁이 있었음을 처칠은 어째서 숨기려 했던 것일까? 한 가지 이유는 핼리팩스에 관대함을 보이기 위해서였을 것이다. 아울러 1949년 보고서를 출판할 당시 보수당 당수였던 처칠이 굳이 1940년 자기 당에 만연하던 패배주의를 지적할 필요가 없었을 것이다. 더욱이 전 세계가 영국에 빚을 지고 있음을 강조하고 싶었던 처칠로서는 영국이 숭고한 목표를 앞에 두고 망설였다는 사실만큼은 숨기고 싶었을 것이다. 이처럼 처칠의 전쟁 회고록은 공평한 보고서라기보다는 개인적인 입장 표명서에 가까웠다.

또한 미래 세대에 특별한 인상을 심어 주기 위해 처칠은 저서에서 자신을 묘사하는 부분이 나올 때마다 허세를 부리는 문체와 영웅에 어울리는 고상한 표현을 사용하고 있다. 예를 들어 1942년 사막 전선을 방문한 것에 대해 "우리는 향후 예견되는 전장과 그곳을 지킬 용맹스러운 부대를 시찰하기 위해 아침 일찍 출격했다."라고 썼다. 아마도 전선을 방문한 것을 두고 '출항했다sailed forth'는 표현을 쓴 작가는 당시로선 거의 없었을 것이다. 또 그가 많은 연구를 거쳐 쓰게 된 전시 지령 문구 가운데 하나로, "최초

로 …… 하는 지휘관에게는 명예가 기다린다."라는 표현이 있었
는데, 이는 그의 동료들 사이에서 '명예가 기다린다Renown awaits'
식 글머리 표현으로 널리 알려지기도 했다. 하지만 그의 전우들
모두 그와 같은 용맹스러운 어법을 갖추지는 못했다. 가령 알라
메인Alamein 전투에서 처칠과 다른 사람 사이에 오간 편지는 균형
이 잘 맞지 않는다.

> *수상이 공군 참모 총장 테더에게*
> 귀관들이 창공과 육지와 해상을 통해 적군에게 침투했던 장
> 려한 방식에 대해 많은 치하를 보내오. 또 사막에서 본인을 중
> 심으로 환영해 준 전 장교와 사병들에게도 대신해서 경의를
> 전하는 바이오. 본인은 위대한 날이 우리 앞에 기다리고 있음
> 을 확신하오. 그날이 다가오면 귀관들은 그 영광스러운 날의
> 주역이 될 것이오.
>
> *1942년 10월 30일*

> *공군 참모 총장이 수상 각하에게*
> 우리 전체를 대신해서 감사드립니다. …… 우리는 전력을
> 다하여 잘 해내려 노력하고 있습니다.
>
> *1942년 10월 31일*

언제나 후세 사람의 눈을 의식하면서 고통을 겪는 섬나라 이야

기에서 주인공으로 기억되길 원했던 처칠은 제 모습 또한 남에게 기억되기를 바라는 대로 묘사했다.

처칠은 때로 역사의 판결에도 신경을 썼기 때문에 역사의 심판에 미리 호소하기도 했다. 1940년 7월 프랑스가 함락된 후 오랑 Oran에 정박 중인 프랑스 군함이 나치의 손에 들어갈 것을 두려워한 처칠은 영국 해군에 지령을 내려 그것을 모두 격침시켜 버렸고, 이로 인해 1,000명 이상의 프랑스인이 몰살되었다. 우방에 대한 이와 같은 영국의 만행은 수많은 사람을 충격에 빠뜨렸고, 처칠 자신도 그 공격 사실을 발표할 때 눈물을 흘려야 했다. "저는 우리 행동에 대한 판단을, 확신을 갖고 의회에 맡깁니다. 저는 또 그 판단을 국민에게 맡기고, 미국에 맡깁니다. 또 전 세계와 역사에도 그 판단을 맡깁니다." 1944년 10월 스탈린을 만난 자리에서는 스탈린에게 종이 한 장을 건넸는데, 그것은 동부 유럽에서 영국과 소련의 지배권 비율을 제안하는 '경솔한' 문서였다. 스탈린은 간단한 표시로 이에 대한 동의를 나타냈다. 그러나 앞으로 받게 될 비난을 걱정한 처칠은 "수백만 명의 운명이 좌우될 중대한 사안을 우리가 이렇게 즉석에서 처리한다면 빈정거림의 대상이 되겠지요? 종이를 태워 버립시다."라고 했고, 스탈린은 대답했다. "아니요, 당신이 가지시오."(처칠은 태우기는커녕 차후 그 내용을 출판하기까지 했다.)

처칠은 자기가 해석한 역사를 통해 자신의 시대와 지위를 함께 규정하고자 했다. 때로 시대의 숭고한 화신으로 보이려고 노력했지만 여전히 그 시대 사람으로 여겨지지 않기도 했다. 그가 싱가 포르 방어 문제로 웨이벌A. P. Wavell 장군에 보낸 서한은 대표적 인 시대착오적 글로 알려져 있다.

　　지휘관과 선임 장교는 전 부대와 함께 기꺼이 목숨을 바쳐 야 할 것이네. 대영제국과 영국 육군의 영예가 위험에 처해 있 고 …… 또 우리나라와 우리 민족의 모든 영광이 함께하고 있 다네. …… 내가 하는 말들이 결국 자네의 생각과 동일함은 잘 알고 있네만, 굳이 편지를 띄우는 것은 자네가 느낄 짐의 무게 를 조금이라도 덜어 주기 위한 것일세.

　처칠은 시대를 초월한 영웅의 언어를 구사하고자 했으나 그 결 과는 1942년의 전시 상황과는 관계없는 영웅주의적이고 신파적 인 표현으로 나타났을 뿐이었다. 그의 위대한 연설은 지난날의 영광과 전통을 일깨우기는 했어도 미래에 대한 전망은 들어 있지 않았다.

　개인의 성품은 어울리는 시대에선 본래 색깔을 발하지만, 다른 경우는 시대착오적인 것으로 여겨지기도 한다. 처칠은 아마도 자 신을 비행기나 레이더, 자동차를 사랑하는 미래의 인물로 여겼을 수도 있다. 하지만 실제는 그렇지 않았다. 처칠이 확신을 드러내 보인 것은 영국에게 아무런 적수가 존재하지 않던 19세기의 제국 주의적 정신이었을 뿐이었다.

두 시대에 걸쳐 사는 사람들은 불행하다. 처칠은 이렇게 회상하기도 했다. "성장 과정에서 영속적이고도 대단히 중요하리라 믿었던 것, 특히 물질이나 제도에 관계된 것은 지금 거의 남아 있지 않다. 그와 반대로 절대 불가능하리라 확신했거나, 그렇게 교육받은 것은 상당수 실제로 생겨났다." 그는 이 글을 1930년에 썼다. 대중이 처칠을 존경하게 한 특색, 다시 말해 영웅적인 과거 추구라는 그의 관점은 결국 그를 역사적 유물로 만드는 계기가 되었다. 결국 처칠은 자신이 수호한 가치인 사회적 전통, 군인의 영예, 영국의 우월성이 손상되는 시점까지 계속 살아 있어야 했다. 그의 확신은 변화와 의심의 시대에는 맞지 않았다. 물론 국가의 희망이 점차 멀어져 간 순간에 그는, 자신의 전통적 장점과 이것으로 뒷받침되는 상상력으로 다시 한 번 국민에게 필요한 존재로 인식되도록 했고, 이를 통해 조국에 승리를 가져다주기도 했다. 하지만 그 뒤 곧바로 유행에 뒤떨어진 사람이 되고 말았다.

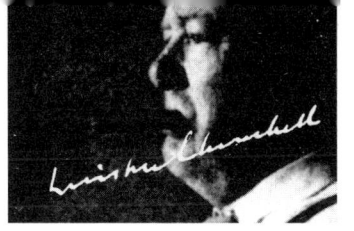

33
처칠과 히틀러
네메시스(Nemesis, 복수의 여신)

우리는 흔히 위인을 기억할 때 한 인물만을 떠올리지만 처칠은 예외였다. 그는 항상 대단한 적수였던 히틀러와 짝을 이루었다. 두 사람의 병치를 통해 우리는, 항상 올바르게 파악하지는 못하더라도 몇 가지 사실을 부각시키고 다른 중요하지 않은 것은 제외하는 작업을 할 수 있다. 두 인물의 특성을 비교해 보면 한쪽은 유쾌하고, 재치가 있으며, 관대했지만, 다른 쪽은 유머가 없고, 잔인하며, 우울했다. 그와 반대로 한쪽이 공손하고, 잘 절제하고, 단호하고, 자수성가형이었다고 한다면, 다른 쪽은 탐욕스럽고, 술과 사치를 좋아했고, 특권 의식이 강했다. 하지만 두 사람 모두 자신의 군사적 천재성, 예술적 기질, 그리고 국민을 이끌 지도자로서의 신성한 운명을 믿고 있었다. 그리고 평생 동안 강화하려 노력했던 자신의 제국이 종말에 이르는 비극을 맞이했다.

히틀러의 악행과 비교할 때 처칠의 특질은 맑고도 순수하게 빛났다. 처칠은 그토록 사악한 사람과 경쟁하는 행운을 누렸다. 만일 역사가 그를 간디와 같은 인물과 짝을 이루게 했더라면, 그는 전혀 다른 사람으로 기억될 수도 있었을 것이다.

역사적으로 다른 주요 인물들, 즉 루스벨트, 스탈린, 무솔리니, 아이젠하워, 몽고메리 장군, 장제스, 드골, 도조 히데키가 있었음에도 제2차 세계대전의 핵심은 처칠과 히틀러의 대치 관계였다.

처칠은 히틀러와의 공통점은 단 하나, "휘파람 소리를 무척 싫어한 것"뿐이라고 했지만, 지도자의 위력을 뒷받침하는 많은 장점을 공유한 것 또한 사실이었다. 두 사람 모두 카리스마와 자신감, 웅변술, 체력 그리고 위기 상황에서 드러나는 고도의 인내심을 가지고 있었다. 또한 단호했고, 강압적이었고, 군사력에 심취했고, 과학에 매료되었고, 독학 과정을 거쳤고, 독자적 생각에 몰두하였으며, 강력한 역사적 상상력을 발휘했다. 전투를 통하여 능력을 입증했고, 그림에 놀랄 만한 정열도 품었다. 둘 모두 대형작전부터 사소한 세부 사항에 이르기까지 전쟁의 모든 측면을 통제하고자 했다(처칠은 병사의 맥주 배급 상황을 걱정했고, 히틀러는 독일의 승리를 축하하는 라디오 행진 음악으로 어떤 것이 좋을지 고민했다).

두 지도자 모두 자신의 운명과 자기 민족의 운명을 굳게 믿었다. 젊은 시절부터 처칠은 스스로 제국과 그 전통을 보존하는 데에 핵심 역할을 할 운명을 타고났다고 생각했다. 자신이 버팀목이 되어 옛것과 소중한 것을 구원하고, 자유 수호를 위한 전투에서 다시 승리를 거둘 민족의 지도자가 될 것이라 믿었다. 히틀러는 자신이 정화인淨化人이자 새로운 것을 창조할 유일한 인물이라 생각했다. 겨우 12년 3개월 10일 만에 종말을 고했지만, 천 년 제국을 세운 뒤 모든 것을 파괴하고, 변형하고, 제거하려 했다. 히틀러는 원래 타고난 운명론자인데다 성공 직전까지 갔던 1944년의 암살 시도에서 살아난 뒤로는 이 사건의 실패가 다시 한 번 자신의 과업을 확실히 하려는 신의 섭리라고 믿게 되었다. 어쨌든 제국의 정상에 선 히틀러는 오스트리아 시골에서 하급 공무원의 아들로 태어나 교육도 잘 받지 못하고 뚜렷한 목표도 없이 방랑했지만, 외교술과 전쟁을 통해 나폴레옹에 비견되는 승리를 거두었다.

하지만 이러한 공통점보다 더 중요한 것은 그들의 차이점, 다시 말해 처칠과 히틀러가 리더십이란 역량을 어떻게 사용했는가다. 처칠은 현대 기술에 매료되고 미래를 형성하려는 욕구가 있었기에 스스로 유서 깊은 표준과 관습의 모범이 되고자 했다. 이와 달리 히틀러는 독일과 세계의 미래를 인위적으로 수정하려 했다. 자신이 과거의 그릇됨과 부당함의 소산이었던 만큼, 현대적이고 효과적이며 놀랄 만큼 '과학' 적인 대량 파괴를 도입하거나, 체계적인 품종 교배를 하거나, 인종을 정화하는 등으로 새로운 질서를 인도하고자 했다.

나치 십자가(卐)나 검은 독수리, 탐조등으로 밝히는 집회 광경 등은 모두 개인을 순종적이고 광적인 집단에 강제로 편입하기 위해 의도된 것이었다. 히틀러에겐 신봉할 영원한 원리도 없었고, 행동을 제한할 규칙도 없었다. 그는 이렇게 자랑하기도 했다.

나는 어떤 문서에도 서명할 수 있다. …… 나는 모든 국경을
보장하고, 누구와도 불가침 조약이나 우호 동맹 관계를 맺을
용의가 있다. …… 하지만 오늘, 아무리 훌륭한 신뢰를 바탕으
로 한 조약을 맺었더라도, 내일 독일 국민의 미래가 요구한다
면 서슴지 않고 그것을 깨뜨려 버리지 않을 이유 또한 없지 않
은가?

(히틀러의 이러한 솔직함 덕분에 1940년 처칠이 히틀러와 평화협
정을 강구할 길을 찾아야 한다고 주장한 수정주의자들의 말문을 막
을 수 있었다.)

두 사람 모두 자신의 국가를 결집시키긴 했지만, 좀더 강력히
국민을 장악한 것은 히틀러였다. 전기 작가 이언 커쇼Ian Kershaw
는 "20세기 정치 지도자 중에 1933년 1월 30일 권력을 인수한 뒤
10여 년간 인기를 누린 독일의 히틀러보다 더 인기 있던 사람은
거의 없었다."고 했다. 처칠도 존경과 애정을 불어넣긴 했지만,
히틀러 효과와는 차원이 달랐다. 히틀러는 끊임없는 선전을 통해
독일 국민에 대한 심층적인 지식을 얻었고, 평범하고 점잖은 대
중의 삶 저변에서 곪아 가던 열망과 분노를 간파했다. 다른 나라
와 국민의 욕구와 약점 역시 확실히 파악하고 있었기에 이를 훌
륭히 이용할 수 있었다. 체임벌린이 평화를 갈구하는 것을 알고
는 망설임 없이 그의 야심에 박자를 맞추기도 했다.

처칠과 히틀러가 현격한 차이를 보이는 특징 중 하나는 전쟁과

그 결과에 대한 태도였다. 비록 많은 사람이 처칠을 전쟁광으로 간주했지만, 사실 그는 평화를 보장하기 위한 방법으로 전쟁을 원했을 뿐이었다. 1943년 처칠은 자신의 승인하에 독일을 폭격한 광경을 담은 영화를 보고는 "우리가 짐승인가? 꼭 이 정도까지 했어야 하는가?"라며 한탄했다. 그는 파괴가 아닌 보존의 열망에 따라 움직였다. "나는 히틀러를 제외한 누구도 미워하지 않으며 또 그것이 나의 본업이다." 1945년 2월 1일, 처절한 전쟁이 종전을 맞이할 무렵 그는 클레멘타인에게 이런 편지를 보냈다.

나는 육군이 진격하는 서쪽 전선 전방 60여 킬로미터를 따라 독일의 부녀자와 어린이들이 뿔뿔이 도망치더라는 소식을 듣고 마음이 슬퍼졌음을 고백해야겠소. 물론 그들이 그런 상황에 처하게 된 것은 마땅한 일이겠지만, 그 광경만큼은 보는 이들 시야에서 지워지지 않을 것이오. 전 세계의 비극이 나를 괴롭히고 있소. (하략)

히틀러는 파괴에 관해서는 전혀 주저함이 없었다. 1939년 그는 이런 훈계를 남기기도 했다. "동정심에는 눈을 감아라. 잔혹하게 행동하라. 우리 8천만 국민은 제 권리를 되찾아야 한다. 우리의 생존은 확실하게 보장되어야 한다. 강한 것이 옳은 것이다." 자신의 호위대에 많은 사상자가 발생했다는 소식을 듣고 이렇게 외쳤다. "이것보다 더 큰 손실은 없을 것이다! 하지만 그들은 위대한 미래의 씨앗을 뿌렸다!" 히틀러는 일부러 자국민 마음속에 최악의 상황을 조장하였고, 가장 저열한 본능인 절멸, 고문, 모욕, 약탈 등을 조직적으로 표출하도록 유도하였다.

지도자는 국민을 본능적으로 장악하는 힘을 지녀야 한다. 일부에서는 처칠이 대중의 어려움을 제대로 이해하지 못했다고 주장하기도 한다. 어쨌든 그는 공작의 자손인데다 시종과 은식기, 시골 별장을 누리며 살았다. 하지만 설령 처칠이 버스를 기다리는 줄에 한 번도 서본 적이 없다고 하더라도 그의 상상력, 세상 속에 뿌리내린 확고한 그의 위치는 그가 공유하지 않은 어려움을 겪는 사람들에 대해서도 충분한 동정심을 지닐 수 있게 해 주었다. 그는 될 수 있는 대로 많은 전선을 방문했고, 폭격 지점을 돌아보았으며, 대중의 안위와 의식주를 걱정했다. 버스 정류장 줄을 짧게 하거나, 계란 생산을 촉진하거나, 군인이 식사를 제대로 할 수 있게 하는 문제에 대해 많은 메시지를 남겼다. 국민의 존엄성을 주장하면서 이즈메이 장군에게 이런 편지를 남기기도 했다.

'하급low-grade 보병 여단' 이라는 표현만큼은 예외를 두어야 할 것 같네. 앞으로 이런 표현을 다시 쓰는 일이 없도록 하게. 명칭의 차이가 필요하다면 '예비 여단' 정도로 부르는 것이 좋을 것일세.

처칠에게는 영국민에 대한 흔들림 없는 신의가 있었고 그들의 용기에 대한 확신도 있었기에, 설령 나라가 위기에 처하더라도 이를 굳이 감추려고 하지 않았다. 1940년 6월 18일 프랑스가 나치에 항복한 뒤 처칠은 하원에서 이렇게 연설했다.

> 적의 광포함과 위력은 곧 우리에게 닥칠 것입니다. 히틀러는 이 섬에서 우리를 절멸하지 않는 한 이 전쟁에서 지게 될 것임을 잘 알고 있습니다. …… 만일 우리가 패한다면, 미국을 포함한 전 세계가 사악한 과학의 힘을 빌려 지금까지의 어느 시대보다 불길하고 오래 지속될 암흑시대의 심연으로 빠져들 것입니다. 따라서 이제라도 우리 의무를 다할 준비를 갖추고 정신을 가다듬어 대영제국과 연방이 천 년이라도 더 지속되게 한다면, 후세 사람들은 "이때가 그들의 최상의 시간이었다."라고 말할 것입니다.

누군가 처칠에게 그가 한 일 중 가장 훌륭한 일은 국민에게 용기를 불어넣어 준 것이라고 말하면 그는 이렇게 대꾸했다. "나는 그들에게 용기를 준 적이 없다. 다만 그들의 용기에 초점을 맞추었을 뿐이다."

히틀러는 자신과 독일에 분노와 불안감을 부채질하였다. 속옷 차림이나 수건만 두른 모습을 보이고도 아무렇지 않던 처칠과 달리, 바보처럼 보이는 것을 끔찍이도 싫어했고, 안경을 쓰고 있을 때는 사진 촬영도 거부했다. 그 역시 독일의 이익을 위해 행동한다는 주장을 펼쳤지만, 그 바탕에는 독일 국민에 대한 멸시가 숨겨져 있었다. 그는 고문들이 끊임없이 충고했음에도 한 번도 폭격당한 도시나 전선을 방문하지 않았다. 보좌관들이 독일 대피소의 참상을 찍은 사진을 보여 줄 때는 그것을 옆으로 치워 버렸고, 어느 시점에 이르러서는 "지금부터는 우리나라 사람들에 대해 걱정할 만한 상황이 아니다."라고 했을 정도였다.

전쟁이 끝날 무렵에는 연설 재능을 발휘하여 독일인에게 힘을 북돋아 주는 노력조차 거부했다. 이런 히틀러에게 괴벨스(P. J. Goebbels, 1897~1945, 나치 독일의 선전宣傳부 장관—역주)는 "라디오로 전파되는 총통의 말씀은 오늘 승리를 거둔 전투만큼 좋은 효과가 있습니다."라며 전쟁으로 지친 군중을 위해 연설할 것을 계속 재촉했다. 1945년 3월 26일에 괴벨스가 쓴 일기에는 이런 대목이 있다. "영국이 전쟁의 위기에 처했을 때 처칠은 장엄한 연설로 국민에게 다가섰고 그들을 다시 일어서게 했다. …… 지금 우리는 그보다 더 나쁘다고는 할 수 없지만, 상당히 유사한 상황에 처해 있으므로 우리도 같은 방식을 취해야 할 것이다."

히틀러도 자기 능력을 알고 있었다. 그런데 왜 연설을 거절했을까? 앨런 불럭Allan Bullock은 이렇게 추측했다. "웅변가로서 히틀러의 재능은 언제나 관중의 마음속에 무엇이 있는지 감지해 내는 그의 능력에 의해 좌우되었다. 그런데 그는 이제 더는 사람들 마음속에 들어 있는 것이 무엇인지 궁금하지 않게 되었다. 그는 어떤 희생을 치르더라도 자신의 환상을 보존하고자 했다." 히틀러는 전쟁에서 패배한 후 자신이 살아남지 못할 것임을 알고 있었고, 그럴 경우 독일도 함께 사멸하기를 원했다. "만일 전쟁에서 패할 경우 우리 국가도 같이 멸망할 것이다. …… 가장 원초적인 생존의 기본 따위는 고려할 필요가 없다. 차라리 그것마저 파괴하는 것이, 그것도 이왕이면 우리 스스로 파괴하는 쪽이 낫다. 국가는 그 자체의 취약성을 드러냈고, 이제 미래는 더 강력한 동부 국가에 속할 것이다."

역사가들은 흔히 히틀러가 예측 가능한 독일 역사의 부산물이었는지, 아니면 단순히 비정상적 괴물이었는지를 놓고 논쟁을 벌인다. 히틀러는 둘 모두에 속했다. 그는 독일 역사의 두려움, 분노, 열망이 낳은 결과물이었다. 그렇다고 해서 그가 불가피하게 등장할 인물이었다는 의미는 아니다. 처칠의 경우도 마찬가지였다. 영국의 경험은 투쟁가 처칠과 유화주의자 체임벌린을 동시에 낳았으며, 체임벌린의 정책 역시 전략과 논리를 갖추었고 그 배경에 선의를 품었다.

처칠이 변치 않는 위상을 얻을 수 있었던 것은 히틀러 덕분이었다. 히틀러에게는 처칠이 필요하지 않았지만, 처칠은 히틀러가 없었더라면 지금의 그가 되지 못했을 것이다. 처칠은 훌륭한 책을 많이 썼고, 위대한 공직을 여럿 거쳤으며, 군과 민간에 걸친 수많은 투쟁을 경험했다. 그러나 정작 처칠을 불후의 인물로 만든 것은 히틀러와 나치 정권에 대한 통찰력과 히틀러의 도전에 맞서 거둔 승리였다. 그 '사악한 인간'이 처칠을 정치적 추방의 위기에서 건져 내고 그에게 위대한 단계로 올라설 기회를 주었다는 것은 역사의 아이러니가 아닐 수 없다. 처칠 자신도 이렇게 말했다. "만일 이 전쟁이 일어나지 않았다면, 누가 처칠을 이야기하겠는가?"

1940년 5월, 처칠과 히틀러는 최후의 결전에 돌입했다. 비슷하든 그렇지 않든 간에, 라이벌끼리 맞붙은 이 대결은 살벌했던 시대 상황을 잘 요약해 준다. 또한 전형적 인물로도 부족함이 없는 두 사람은 상징, 전조, 신성(神性)의 개입 등이 충만한 환경 속에 살기도 했다. 역사적으로 유사한 예가 있다. 고대 그리스의 역사가 헤로도토스가 전한 바에 의하면, 그리스의 크로이소스 왕은 페르시아를 침략할 것이냐를 놓고 델파이 신탁에 물었는데, 이때 신탁은 "만일 크로이소스가 페르시아를 공격한다면, 강대 제국을 파괴하게 될 것이다."였다고 한다. 크로이소스는 기꺼이 공격에 나섰지만 패하고 말았다. 돌아온 그가 사제에게 왜 틀린 신탁을 전했느냐 묻자 사제가 답하기를 "그런 예언이 나왔다면 가장 현명한 방법은 그 제국이 어떤 곳을 의미하는지 다시 한 번 물어 보는 것입니다."라고 했다. 절묘한 반전이 아닐 수 없다. 물론 사제나 헤로도토스가 재치 있게 창작한 내용이라고 볼 수도 있을 것이다. 하지만 히틀러 본인이 직접 정확한 예언을 남긴 1940년 7월의 국회 연설을 본다면, 꼭 그렇지만도 않다는 것을 알 수 있을 것이다.

이 인간들(처칠과 그의 동료들)이 이미 위태롭게 세워 놓았
던 구조물에 내가 결정적 타격을 입히는 역할을 하도록 운명
의 여신이 선택했다는 것을 생각하면 저 역시 괴롭습니다.
…… 그러나 지금 제가 위대한 예언을 하나 하겠습니다. 설령
그것을 파괴하는 것이 결코 제 의도는 아니더라도, 위대한 제
국은 파괴되고 말 것입니다.

역사 변화는 물질적 조건과 제도가 낳은 결과이지, 뛰어난 개
인의 행동과 사고에 의해 결정된 것은 아니라는 역사 이론이 있
다. 그러나 처칠과 히틀러만큼은 한 인간의 힘으로도 충분히 역
사의 과정이 바뀔 수 있음을 증명했다. 두 사람 모두 여러 번 죽
음의 위기를 벗어났다. 수차례 겪은 섬뜩한 위험, 목표물에 도달
하기 전에 터진 폭탄이나 그들을 빗나간 총알, 치명적인 사고나
질병을 보면 우리는 경외감과 함께 만일 그것들이 빗나가지 않았
다면 어떻게 되었을까 하는 생각도 해 본다. 설령 그렇다고 해도
이 두 인물을 통해 모든 힘을 구현했던 역사가 지금과 전혀 다른
모습이지는 않을 것 같다.

(왼쪽) 히틀러가 나치식 경
례를 하고 있다.

(아래) 처칠이 자랑스럽게
V 사인을 보이고 있다. 그
곁에는 클레멘타인이 앉아
있다.

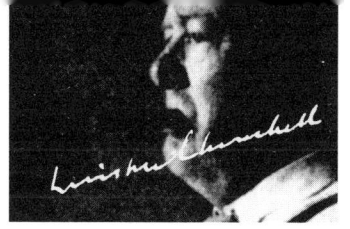

34
발가벗겨진 처칠
누락된 사실에 대한 폭로

전기는 완전하지도, 결정적이지도 않다. 비록 서가書架는 처칠의 전기들로 신음을 할 정도지만, 과연 출생 시 체중이 얼마였는가 하는 단순한 질문에 누가 답을 할 수 있을까?(그의 부모가 결혼한 지 7개월 만에 그를 낳았다는 사실을 고려하면 그가 조숙아로 태어났는가 하는 문제와 관련해서 충분히 의미 있는 질문이 될 수 있다.) 대다수 보고서는 이런 식으로 인물의 삶에서 많은 부분을 누락하거나 선택된 사실 단 몇 가지만으로 인물의 초상화에 형체감을 부여하는 우를 범한다.

또한 자료가 더욱 높이 쌓일수록 새롭게 더해진 사실이 인물의 얼굴을 계속 바꾸는 일도 발생한다. 전기 작가는 논란의 여지가 있거나 공격적이거나 자극적인 특정 에피소드를 부각시키고 다른 것을 무시함으로써 초상화에 생생함을 불어넣기도 한다. 하지만 인물의 삶에 정통하지 않은 독자는 그처럼 실제 벌어진 사건의 인위적 선택에 무지할 수밖에 없다.

처칠에 대한 보고서는 대개 처칠은 시대의 위대한 영웅 중 하나였다는 결론으로 끝을 맺는다. 하지만 맹목적으로 제 임무를 수행하는 허구의 영웅과 달리 처칠은 온갖 모순과 결함으로 자신의 정체성을 흐려 놓기도 했다.

사실 상당수의 보고서는 처칠의 명성을 보호하기 위해 통탄할 만한 인종차별적 태도를 가볍게 여기는 경향이 있다. 그러나 처칠은 깜씨blackamoor, 째진 눈chink(중국인을 멸시하는 말—역주), 윕wop(이탈리아인을 멸시하는 말—역주), 바부baboo(영국인에 아부하는 인도인을 멸시하는 말—역주) 같이 모욕을 느낄 만한 단어를 쓰면서 백인종과 다른 인종을 구분한 사람이었다. 1944년 9월의 회의에서 "대영제국이 …… 아직도 연방과 식민지를 합쳐 7,000만 명이 되지 않는 백인만으로 현재와 같은 지위를 지키고 있음을 기쁘게 기록한다."고 했다. 그의 시각은 그 후로도 거의 향상되지 않았다. 처칠의 주치의는 그가 1955년에 이런 말을 했음을 상기시켰다. "처칠이 흑인도 홍역에 걸리는지 물었고 …… 그에게 흑인도 홍역으로 높은 사망률을 기록하고 있다고 대답하자, 그는 '그래도 아직은 많이 남아 있지 않나. 또 저들의 생산율은 매우 높으니까.'라고 말했다."

몇몇 미인이나 재치 있게 말하는 여성을 빼고는 여성을 동반하는 것을 경멸했던 처칠의 태도도 대다수 전기에서는 지금까지 적당히 얼버무리고 말았다. 그러나 사촌 애니타 레슬리Anita Leslie는 이렇게 기억하였다. "윈스턴은 남성만이 이 세계를 움직이는 중요한 존재라고 여기고 있었다. 그렇다고 그가 여자에 대한 사랑을 느끼지 않는 것은 아니었지만, 여자가 남자를 기쁘게 하거나 격려하는 것을 제외하고 무슨 일을 할 수 있느냐는 식이었다." 초창기에 처칠은 여성 투표권을 반대했다. 여성의 선거 참여는 "자연 법칙과 문명의 실천을 거스르는 것"이며, 여자는 오직 "남편에 의해 가장 훌륭하게 드러날 수 있다."고도 했다. 훗날 그는 이론상으로는 여성의 선거권을 지지했다. 하지만 전투적인 여성 참정권자들은 자신들의 요구 조건마다 반대를 표하는 그에게 여전히 공세를 계속해야 했다(그는 "그렇게 위중한 사안이 바가지 긁히는 것"을 거부한다고 했다). 이미 너무나 많은 '무지한 선거권자들'로 인해 정치적 평온에 혼란이 생길 것을 두려워하던 처칠이 여성의 선거권에 대한 지지에서도 열정이나 일관성을 결여했기 때문이다.

민주주의의 위대한 수호자라는 명성과 반대로, 1930년대 후반 처칠은 한 신문에 성인 한 명에게 투표권을 하나씩 주는 '완전한 민주주의'를 포기하고 '좀더 책임 있는 사람들'에 우위를 제공하는 전통 체계로 돌아갈 것을 종용하는 글을 쓴 적이 있다. 또한 아직 투표권이 있는 영국인이 3분의 1도 되지 않던 1900년대에 자신이 처음 국회에 들어섰을 때의 선거 체계를 회상하며 1930년에는 다음과 같이 아쉬움이 담긴 글을 남기기도 했다. "우리는 지금처럼 신문으로 인해 분산된 유동적 집단에 의한 정치가 아닌, 식견 있는 정치가 계층에 의해 인도되던 진정한 정치적 민주주의를 갖고 있었다. …… 적어도 영국 정치 체계의 와해가 진행되기 전까지는."

내무장관 시절 처칠은 '정신적 퇴보자'에게 강제 불임 수술을 할 것을 충고한 적이 있다. 그리고 마치 나치가 초안을 쓴 것으로 착각할 정도인 1910년의 서한에서는 "저능하고 제정신이 아닌 계급이 괴이하고도 급격하게 성장하는 것은 아무리 강조해도 지나치지 않을 정도로 국가와 국민에게 위험 요인이 된다."고 쓰기도 했다. 또 몇 년 뒤에 어느 젊은 노동당 의원이 의회에서 처칠을 모욕한 것을 사과하려고 차를 몰고 차트웰로 찾아간 일이 있었다. 별장에 도착한 의원이 처칠의 시종에게 이름과 찾아온 이유를 밝혔다. 처칠은 화장실에 있었는데, 시종이 메시지를 전하자 이렇게 대답했다고 한다. "그에게 전하게. 난 화장실에 앉아 있기에 대변을 한 번에 하나씩밖에 처리하지 못한다고."

처칠은 재치 있는 말솜씨로 아무런 거리낌 없이 상대방을 공격했으며, 때로 그 공격은 명언으로 기억되기엔 너무 신랄한 경우도 있었다. 1931년 의회에서 진행된 논쟁 중에는 노동당 출신 수상 맥도널드Ramsay MacDonald를 빗대어 이런 말을 남겼다.

어렸을 때에 기이한 구경거리와 괴물 쇼 공연으로 유명하던 바넘 서커스에 갔는데, 프로그램 중 내가 가장 보고 싶어 했던 쇼는 '환상적인 뼈 없는 인간'이라는 것이었습니다. 하지만 우리 부모님은 그 광경이 어린아이가 보기에 너무 역겹거나 풍

속을 문란하게 한다고 판단하시고 보지 못하게 하셨지요. 결국 50년이 지난 지금에 이르러서야 재무부 좌석에 앉아 있는 뼈 없는 인간을 보게 되었네요.

1938년 뮌헨에서 돌아온 체임벌린 수상이 히틀러가 서명한 종이를 흔들자 처칠은 비웃으며 말했다. "시골의 수채 구멍 반대편으로 유럽 문제를 들여다보는 저 늙은 서기 양반 좀 보라지." 또한 미 국무장관 존 덜레스John F. Dulles를 두고 "멍청하고dull, 멍청한duller 덜레스"라고 말했다. 또한 노동당 수상 클레멘트 애틀리의 겸손함에 대해서는 "그는 겸손해야 할 것이 워낙 많거든." 하고 비꼬기도 했다.

처칠은 군대에 혁신적 체계를 도입한 것으로 높이 평가받는다. 하지만 과연 다른 아이디어는 어땠을까? 그는 뮌헨 협정 체결 몇 달 전에 허리케인과 스핏파이어 전투기의 성능을 강도 높게 비판했지만, 이들 전투기는 훗날 1940년 전투에서 영국을 구해 주었다. 또한 그는 자국의 중무장 군함이 폭격기의 공격에 끄떡없을 것으로 믿었지만 한 번의 폭탄 공격에 배의 굴뚝이 쓰러지는 것을 보고는 생각을 바꾸어야만 했다. 또 지층 파괴 기계라는 것을 개발하는 조건으로 10만 파운드나 받았지만, 아무것도 만들어 내지 못했다. 그리고 그간의 경험과는 반대로, 점령 국가의 레지스탕스 운동이 대단히 효과적일 수 있다고 고집스럽게 주장하기도 했다. 또 독일 도시를 파괴할 목적으로 유독 가스나 화학전 공격에 대한 연구를 지시하기도 했다.

이처럼 그동안 은폐된 사실을 포함한다면 처칠의 그림은 더욱 진실한 것이 될까, 그렇지 않을까? 어쩌면 둘 다일 것이다.

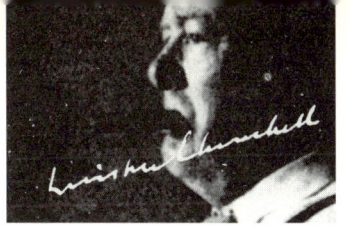

35
처칠의 ‘진실 혹은 거짓’
도전받는 가설들

널리 알려진 사실은 거부하기 힘든 매력과 권위를 발휘하는 대신 불안할 때가 많다. 처칠과 같은 위인의 실제 삶은 때론 신화 때문에, 때론 우리가 만드는 가설로 인해, 혹은 우리가 안다고 생각하는 몇몇 사실 때문에 오히려 더 불투명해질 수도 있다. 이럴 때 정제하지 않은 ‘진실 혹은 거짓’ 식 퀴즈를 통해 특정 상황의 정보를 수집해 보면 처칠처럼 우리에게 친숙한 사람의 삶에서조차 진실한 사실을 파악하는 일이 얼마나 어려운지 알게 될 것이다.

문제 옆에 진실이라고 생각하면 ○, 거짓이라고 생각하면 x를 써 넣는다. 정답은 287쪽에 있다.

1. 처칠은 폴로 챔피언이었다.

2. 처칠은 펜싱 챔피언이었다.

3. 처칠은 우승 경력이 있는 경주마를 소유했다.

4. 젊은 시절에 처칠은 돈을 타 내기 위해 어머니를 속인 적이 있다.

5. 젊은 시절에 처칠은 유모의 장례식 비용과 묘지 관리비를 대 주었다.

6. 27세에 처칠은 세계에서 가장 많은 봉급을 받는 기자가 되었다.

7. 처칠에게 1만 파운드 고료를 조건으로 시나리오를 써 달라는 제의가 들어온 일이 있다.

8. 1899년 처칠이 보어인에게 붙잡혔을 때 그를 감옥에 가둔 사람은 반군 지도자이자 후일 남아프리카공화국의 첫 번째 수상이 된 보타Louis Botha 장군이었다.

9. 처칠의 어머니는 아들보다 겨우 16일 먼저 태어난 남자와 결혼했다.

10. 처칠의 어머니는 아들보다 3살이나 어린 남자와도 결혼했다.

11. 처칠은 한 번도 대학에 다닌 적이 없다.

12. 처칠은 노벨문학상을 받았다.

13. 처칠은 70세 후반까지도 『햄릿』을 보지 않았다.

14. 처칠은 아이젠하워 대통령의 분노를 피하기 위해 자신의 회고

록 중 일부 내용을 변경했다.

15. 처칠은 프리메이슨Freemason(박애주의를 표명하는 영국의 비밀결사 단체—역주) 단원이었다.

16. 회원제 클럽에서 배척당한 경험이 있는 처칠은 직접 자신의 클럽을 창설했다.

17. 미신을 믿는 처칠은 샴페인 병을 옆 사람에게 돌릴 때 식탁의 왼쪽 방향으로 돌아가야 한다고 주장했다.

18. 처칠에게는 어려서 죽은 딸이 있다.

19. 처칠에게는 후일 코러스걸이 된 딸이 있다.

20. 처칠에게는 자살한 딸이 있다.

21. 처칠의 증손녀는 다이애나 황태자비의 장례식 진행 위원 중 한 사람이었다.

22. 처칠이 어릴 때 가족은 그를 '돼지'라는 별명으로 불렀다.

23. 클레멘타인은 처칠의 머리에 시금치 사발을 집어 던진 적이 있다.

24. 클레멘타인은 행정부 내에 남편의 자리를 부탁하는 편지를 총리에게 쓴 일이 있다.

25. 클레멘타인은 생활비를 대기 위해 목걸이를 팔기도 했다.

26. 남편이 부상당했다는 소식을 들은 클레멘타인은 신발 신는 것도 잊고 병원으로 달려갔다.

27. 처칠이 1939년에 해군장관으로 정계에 복귀하자 모든 함선은 "윈스턴이 돌아왔다."라고 하는 플래시 메시지를 비추었다.

28. 매일 시종이 처칠의 옷을 입혀 주었다.

29. 처칠은 연분홍 실크로 된 속옷을 입었다.

30. 처칠은 동성애 관련 비행 추문으로 고발당한 적이 있다.

31. 처칠과 친한 보좌관 중 한 명은 동성애 성향의 심미주의자였다.

32. 처칠에게 숨겨 놓은 자식이 있다는 소문이 돌았다.

33. 처칠은 수뢰 혐의로 고발당한 적이 있다.

34. 처칠은 클럽을 싫어했다.

35. 처칠은 영국 정부의 대민 서비스 통신 용어를 '네'에서 '답은 긍정적입니다'로 바꿀 것을 명한 적이 있다.

36. 독일군이 코번트리Coventry시 폭격을 준비하고 있다는 보도가 나왔을 때 처칠은 지원군을 보내 그 소식통을 위협하자는 계획을 거절했다.

37. 처칠은 독일 민간인에 대한 폭격 정책을 지지했다.

38. 처칠은 레드 와인보다 화이트 와인을 좋아했다.

39. 카이로 회담장에 도착한 처칠은 호텔에서 이집트인들을 내보낼 것을 요구했다.

40. 처칠은 예전의 인도인 하인에게 50년 동안 매달 2파운드씩 보내 주었다.

41. 처칠은 공작 수훈 제의를 거절했다.

42. 1940년 해군장관 시절 처칠은 적에게 붙잡힐 때를 대비하여 펜 속에 극약을 넣고 다녔다.

43. 처칠은 전차戰車의 개념을 창안하고 전차를 개발한 사람이다.

44. 처칠은 수상水上 착륙항의 개념을 창안하고 그것을 개발한 사람이다.

45. 처칠은 영국 공군의 창설을 주도한 사람이다.

46. 처칠은 사회의 엘리트 집단에서 공군 장교가 선발되도록 힘썼다.

47. 처칠은 주말여행 시 약 300킬로그램의 짐을 가지고 다녔다.

48. 처칠은 조국의 구원자다.

한편 처칠은 과연 다음과 같은 말을 남겼을까?

49. "내 안에는 이 혐오스러운 탁발승 몇몇을 죽이고픈 본능적 욕망이 있다."

50. "나는 내가 지지하는 기본 원리보다는 그로 인해 내 말이 만들어 낼 인상과 내가 얻을 평판에 더욱 신경을 쓴다."

51. "키쿠유Kikuyu(케냐의 중앙 고지에 사는 민족—역주)족이 사는 곳을 여행할 때면 항상 다소 난폭하긴 해도 밝고 유순한 아이들 같은 이 종족에 호감을 품게 되고, 그와 아울러 계몽을 통하여 이들을 현재와 같은 퇴보된 삶에서 벗어나게 할 수 있으리란 느낌을 피할 수 없을 것이다."

52. "저는 단지 당신에게 좀더 가치가 있고, 당신 영혼의 내적 요구에 부응하는 사람이고 싶을 뿐입니다."

53. "우리가 우리 영토에서 필요한 모든 것을 얻고 있는 이상, 주로

폭력으로 획득하고 대부분 힘으로 유지되는 이 광대하고도 훌륭한 소유물을 간섭 없이 계속 누리고자 하는 우리의 요구는 아마 우리보다는 타인들에게 좀더 비합리적으로 보일 것이다."

54. 해군에 관한 언급: "전통! 무슨 놈의 전통? 매일 술 마시고 남색질하고 채찍질하는 전통?"

55. "난 이 전쟁이 매 순간 수천 명의 인명을 처절하게 산산조각 내고 있음을 잘 알면서도 여전히, 어쩔 수 없이 내가 살아 있는 매 순간을 즐기고 있다."

56. "언론의 자유에 대해 한마디 하자면, 대체 아무나 인쇄기를 사다가 유해한 의견을 유포하여 정부를 곤란하게 만들도록 가만두어야 할 까닭이 무엇이란 말인가?"

57. "다수의 여성이 참여하는 보통선거제를 도입한 선거구는 스스로 우리나라의 위대한 성장 기반이었던 정부 형태를 더는 보전하기가 어려움을 보여 준 것이다."

58. "유명인들은 대부분 불행한 어린 시절의 소산이란 말이 있다."

59. "인도라는 말은 유럽과 마찬가지로 정치적 독립체가 될 수 없다. 인도는 지리 용어일 뿐이다. 그것은 마치 적도赤道처럼 통일된 국가를 이룰 수 없다."

60. "그리하여 세계 최악의 상황은 끝이 났고, 태평 시대였다면 히틀러를 온유한 인물로 바라볼 수도 있었을 것이라는 희망을 품고 살게 되었다."

61. "내가 간직해야 할 가장 위대한 십자가는 로렌의 십자가Cross

of Lorraine(프랑스 남부 지방에서 전쟁에 나설 때 지녔던 십자가, 성
전의 상징 — 역주)이다."

62. "부디 내가 윈스턴 처칠임을 알리게나. 역장에게 기차를 세우
라고 전해 주게."

63. "바야흐로 우리는 16세기, 다시 말해 모든 연도가 15로 시작
되는 100년간의 여명기라고 일컫는 곳에 도달했다."

8번, 27번, 36번, 54번, 61번을 제외하고는 모두 사실이다. 너
무도 잘 알려진 이러한 이야기가 어디에서 나왔는지는 정확히 알
려져 있지 않다.

36
실화를 바탕으로 쓴
영국인 윈스턴 처칠의 비극
그의 삶의 의미

보통 사람으로서 처칠의 존재, 가령 토론 중 내뱉는 경구警句들, 탈장 수술 받은 사실, 점심 전 마시는 위스키에서도 우리는 얼마든지 예술 작품을 이끌어 낼 수 있다. 인간적 측면이 아닌 문학적 측면에서 그의 인생을 고찰한다면, 그의 삶은 엄격한 문장 구성 기준이 요구되는 비극 작품의 모든 요소를 완벽히 갖추고 있기 때문이다. 그의 전기는 마치 있는 사실을 바탕으로 쓰인 그리스 희곡과도 같다.

그의 삶에 비극이란 문학 구조를 부과하는 것이 진실을 흐리게 하는 일처럼 보일지는 몰라도, 우리 마음을 현실 속에 밀어 넣는 것 역시 예술 장치가 하는 역할이다. 처칠의 삶을 다른 위인의 삶과 뚜렷이 구분하는 것은, 모든 사실의 기록 속에 용해되어 있는 형식미란 존재다. 그것은 실제 삶에서 거의 발견되지 않는 운명성과 초월적 힘을 그의 이야기에 부여한다.

플리니우스(Plinius, 로마의 정치가, 백과사전 편집자—역주)는 이렇게 말했다. "자연이 인간에게 준 모든 축복 중에 가장 훌륭한 것은 때에 맞게 죽는 일이다." 만일 처칠이 전쟁이 끝날 때 죽었더라면 영웅으로 최후를 맞이할 수 있었을 것이다. 종전 후에 선거에 패해 공직을 잃었지만, 어느 누구도 그가 비길 데 없는 업적을 수행한 것을 의심하지 않았다. 세계는 그에게 아낌없는 영예와 찬사를 보내 주었다.

그러나 종전 20여 년 후에도 그는 여전히 살아서 제국이 쇠하는 것과, 영국이 사회주의로 바뀌는 것과, 소련이 유럽을 가로지르는 철의 장막을 치는 것을 지켜보아야 했다. 이러한 장기간의 역逆클라이맥스를 겪는 동안 처칠은 다른 성격의 영웅 배역, 즉 개인적 삶에서 볼 때 냉혹한 현실 앞에서 믿던 바가 붕괴되는, 순수하고도 완벽한 구조의 비극에서 연기를 할 기회를 얻었다.

설령 그가 신문 머리기사에 등장할 만한 비극('화재 참사로 우체부 죽다' 정도)의 주인공은 아니라고 해도, 모든 문학 가운데 가장 정밀하고도 전통적으로 가장 높은 평가를 받는 방식인 비극의 엄격한 형식에는 어울릴 만한 인물이었다.

하지만 비극은 나타난 지 2,500년이 지난 지금까지도 여전히 미스터리로 남아 있다. 정확히 말해 비극을 구성하는 요소는 무엇일까? 또 비극은 어떻게 해서 고통의 광경들로 우리 정신을 고양시킬 수 있는 것일까? 마지막으로 윈스턴 처칠은 어떤 식으로 자신의 실제 삶에서 비극을 구현한 것일까?

본질적으로 비극에는 우리의 관심과 호의를 이끄는 주인공이 필요하다. 또 그 인물은, 언제나 그런 것은 아니지만, 지위가 높거나 고도의 지적 능력을 지닌다. 또한 변혁의 시간, 하나의 세계가 (기존 방식과 가치도 함께) 소멸하고 다른 세계가 부상하는 우울한 여명기에 자신의 운명을 맞이한다.

주인공은 모종의 하마르티아(hamartia, '실수', '잘못'을 뜻하는 그리스어)로 인해 재난에 이르고, 고집스러운 자존심이나 강박관념으로 인해 자신의 파국을 부채질한다. 때로 그 결함은 휴브리스(hubris, '거만', '자존심')의 형태를 띠기도 한다. 주인공의 휴브리스는 대개 그 자신을 기만하는 방식으로 나타난다. 그래서 자신이 강하고 어떤 장애도 극복할 수 있다고 믿게 된 주인공은 더욱 빨리 파멸을 향해 돌진해 간다. 또 고집스럽게 목적에 몰두하는 동안 자신과 다른 모든 것과의 관계, 가령 신, 행운, 운명, 필요성, 구속적 의무, 불가피성, 역사, 영속적 자연, 인간의 이해를 뛰어넘는 법칙들 사이에 존재하는 진정한 관계를 이해할 기회를 놓친다. 그러나 이런 결함에도 비극의 주인공은 대개 위대한 정신력이나 힘, 또는 감수성이나 대표성을 여전히 유지하며, 또 그런 것들로 인해 우리는 주인공에 매료된다.

비극의 주인공은 타협을 거부하며 급하고도 중요한 목표부터 달성하려 든다. 이때 그 목표 완수는 비극의 가공할 만한 요체이며, 목표를 완수하기 위한 행동은 주인공에게 필수적으로, 또한 불가결하게 고통 감수를 선고하게 된다. 이 시점에서 비극은 형식적 완성을 이루어 간다. 주인공이 힘겹게 버티는 동안 파멸은 이미 그를 기다리고 있고, 목표 달성은 곧 비참한 운명이 실현되는 것으로 이어진다. 리어왕King Lear이 원한 것은 딸들이 얼마나 자신을 사랑하는지 알고자 하는 것이었다. 그리고 그는 그 목표를 달성한다.

주인공의 지위와 권력이 높으면 높을수록 그 쇠락을 통해 우리의 마음에 일어나는 가련함과 두려움의 정도도 더욱 강화된다. 현세적이며 정신적인 능력은 주인공에게 완강하게 투쟁할 힘을 주기도 하지만, 패배할 경우 더욱 심한 고통을 주는 원인이 된다. 비극은 인생보다 더 광범위하게 우리의 감정을 일깨운다.

문학과 같은 명징성과 불가피성, 특히 상징과 원형의 높은 수준에 존재하는 형식으로까지 일컬어지는 비극의 명징성과 불가피성은 실제 삶에서 드러나는 경우가 극히 드물다. 그러나 처칠의 삶에는 그것이 녹아 있다.

처칠은 정확히 전통적 비극의 주인공다운 모습, 즉 귀족이고, 화술에 능하고, 세습이 아닌 권력의 장악을 통해 최고의 자리에 오른 모습을 보여 준다. 평범한 표현으로는 자신의 정열을 보일 수 없기에 그의 언어는 왕자다운 기품이 있었고, 그의 눈물은 숭고했다. 그는 사적인 삶이 아닌 공적인 삶으로, 즉 타인을 통치할 운명적 지휘자의 신분으로 살았다. 정치가이자 작가로서, 또한 전쟁 영웅과 화가로서, 폴로 챔피언이자 비행사로서, 벽돌 쌓기 전문가로서, 한 가정의 가장으로서 항상 활력이 넘쳤다. 또한 잃어버린 아버지를 찾아낸 아들이기도 했다. 그의 세계와 시대의 모든 사람을 알았고, 그와 동시에 그때 일어난 모든 일의 일부였다. 이사야 벌린Isaiah Berlin은 그를 이렇게 묘사했다. "실물보다 큰 인물이며, 보통 사람보다 더 거대하면서도 더 단순한 삶을 산, 생애 내내 초인적으로 담대하고, 강하고, 상상력이 넘친 위대한 역사적 인물이었으며 …… 현실보다는 전설 쪽에 속하는 신화적 인물이었으며, 우리 시대 가장 위대한 인간이었다." 이런 칭송을 받았음에도 그의 여송연과 샴페인, 다섯 자녀와 부채 등은 여전히 그가 육신을 지닌, 땅 위의 실체들과 연결되어 있음을 보여 준다. 그는 우리보다 위대했지만, 우리들 중 한 사람이었을 뿐이다.

처칠은 평생의 숙명인 영국 발전을 추구할 때에는 누구와도 타협하지 않았다. 무엇을 하든 영국을 위해서였다. 한 동료는 1940년 처칠에 관해 이런 말을 했다. "그는 영원히 굴복하지 않을 정신을 지니고 있어서 설령 영국과 프랑스가 전쟁에서 패한다 해도, 혼자라도 일부 사병을 이끌고 성전에 나설 것이라는 느낌이 들었다." 모든 비극의 주인공이 그러하듯, 처칠 역시 너무 진솔했다. 아무것도 감추지 않았으며, 또 포기하지도 않았다. 그는 이러한 자신의 특징을 잘 알고 있었다. 직접 쓴 소설에서 처칠은 사브롤라라고 하는 가상 인물을 자신의 화신으로 묘사했다. "그가 살아온 인생은 그가 살 수 있었던 유일한 방식의 인생이었다. 그리고 그는 끝까지 가야 했다."

마치 무대에 올리기 위해 쓴 이야기처럼, 처칠이 처음으로 자신의 비극적 운명을 불러낸 결정적 순간이 있었다. 1940년 "우린 어떤 대가를 치르더라도 우리 섬나라를 지킬 것입니다."라고 의회에서 연설한 순간이었다. 처칠을 비극의 주인공 대열에 올릴 수밖에 없는 것도 바로 이 선언 때문이다. 그의 운명이 현란한 정점에서 돌이킬 수 없는 하강 국면으로 접어든 것도 바로 이때였다. 그는 그것을 알지 못했지만, 지금의 우리는 잘 알 수 있다.

함정은 완벽했다(그와 유사하게 예언에 따라 함정에 빠진 오이디푸스와 맥베스의 경우를 생각해 보라). 처칠은 사랑하는 제국을 보전하겠노라 맹세했고("우린 끝까지 해낼 것입니다") 또한 약속했으며("우린 어떤 대가를 치르더라도 절대 항복하지 않을 것입니다") 그것을 추구하는 과정에서 제국이 붕괴하고 말았다. 전쟁의 막대한 대가는 그 때문에 촉진된 사회주의 세력과 어울려 영국이 숭고한 지위를 양보하게 만들었다. 하지만 설령 처칠이 결과를 알고 있었다 하더라도 달리 무엇을 할 수 있었겠는가? 그는 선택을 해야 했지만, 제대로 선택할 수는 없었다. 만일 히틀러와 협상을 했다면 그가 사랑하는 제국은 살아남지 못했을 것이다. 전 유럽은 나치의 군화 아래 짓밟혔을 것이고, 영국은 독일의 위성 국가로 전락했을 것이다. 따라서 승리의 대가가 어떤 것인지 알았더라도 결코 히틀러와의 타협으로 평화를 추구할 수 없었고, 이미 미국과 소련이 참전한 전쟁에서 발을 뺄 수도 없었으며, 전쟁 뒤 제국의 지위를 보호하려는 전투에서 자원을 아낄 수도 없었다. 처칠이 지키는 영국은 제국을 방어하기 위해 중동과 극동에서 막대한 소모전을 치러야 했기에 허약해질 수밖에 없었다. 대영제국 스스로 종전과 함께 모든 것을 포기하는 길로 들어선 것이다.

처칠은 히틀러에 대항해 영국을 통일시킬 유일한 사람으로, 또한 그 투쟁을 승리로 이끌 유일한 사람으로 추앙받았다. 또한 그로써 제국의 해체를 담당할 역할까지 맡고 말았다. 그것은 비극적 역설이었다. 주인공은 원하던 바를 얻지만, 미처 상상하지 못한 대가를 치러야 했고, 다른 선택 방법도 없었다. 기나긴 영국 역사에서 그보다 위대한 날을 본 적이 없을 정도였던 처칠의 절정의 순간은 운명의 수레바퀴처럼 순환하는 운명까지 포함하고 있었다. 그는 스스로 작동시킨 사건의 필연적 결과를 얻기 위해 끝까지 아무런 의미 없는 투쟁을 해야 했던 것이다.

처칠의 쓰라린 운명은 그의 본성과, 희망찬 첫 행동에서부터 나타났다. "높은 지위에 있거나 낮은 지위에 있거나, 내각에 있거나 전선에 있거나, 살아 있거나 죽었거나 내 정책은 '계속 싸워라'이다." 그는 무엇을 위해 투쟁한 것일까? "나는 두 가지 공공의 명분, 즉 대영제국의 위대성 보전과 우리 섬나라의 역사적 영속성을 위해서만 봉사했고, 그것은 언제까지나 숭고하게 빛나는 목표였다."

그러나 처칠은 투쟁 대상을 잃어버렸으며 "우리는 모든 시련에 응답했지만, 아무 소용이 없었다."라고 말했다. 죽기 몇 해 전에는 딸들에게 이런 고백도 했다. "나는 너무 많은 것을 달성해서 나중에는 아무것도 이룰 것이 없게 되었어. 결국 그 모든 것이 덧

없는 것이었어. …… 내가 믿던 제국은 사라졌어." 처칠이 1945년 선거에서 패배한 이유도 영국민이 그의 불굴의 의지를 인식하면서도 그들이 이미 잃었다고 믿거나 굳이 지키려고 하지 않는 무언가를 보존하기 위해 그가 아직도 싸우고 있다는 사실을 알았기 때문일 것이다.

처칠의 이야기가 비극이 되는 까닭은 제국이 쓰러진 것이 유감스러워서라기보다 그의 종말을 즐기는 방관자들조차 처칠의 단호함에서 드러나는 열정에 연민을 느껴서일 것이다. 비극은 그가 고통을 받아야 했던 목표 그 자체보다는, 목표를 이루기 위한 투쟁과 고통에서 탄생한다. 과연 우리는 안티고네(Antigone, 그리스 비극의 여주인공이며 왕위 다툼으로 죽은 오빠를 묻어 주려다 크레온에게 잡혀 죽음—역주)에게 왜 너는 죽은 오빠를 위해 삶을 포기해야 했는지 물어볼 수 있을까? 또는 에이허브(Ahab, 허만 멜빌의 소설 『백경』에 등장하는 선장—역주)에게 더는 고래를 쫓아다니지 말고 목숨을 지키라고 말할 수 있을까? 우리는 주인공의 세계를 그대로 받아들이고, 그의 목적 역시 받아들일 뿐이다.

처칠도 자신의 명분을 선택했다. 그는 승리 속에 내재한 패배를 감수했는데, 그 패배는 숭고한 임무의 실천이기도 했다. 그가 믿고 있던 제국은 사라졌다. 하지만 선은 악에 대항해 승리를 거두었다.

대체로 비극이 해소되면 주인공의 고통이 세계의 혼란을 복구하는 계기가 되었다는 느낌을 받는다. 비극은 우리 마음에 평안을 되찾아 준다. 그래서 우리 실존에 경악할 만한 걱정이 있는데도, 니체의 말처럼 우리는 어떤 식으로든 "인생에는 기본적으로는 파괴할 수 없는 즐거움과 넘치는 힘이 깃들어 있다."고 생각하게 된다. 또 이것은 윈스턴 처칠의 처절한 비극의 결론이기도 하다. 또한 그의 이야기에서 느껴지는 친근함은 극적 상승과 몰락에 어울려 더 큰 만족감을 선사한다. 이 정도면 실제 사건의 어떠한 충격도 처칠의 비극적 광경만큼 마음을 흔들 수는 없을 것이다.

처칠의 비극은 또한 그의 적이 보여준 인간성 때문에 더욱 심화된다. 설령 더 많은 사람을 죽였거나, 노예로 만들었거나, 고문을 했다고 하더라도 히틀러보다 더 우리를 공포에 빠뜨린 폭군은 없었다. 히틀러가 등장하기 전까지 독일은 번영하는 법치국가로 민주주의적이고 격식이 있으며 높은 교육을 받은 사람들이 많았는데 히틀러가 나타나 독일 국민을 야만인으로 타락시켰다. 독일인은 더 높이 솟아오른 뒤 더욱 크게 추락했다. 그러나 처칠은 초창기부터 이들의 위협에 저항함으로써 오직 최후의 순간까지 남을 수 있었다. 그는 모든 것을 걸고 싸울 것을 약속했고, 결국 모든 것을 주고 말았다.

비극의 주인공이 흔히 그러하듯, 처칠의 비극은 사적인 것을 넘어서 국민이 같이 겪어야 하고, 국가 전체가 관여하는 문제가 되기도 했다. 한쪽에는 자신의 우상에 이끌려 자유를 위해 끝까지 투쟁하는 위대한 국민이 있다. 다른 한편에는 위대한 제국이 몰락하는 광대한 광경이 있다. 그런 면에서 처칠에 가장 큰 영향을 끼친 책 중 하나가 에드워드 기번의 『로마제국 쇠망사The Decline and Fall of the Roman Empire』임은 사실이며 또 반드시 사실이어야 한다.

비극의 정수는 슬픔 자체보다는 엄숙함, 즉 세계의 무자비한 진보가 가져온 엄숙함이었다. 처칠을 지탱해 준 것이 또한 그를 붕괴시키기도 했다. 어떤 희생을 치르고라도 영국의 영광을 지켜내겠다고 서약했기에 목숨을 걸고 보전하려 했던 제국의 종말이라는 큰 대가를 치러야 했다. 제국의 파괴에 대항하기로 선택한 순간부터 그는 누구보다 제국의 파괴로 인한 막대한 손실을 겪어야 했다. 오랜 생애의 끝에 다시 한 번 권력을 장악하게 된 그는, 자신의 세계가 자기 능력으로는 복구하지 못하는 상태로 떨어지는 잔인한 현실을 지켜보아야만 했다.

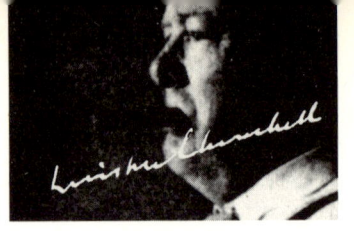

37
초상화와 처칠
유사성

화가의 결정에 달려 있다고 해도 대다수 지도자는 가급적 엄격한 통제하에 자신의 모습을 간직하고 싶어한다. 신뢰할 만한 몇몇 화가에게만 초상을 그리도록 허락한 알렉산드로스 대왕이나 훌륭한 작가들과만 교류한 케네디 대통령이 그러했듯이, 처칠도 초상화 한 폭이 때로는 개인의 성품을 위험하게 조명할 수 있음을 알고 있었다.

초상화에는 사진으로 포착되지 않는 차원의 성격이 정확히 보인다. 이 때문에 역사에 남게 될 자신의 이미지를 통제하고 싶어하던 처칠은 걱정이 많았다. 처칠은 평생 여러 번 화가의 앞에 앉았지만, 그를 가장 잘 드러낸 작품은 정작 그가 제일 싫어한 그림이었다.

그레이엄 서덜랜드가 그린 처칠

처칠의 80세 생일을 기리기 위하여 상하 양원은 그에게 당대 최고의 화가였던 그레이엄 서덜랜드Graham Sutherland가 그린 초상화를 전달했다. 의회가 생일 초상화를 위탁한 것이니만큼 사전에 처칠에게는 화가나 화풍에 대한 선택의 여지가 없었다.

선물을 전달하기 전까지는 별 문제가 없었다. 처칠과 클레멘타인은 서덜랜드와 그의 아내를 좋아했고, 처칠은 기꺼이 포즈를 취해 주었다. 화려함, 제복, 전통 등을 사랑하던 그는 가터 훈장을 받을 때 입던 의복 차림을 그려 주길 원했으나, 서덜랜드는 처칠이 번쩍거리는 블루벨벳 망토에 벨벳 모자를 쓰고, 타조 깃털 장식과 근무할 때 입는 검은색 코트와 나비넥타이를 맬 것을 고집했다.

완성된 초상화를 의회에서 본 순간 처칠은 배신감을 느꼈다. 서덜랜드는 그를 '천하고도 잔인한 괴물'처럼 묘사했던 것이다. 처칠은 그 그림을 너무나 싫어한 나머지 받지 않을 생각까지 했다. 결국 거절은 하지 않았지만, 수여식이 진행되는 동안 끝까지 그림이 마음에 든다는 말을 하지 않았다. "이 초상화는 현대 미술의 주목할 만한 사례가 되겠군요." 그의 역설적 표현에 청중은 웃음을 터뜨리고 동정의 갈채를 보냈다. "그 그림에는 확실히 힘과 솔직함이 조합되어 있었다."(메리 솜스의 『Clementine Churchill』에서). 하지만 처칠은 개인적으로 그 그림에 대해 "추하고", "악의가 보이는" 그림이라 했고, 자신을 마치 "술주정뱅이"처럼 보이게 한다고 했다.

수여식 장면을 찍은 사진은 살아 있는 처칠과 초상화 속 처칠

80세 생일 기념식에서 '찍힌' 처칠과 그의 초상화

의 차이를 분명하게 보여 준다. 단상에 올라 선 80세의 처칠은 에너지와 유머가 충만해 보인다. 그는 활발한 제스처로 군중을 웃음으로 몰고 간다. 그러나 그 뒤에 전시된 것은 다른 처칠이다. 아무런 웃음도, 여송연도, 고상한 결단력도 보이지 않는다. 저돌적인 전쟁 영웅도 신중한 정치가도 아닌, 엄청난 부피의 몸매와 벗어진 머리, 두꺼운 코에 입술 끝이 처진, 늙고 완고한 남자일 뿐이다. 초상화는 처칠의 재치나 관대함은 놓치고 음습한 결단력과 자존심, 좌절감만 나타내고 있다. 여기서 처칠은 지쳐 있지만 언제든 싸울 준비를 하고 습격에 대비한 자세로 앉아 있다. 그는 육중하지만 이상하리만큼 실체감이 없어 보이는데, 적어도 복제된 이 그림—지금 초상화를 볼 수 있는 유일한 방법—에서는 그러하다.

이 그림은 이제 존재하지 않는다. 클레멘타인은 그림을 1955년과 1956년 사이 어느 땐가 몰래 없애 버렸다. 그림에 대한 증오와 그림이 그려지기까지의 과정에 대한 분노에 처칠이 너무도 괴로워하는 것을 걱정한 클레멘타인이 다시는 그것이 눈앞에 나타나지 않도록 하겠다고 약속했던 것이다.

처칠에게 커다란 근심을 안긴 것은 과연 초상화의 거짓됨이었을까, 아니면 진실함이었을까? 마지막 수상직을 사임하면서 이 그림을 받을 무렵 그는 자신에 관해 이런 말을 남겼다. "난 최후의 비행을 마치고, 땅거미가 질 무렵 연료가 다 떨어져 가는 상태에서 안전한 착륙지를 찾는 비행기와 같다는 생각이 들었다." 서덜랜드 역시 그것을 보았을 것이다.

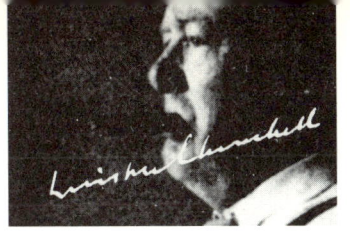

38
처칠 최후의 날
그는 어떻게 죽었는가

처칠과 같은 위인이 어떻게 죽었는가도 그의 삶에서 흥미로운 사건 중 하나일 것이다. 죽는 시기와 그 방식을 선택하는 사람은 거의 없겠지만, 그럼에도 죽음은 어떤 특징을 지니게 된다. 그런데 본의 아니게 죽음의 특징은 한 인물의 삶에 대한 해석에 영향을 미칠 정도로 극적인 미사여구를 만들어 내기도 한다. 잔 다르크의 순교가 그랬고, 나폴레옹의 유배가 그랬고, 링컨의 암살이 그랬고, 오스카 와일드의 추방이 그러했다. 각각의 죽음은 그들 삶의 중요성에 변화를 가져왔다. 처칠의 이야기나 그의 삶, 역사적 의의 또한 그가 암살자의 총탄이나 비행기 사고로 죽었다면 크게 달라질 수 있었을 것이다. 그러나 그는 1965년 침대에서 조용히 숨을 거두었다.

처칠은 누구보다도 자신의 죽음을 알리는 소식이 권력의 정점에 섰던 영웅의 사망으로 전해지기를 바랐을 것이다. 승전일을 얼마 남기지 않고 사망한 루스벨트에 대해서 처칠은 이렇게 말했다. "일하다가 죽다니 …… 그의 죽음이 얼마나 부러운지 몰라!" 1945년 서한에서 앨런 브룩 장군은 처칠이 언제라도 목숨을 희생할 각오가 되어 있었고, 전시 중 사망이 그의 대담성과 극적인 운명에 대한 열망을 충족시킬 것으로 보였다고 했다. 처칠의 부인 클레멘타인 역시 전쟁에 두 사람 모두 희생될 것으로 믿고 있었다. 1944년 그녀는 이렇게 말했다. "전 전쟁 이후에 대해 생각해 본 적이 없어요. 윈스턴은 종전과 함께 죽을 테니까요. …… 알다시피 그는 70살이고 전 60살인데다가 우리가 가진 모든 것을 전쟁에 쏟아 부었기에 이제 우리가 가진 모든 것을 빼앗길 것입니다." 그러나 처칠은 그 후에도 20년 이상 생존했다.

그의 엄청난 에너지의 원천에 야망이 자리 잡고 있었기에 1945년 총선 패배 후에도 그는 다시 한 번 수상직을 노리고 계속 분투할 수 있었다. 그러나 1955년 은퇴 후에는 그의 특징이었던 활력도 같이 멈추었다. 처칠이 한때 "권력을 휘두르는 것은 사람을 젊게 만든다."고 한 것처럼, 마지막으로 공직에서 물러나는 순간 그는 더욱 행동이 느려지고 말귀도 어두워졌다. 그 후로는 휴대용 녹음기로 자신의 연설을 들으며 몇 시간씩 보내기도 했다. 마치 동화에서처럼 운명의 여신이 처칠에게 부여한 위대한 재능 중 하나인 불굴의 의지가 잘못되자 다른 형태의 고난으로 바뀌어 버렸던 것이다. 그는 주치의에게 이렇게 말했다고 한다. "축복이 저주로 바뀌었어. 자네는 날 계속 살게 하지만 이제는 ……." 처칠은 1964년 89세가 될 때까지 의원직을 유지하긴 했지만 그때 이미 노년의 우울증에 빠져 있었다. 딸 다이애나에게 이렇게 말하기도 했다. "난 시간이 날 죽일 때까지 계속 시간을 죽여야 해. 내 인생은 마감되었는데 목숨은 아직 완전히 끝나질 않아."

처칠은 마침내 90세 나이로 1965년 1월 24일 숨을 거두었는데 사망일 역시 의미가 있다. 조크 콜빌 경 'Jock' Colville은 1950년 초반 어느 날 아침 처칠이 했던 말을 떠올렸다. "오늘이 1월 24일이군. 이날은 우리 아버지가 돌아가신 날이라네. 나 또한 이날 죽을 거야." 그리고 실제로 마지막 심장 발작을 일으킨 뒤 며칠간 의식을 잃었다가 정확히 아버지가 사망한 지 70년째 되는 날인 1월 24일에 숨을 거두었다.

처칠이 남긴 마지막 말은 "이젠 모든 것이 지겹다."였다. 그의 임종은 모든 국민에게 충격을 주었다. 그들 대부분에게 처칠이란 사람은 신문 기사 속 이름, 삽화 속의 그림, 라디오 음성의 주인공, 영화 속 등장인물로서 평생을 함께한 실체였기 때문이다. 누가 뭐라고 해도 처칠은 1898년 처음으로 대중 앞에 자신을 드러냈고, 책을 출판했으며, 보어인의 군대 감옥에서 탈출했던 1899년에 이미 국가적 영웅이 되었던 것이다.

처칠 자신은 어떠했을까? 아버지가 사망한 날과 똑같은 날을 선택하여 죽기 전까지 최후의 침묵 속에서 보낸 며칠간, 병상에서 떠올린 일련의 추억은 그에게 위로가 되었을까? 철의 장막과 수소폭탄을 마주한 지금에서 시간을 거슬러 올라가 최고의 시절을 구가하던 제2차 세계대전을 떠올린 뒤, 제1차 세계대전과 다르다넬스의 충격을 지나고, 보어인의 감옥에서 용감하게 탈출한 뒤, 인도 출정의 돌진과 전율을 경험한 뒤, 더욱 거슬러 오르면 머리에 다이아몬드를 장식한 샛별처럼 빛나는 사랑스러운 어머니와, 그가 존경해 마지않은 거만한 아버지가 있을 것이고, 거기서 더욱 오르면 유모 에버리스트와 그의 가장 어린 시절의 기억인 말을 탄 주홍빛 군인이 있었을 것이다. 그리고 이 모든 기억과 함께 그의 섬나라가, 은색 바다에 자리 잡은 소중한 보석과 같은 나라가 있었을 것이다. 그는 약속된 시간을 맞이할 때까지 이 모든 추억과 조금 더 많은 것을 간직하고 있었을 것이다.

이제는 모든 것이 끝났다. 책임 있는 자리에 있는 사람들은 모두 처칠이 총명하지만 판단력이 부족하다는 점에 동의를 표했다. 그는 무조건 돌진했고, 함부로 참견했으며, 불신과 두려움과 미움의 대상이 되었다.

그러나 처칠은 항상 역사적인 시각을 견지하였으며 항상 그 속에서 자신의 위치를 찾고자 했다. 그가 가장 두려워한 것은 책임지는 자리에서 밀려나거나, 그로 인해 사건을 인도하지 못하게 되는 일이었다. 그는 만일 지금까지 살아온 삶을 다시 한 번 살아갈 기회가 주어진다면 언제를 선택하겠느냐는 질문이 들어올 때마다 서슴없이 "1940년대라면 아무 때나."라고 답하곤 했다.

처칠이 서거한 날 영국 전역엔 조기가 걸렸다. 빅벤(의사당 시계)도 멈추었다. 시신은 3일간 웨스트민스터 사원에 안치되었고, 혹독한 추위가 몰아닥쳤음에도 수십만 국민이 관이 지나는 거리에 즐비했다. 전 세계 텔레비전 방송도 장례 행진과 예식을 방영했다. 전통적으로 왕족은 오직 왕족의 장례에만 참석했지만, 엘리자베스 여왕은 전례를 깨고 장례식에 참석했다. 배우 로렌스 올리비에 경이 그의 위대한 연설문 중 일부를 낭독했다. 처칠이 군대의 위용을 사랑했던 것을 반영하듯이 장례식에는 소총 발사 의식과 황실 친위대의 공중 분열비행이 진행되었고, 국가 〈룰, 브리타니아!〉가 연주되었다.

처칠의 시신은 템스 강변을 따라 거슬러 올라가다가 기차에 실려 옥스퍼드셔 마을에 도착한 뒤 블레넘 궁이 보이는 블래든빌리지에 묻혔다. 그는 본래 그토록 사랑하던 차트웰 별장에 묻히기를 희망했지만 1959년 생각을 바꾸어 아버지 곁에 묻히는 쪽을 선택했다. 그곳에서 간소한 의식이 치러졌고 무덤에는 "내 사랑하는 윈스턴에게, 아내"와 엘리자베스 여왕이 보내는 "국가와 연방국 모두에서 감사의 말을 보내며."라고 적힌 화환만이 걸렸다.

웨스트민스터 사원에는 다음과 같이 새겨진 묘비가 세워졌다. "윈스턴 처칠을 기억하라."

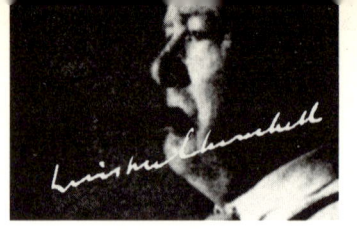

39
나의 처칠
판정

모든 전기는 판정의 문제를 제기한다. 판정이 없는 삶은 의미도 없기 때문이다.

이제 여러분 스스로 평결을 내릴 시점에 도달하여, 결점과 미덕, 성공과 실패의 평가 기준을 어떻게 잡고, 기준의 변화에 따라 관대히 넘어갈 것이 어떤 것이 있으며, 개인 감정에 따라 얼마나 많은 것이 좌우되고, 또 각 증거물의 비중을 어떻게 다루어야 할지 판단할 시점에 이르렀다. 여러 가지 사실이 쌓여만 가는데, 그중 과연 어떤 것들이 진실일까?

여기 나의 처칠이 있다. 사람들에 따라 그의 역사를 바라보고 다른 '처칠'을 판단하기도 하지만, 지금은 오로지 나만의 처칠이다. 그것은 결국은 그가 세계를 어떤 식으로 보아 왔는가와 어떻게 기억되기를 원했는가에 관한 대담하고도 단순한 관점으로 종합된다.

이제 시간이라는 렌즈가 뒤로 당겨지면서 전체 윤곽이 드러나고 세부적인 것들이 흐려지기 시작한다. 어느덧 가장 중요한 사람과 사건이 시야에 들어오고, 사소한 일들은 희미해지거나 사라져 간다. 나의 처칠이 어스름한 그림자가 아닌 선명한 색채로 빛나면서 그에 관한 몇 가지 뚜렷한 주제들이 구체화된다. 이제 그의 숭고한 비극은 역사의 일부로 바뀌어 간다.

다행스럽게도 처음 만난 처칠은 무척 진실하고, 담대하고, 영웅적인 가치를 지녔으며, 순수한 야망을 고양하여 조국의 선을 위해 노력했으며, 엄청난 에너지와 통찰력을 지닌 사람으로 보인다. 사실 그의 확신과 당당함은, 그의 위스키와 여송연까지도 현대와 같은 온건한 시대를 밝혀 주기에 충분하다. 그는 오로지 영국이 스스로 진실하기만 하다면, 아무것도 후회하지 않으리라는 신념 하나만을 고수했다. 과연 그 위대함의 원천은 무엇이었을까? 그것은 예지력도 전술도 아닌, 가장 중요한 것을 위해서라면 어떤 대가를 치르더라도 끝까지 싸우겠다는 단호함이었다.

그는 빅토리아 시대 전체를 가로지르는 변화 속을 헤치며 살아왔다. 그 속에서 영국인의 투쟁 정신의 상징이자 공작의 손자로서, 미국인의 피가 섞인 혼혈아로서, 자기 과시자로서, 애주가로서, 제국주의자로서, 빚쟁이로서, 방호복을 입은 채 여송연을 흔들며 서 있다. 그는 외치고 노래했으며, 히틀러를 '저 나쁜 놈'이라 불렀고, 자기 서명을 돼지 그림으로 대신하기도 했다. 자신의 어떤 행동도 설명하거나 변명하지 않았다. 타인에게 일절 관심을 두지 않았고, 대중에게 순응하는 태도를 거부하였으며, 위엄을 세우는 일에도 별로 신경 쓰지 않았다. 그는 섬나라 역사의 낭만적인 영웅이 되고자 했으며, 실제로도 그러했다.

그러나 세월에 종속된 처칠에게는 위상을 축소시킬 만한 모순과 결점 또한 있어서, 그의 위대한 미덕도 대부분 이런 결함들로 얼룩졌다. 그는 자신의 성격과 동시대에 내재한 한계성을 극복하지 못했다. 하지만 그런 역사는 잠깐 제쳐 두도록 하자. 시간이 흐르면서 그의 잘못을 잊기는 어려울지라도 지금 우리 관점에서 그가 원한 대로 기억해 줄 수 있는 인물이다.

말년에 이르러 그는 자신의 투쟁이 실패했다고 생각했다. "내가 믿었던 제국은 사라졌다." 하지만 만일 그가 좀더 오래 살았더라면, 결국 자신이 승리를 거두었다는 사실을 목격할 수 있었을 것이다. 그는 영어를 사용하는 국민이 통일되고, 영국의 이상을 위해 싸우는 세계를 원했다. 그리고 그 모든 일이 지금 실제로 일어나고 있다. 그가 사랑한 섬나라 이야기는 다소 변형되었지만 아직 끝나지 않은 것이다.

이제야 비로소 그와 같은 시대를 살다 간 다른 사람들의 처칠보다 더욱 강력하고 진실된 나의 처칠을 부각시킬 수 있게 되었다. 그는 자신이 상상했던 영광의 역사, 고대 인종과 풀로 이은 별장, 숭고한 전투, 그리고 사랑했던 아버지가 있는 역사 속 황금기에 자리매김할 수 있게 되었다.

우리의 처칠이 영국 군함 프린스오브웨일즈 호 갑판에서 여송연을 손에 든 채 영국 선원과 미국 선원에 둘러싸여 있다. 이 순간만큼은 전쟁의 긴박감 속에 끊임없이 쫓기던 불안이나 야망에서 벗어난 듯하다. 평화 시대를 감당하기엔 너무나 강력한 그의 힘이 제때를 만난 것이다.

그가 서서히 선원들에게로 걸어간다. "우린 끝까지 해낼 것입니다. 우리는 절대 항복하지 않을 것입니다."라고 그가 맹세한다. 깃발은 바람에 나부끼고, 루스벨트의 휠체어는 삐걱거리는 갑판 위를 서서히 움직이고, 처칠은 노래를 부르며 영국인과 미국인을 함께 인도한다. 그의 모든 역사를 통틀어 이보다 더 위대한 날은 없었을 것이다. 그의 뺨 위로 눈물이 흐른다. 그것은 슬픔이 아닌 경이와 찬탄의 눈물이다.

그가 바로 다른 모든 사람의 처칠이 아닌, 나만의 처칠이다.

오래전, 아주 먼 곳에서 일어난 일이지만, 지금 이 순간 나는 글을 쓰는 이 종이보다 더욱 분명하게 나의 윈스턴 처칠을 보고 있다.

40
윈스턴 처칠을 기억하라
묘비명

그것은 모두 사실이고, 또 그래야만 한다. 더욱더 좋은 쪽으로. 인류가 자유와 법과 명예를 위하여 야만과 독재, 살육에 대항해 싸울 때, 설령 그들이 그로 인해 절멸을 당하는 일이 있더라도, 그들이 세운 업적의 명예만큼은 세상이 종말을 고하는 날까지 축복받을 것이라는 사실만큼은 기억하게 하자.

—윈스턴 처칠, 『영어권 국민의 역사』 중 '영국의 탄생' 편에서

흩날리는 눈발 속에 서 있는 윈스턴 처칠의 동상

근현대사를 장식한 위인 가운데 처칠만큼 자주 언급되는 인물도
없을 것이다. 또 수백 권이 넘는 평전과 전기가 나올 만큼 다양한
각도에서 해석된 개인도 드물다. 몇 달 전 일이다. 미국 백악관
출입 기자가 쓴 글이 우리나라 일간지의 해외란에 실렸다. 기자
는 미국 대통령 집무실에 윈스턴 처칠의 흉상이 모셔져 있고, 조
지 부시 대통령이 이 영국의 정치가를 누구보다 존경하고 그를
삶의 역할 모델로 삼는다고 말했음에도, 그는 부시가 처칠과는
너무나 다르다고 언급하였다. 9.11 이후에 보여준 그의 행태를
보건대, 외교에 대한 이해와 경험이 전무한 점이나 의회를 무시
하고 특권을 요구하는 점 등으로 미루어, 처칠에 앞서 영국 수상
을 지낸 네빌 체임벌린에 가깝다는 비판을 곁들였다. 체임벌린은
영국 내 스파이들을 잡겠다는 미명 아래 영장 없이 민간인 도청
등을 가능케 했으면서도, 정작 2차 세계대전의 주범인 히틀러와
는 유화정책을 펼칠 것을 주장하여 영국을 위기에 빠뜨릴 뻔한
인물이다.

뛰어난 지도자나 영웅적 특질을 지닌 위인일수록 개인적 성품

이나 삶의 궤적에서는 의외의 모순이 곳곳에서 발견되는데 처칠 역시 예외는 아니었다. 처칠의 생애를 살피다 보면, 그가 90년을 넘게 살면서 겪은 다양한 경험이 마구 뒤섞여, 수많은 이야깃거리를 낳기도 하고 때로는 상호 충돌을 일으켜 보는 사람을 혼란에 빠지게 한다.

몇 가지 예를 들어보자. 우선 그는 영국 수상 시절 위기에 처한 조국을 구한 전쟁 영웅으로 알려져 있지만 수상직에 오르기 불과 십몇 년 전까지는 잘못된 작전으로 군인 수십만을 잃어버린 무능한 지휘관으로 알려져 있었다. 또 초임 장관으로 재직할 때 아일랜드의 독립에 결정적 영향력을 발휘했으면서도 훗날 인도의 독립에는 끝까지 반대했다. 그리고 개인의 자유를 무엇보다 소중히 여긴 인본주의자이면서도 내무장관 시절에는 토니팬디에서 파업에 잔혹하게 대응하여 수많은 사상자를 내는 등 악명을 떨치기도 했다. 그런가 하면 파시즘과 공산주의에는 그렇게 적대적이면서도 미 제국주의의 팽창에는 끝까지 눈을 돌린 이중적인 정치인이기도 했다.

이 책은 그런 처칠의 모습에서, 다시 말해 위대한 지도자라는 고정적인 시각에서 잠시 벗어나 인간 처칠의 면모를 훌륭히 해석해 내고 있다. 동시에 흔한 연대기식 서술이나 주요 사건 나열 형식이 아니라는 점에서도 독특함이 있다. 영웅, 실패자, 지도자, 문장가, 알코올중독자 등 마흔 가지 키워드를 통해 이 역사적 인물을 다각도로 살펴보고 인간 처칠이라는 큰 그림을 그려내고 있다. 한 인간을 파악하기 위해 단순하고도 핵심을 찌르는 질문들을 던져 독자들에게 처칠을 보여주려고 한 점이 눈에 띈다.

역사적 영웅은 대부분 자신과의 끝없는 투쟁을 거치거나 시대의 요청에 의해 그 반열에 오르게 된다고 말한다. 이런 지적에 처칠만큼 완벽하게 어울리는 사람도 없을 것이다. 처칠은 삶 대부분을 잦은 실패와 시행착오 속에서 보내고서, 환갑이 지난 나이에 세계대전에서 어떻게 놀라운 지도력을 발휘하고 탁월한 의사결정을 내릴 수 있었을까? 평생 축적한 올바르고 정확한 판단력에 기인한 것일까? 아니면 명문 가문이라는 배경, 섬나라라는 지정학적 위치, 그가 차지한 정치적 위상 사이에서 절로 얻은 경험에서 비롯된 것일까? 여러 관점에서 살펴본 후 인간 처칠에 어떤 결론을 내릴지는 독자들의 몫이다.

사진 저작권

찾아보기